조규호 장편 소설

미국에 뜬 달

초판 1쇄 찍은 날 2012년 7월 20일
초판 1쇄 펴낸 날 2012년 7월 27일

지 은 이 | 조규호
펴 낸 이 | 서경석
편 집 부 장 | 권태완
편 집 책 임 | 박우진
디 자 인 | 이혜정

펴 낸 곳 | 도서출판 청어람
등록번호 | 제1081-1-89호
등록일자 | 1999. 5. 31
어람번호 | 제10-0015호

주소 | 경기도 부천시 원미구 심곡2동 163-2 서경B/D 3F (우) 420-822
전화 | 032-656-4452 **팩스** | 032-656-4453
E-mail | chungeorambook@daum.net
HOMEPAGE | http://www.chungeoram.com
NAVER CAFE | http://cafe.naver.com/goldpenclub

American MOON

조규호 장편 소설

미국에
뜬달

도서출판 청어람

차례

글쓰기를 하면서

우리는 한국인이었다. 그런데 지금은 미국에 산다.

이곳의 달을 필자가 굳이 미국에 뜬 달이라 표현한 것은 어떤 뉘앙스적 요소가 그 안에 숨어 있기 때문이다.

이곳에서 우리의 입지는 어떤가? 일단은 마이너리티로 분류가 된다.

마이너리티는 아직 달 같은 존재다. 보름을 주기로 쉽게 쇠락하는 그런 존재다.

그런 존재들도 꿈을 꾼다. 삶 속에서 치열한 경쟁을 하면서, 운전을 하면서, 때로는 노래를 불러가면서.

이민자들에겐 달이 각별한 존재다. 그 달을 보면서 더러는 회상에 젖기도 하고, 더러는 그리움에 잠기기도 한다. 미국에 뜬 달을 보면서 말이다.

달은 그 모든 것을 기억하고 있을 것이라 생각하고 있기 때문이다.

그런 달이 점차 지구와 멀어지고 있다고 천체물리학자들은 말한다. 언젠가는 영원히 지구를 떠나게 될 것이라고 한다. 그런가?

그러면 우리도 달에 관한 기억들이 희미해질 것이다.

어디 그뿐이랴. 결국 우리는 달에 대한 그 어떤 기억도 하지 못할 것이다.

천착이지만, 필자가 이것을 쓰게 된 동기는 아이러니하다. 필자는 마당에서 모이나 찾아다니던 흔해빠진 닭 같은 존재였다. 그런데 어떤 동기로 인하여 그 닭은 높디높은 지붕 위로 날아오르게 된다. 그 이유는 한 마리의 미친 개 때문이었다.

그러니 닭은 그 개에게 오히려 감사를 해야 하는 건지 해답을 얻기가 지금은 난감할 뿐이다.

물론 지붕까지 날아보고 싶은 것은 모든 닭의 소원일 것이다. 그러나 쳐다만 볼 뿐이지 그 어떤 닭도 감히 시도를 해보지 못했을 것이다.

필자를 도와준 분들이 많았다. 삶을 바탕으로 쓴 이 글에 나오는 등장인물들에게 감사의 마음을 전한다. 그리고 이 글을 읽어주신 독자들에게도 감사의 마음을 전한다.

정태석, 조윤경 부부에게 특별한 감사와 이 작품의 조력자였던 황시원, 그리고 집필의 동역자들과 편집에 애써주신 출판사 모든 분들에게도 감사의 마음을 전한다.

그리고 사랑하는 우리 가족에게도.

아내가 성령이 될 수는 없다. 그러나 유사했다. 특히 밤중에 나는 감히 침실로 가기가 송구스러웠다. 그래서 책상에서 쪼그리고 잤던 날이 많았는데, 그것이 글쓰기에는 그만이었다.

마무리를 할 즈음에는 백합 한 송이가 나를 따라다녔다. 그 백합은 싱그러웠고 말도 할 줄 알았다. 어디 그뿐인가? 이름도 있었다.

다섯 살의 그 아이는 매우 귀여웠다. 나에게 아이들에 대한 개념을 바꾸어준 첫 번째 아이다.

아침나절에 그 아이는 말했다.

"오늘 지호가 말이에요… 기분이 우울해요."

아침마다 내가 물어서였을까? 나는 매일 그것이 궁금했다.

"지호야, 오늘은 기분이 어떠니?"

"좋아요."

감정의 표현은 명징했는데, 마치 날씨를 보는 듯했다. 당당함에 대한 신개념이었다.

어쨌든 많은 분들이 내게 따뜻한 눈길을 보내주었다.

특히 추웠던 지난겨울 동안에, 마녀 사냥에 몰렸던 그 시절에, 멀리서 개 짖는 소리가 불안하게 들려왔던 그때에…….

이제는 상처도 아물었고 사방의 눈도 녹아내렸다. 나는 다시 비비 교관 시절로 돌아갈 것이다.

인류를 황폐시키는 영적 파괴자들은 정의의 실체가 존재함을 알게 될 것이다.

그리고 경험하게 될 것이다. 이 소설은 여기서 끝이 아니다.

우리에게 끝이란 사실상 무의미한 요소인지도 모른다.

끝이 존재한다면 새로운 시작이 있을 것이고, 존재하지 않는다면 계속될 것이다.

존재하지 않는
시간 속에서

그때 오후의 햇살은 눈부시게 쏟아져 내리고 있었다.

죽음을 의식하며 잠시 하늘을 본 순간 번쩍이는 황금빛이 소멸하고 있는 나의 시각을 일시에 유린해 버리고 말았다. 그리고는 아무것도 볼 수가 없었다.

알고 보면 죽음도 삶 속에만 존재하는 지극히 보편적이고도 일상적인 현상에 지나지 않을 것이다. 그런데 이러한 현상이 죽은 나 자신에게는 즉각적이거나 충격적으로 인지되어 온 것은 아닌 듯했다. 그것은 마치 먼 데서 들려오는 풍문처럼 어렴풋이, 그리고 천천히 다가왔다. 그러다가 갑자기 형용할 수 없는 이상한 기분에 휩싸이면서 M도 이 소식을 알고 있

미국에
뜬 달

을까 하는 생각이 불현듯 들었다.

'그럴 리가 없어' 라고 생각을 고쳐먹으면서, 그러나 '언젠가는 M도 풍문으로라도 듣게 되겠지?' 라고 생각하자 갑자기 슬퍼졌다.

평소 죽음은 내게 두려움도 주었지만, 한편으로는 사후 세계에 대한 궁금증을 증폭시켜 주기에 충분한 탐구적 의제이기도 했다. 그런데 특이한 것은 '내가 어떻게 죽었느냐?' 하는 사실이 죽은 나 자신에게는 전혀 중요하게 느껴지지 않았다는 점이다. 아마도 그런 것은 산 자들의 관심거리일 것이다.

평소에 나는 아내에 대한 꿈을 자주 꾸곤 했는데, 내용은 대부분 비슷했다.

주로 길을 잃고 헤매는 그런 꿈이었다. 꿈속에서 나는 아내의 전화번호를 기억하지 못해서 애를 먹곤 했다. 그러다가 종내는 절망적으로 전화기의 번호판을 마구 두들겨 대다가 깨어나곤 했던 것이다.

그런데 지금은 오히려 뚜렷이 기억을 할 수가 있다. 아내의 전화번호는 기억하기 쉬운 나열 방식의 번호다. 그러나 지금은 전화기가 없다. 그러니 눌러댈 번호판도 없는 것이다. 죽은 자는 아무것도 소유할 수 없다는 사실을 깨닫는 순간 다시 한 번 슬픈 감정이 일렁이었다.

그렇다면 아내와는 연락이 불가능하단 말이지? 죽은 후 처음으로 난감함을 인지한 순간이었다. 그런데 그런 감정도 오래가지 못했다. 갑자기 알 수 없는 혼돈의 시간들이 몰려왔기 때문이다.

'의식을 차려야지' 하는 순간 피식 웃음이 났다. 나는 이제 사후의 세계에 속한 존재가 아닌가? '의식을 차려야지' 라는 표현 따위는 죽은 사람에게 전혀 어울리지 않는다는 생각이 들자 괜히 민망스러웠다. 그렇다. 나는 이제 더 이상 생명 세계에 속하지 않는 것일 게다. 그렇다면 나는 생명 세계의 바깥에 존재하게 되는 걸까? 다시 생각해 보니 그것도 역시 적절한 이론은 아닌 것 같았다. 어찌 보면 인식의 차이인지도 모른다. 생명 세계 밖이란 것은 생명 세계 쪽에서 본 시각일 것이다. 사후의 세계에서 본다면 그 반대일 것이다.

하지만 지금은 '생명 세계와 사후의 세계를 부득불 나누어야 한다면?' 이란 난제성의 사고력 따위로부터 구속을 받아야 할 정당성조차 상실이 된 듯했다. 그리고 나는 그 경계선을 넘어온 기억도 없거니와 군이 이론화시켜야만 직성이 풀리는 인간 사회의 논리적인 의식으로부터 자유로움을 느꼈다.

지금의 나는 예전에 존재했던 이론과 원리 등의 고리들이 모두 해체된 그런 세계를 자유롭게 유영하는, 마치 가벼운 유기체 같은 존재라는 느낌을 받았다.

내가 살아 있었을 때 나의 인식은 지극히 제한적이었다. 그것은 사후의 세계에 대한 존재성을 인정하지 않았던 고정화된 인식이었다. 그런데 지금으로선 두 세계에 대하여 모두 인정하지 않을 수가 없다. 지금쯤 사람들은 나를 죽었다고 여기고 나에 대한 존재성을 부인하겠지만, 그러나 나는 지금도 어딘가에 존재하고 있음이 분명하지 않은가?

그렇다면 나의 가족들은 어떻게 생각하고 있을지가 궁금했다.

과연 그들은 지금도 나의 존재성을 인정하고 있을까? 아닐지도 모른다.

아니, 아닐 것임에 틀림이 없다. 그렇다고 하더라도 그것이 그들의 잘못은 아니다. 나도 그들과 같은 입장에 있었을 때는 존재성에 대한 인식이 지극히 단편적이고 제한적이지 않았는가 말이다.

이쯤 해서 내 자신에 대한 소개를 할까 한다.

지금의 입장으론 나는 망자이다. 다시 말해서 죽은 사람이란 뜻이다.

그래서 현재의 신분을 밝히기에는 다소 모호한 편이다. 아니, 민망스럽기도 하다.

죽었다는 사실이 왜 부끄러워지는 걸까? 아내도 아마 여기에 대한 해답은 쉽게 내놓지 못할 것이다.

죽기 전까지 나의 직업은 호텔리어였다.

C 호텔 그룹의 창시자 겸 대표였는데, 몇 년 전부터 닥친 극심한 불황의 여파로 인하여 그야말로 몰락의 길로 들어서고 있었다. 투자자들은 아우성을 쳐댔고, 나는 무거운 짐 진 자처럼 고달팠다.

불가항력적인 사태였지만 책임감은 어쩔 수가 없었다. 미국 내 여러 주에 산재해 있는 호텔들을 나는 마치 몰락해 가는 여러 성을 둘러보는 군주처럼 그렇게 떠돌아다녔다.

안개가 자욱한 산골짜기에 말을 타고 정처 없이 떠돌아다니는 그런 그림이 있다면 그것은 영락없는 나 자신의 초상화일 것이다.

대부분의 성은 침침하고 어둑했다.

어떤 성은 텅 빈 것처럼 을씨년스러웠고, 성을 지키는 자들의 모습도 초췌함이 역력했다.

나는 지금 아내에 대한 소개도 하려고 한다. 하지만 아무래도 쉽게 표현할 수 있을 것 같지는 않다. 아내를 이렇게 표현하는 것이 좋은 방법인지 모르겠지만, 나란 존재가 물속에 있다면 아내는 물 밖에 존재하는 그런 느낌이다. 언제나 나는

미국에 뜬 달

물속에서 물 밖의 아내를 느껴야 했던 것처럼 아내와 나는 지극히 동질적이면서도 이질적인 존재감으로 지금까지 오랜 결혼 생활을 영위해 온 것이다.

대부분의 부부도 그렇겠지만, 우리는 그 양극현상의 편차가 유난히 컸던 것이다. 그렇다고 그것을 이상히 여겨서는 안 된다. 그것이야말로 독립적 사고력을 가진 개별적 인지 능력에 대한 존재적 가치성이 아니겠는가? 어찌 보면 그것은 개념과 개념이 만나는 지극히 보편적인 연합 현상일 것이다.

대학교를 졸업하고 잠시 나는 학원 강사로 일한 적이 있는데, 그때 유난히 눈에 띄는 여학생이 있었다. 영어 시간인데도 수학 문제지를 펴든 채 골똘히 생각에 잠겨 있었다. 그래서 나는 물어보았다.

"학생, 수학 시간에도 영어 문제를 생각해 본 적이 있어?"

여학생이 눈을 멀뚱히 뜨고 이렇게 말했다.

"물론이지요, 선생님. 전 수학 시간이 되면 영어 문제를 생각하지 않을 수 없답니다."

그 여학생의 마음속에는 육각형으로 만들어진 수많은 벌집이 촘촘히 박혀 있었고, 그 빈 공간에 끊임없이 무언가를 채워 넣으려는 욕망이 있었다. 이 세상의 모든 여인은 다 그런 것일까? 잃어버린 시간들, 흘러가 버린 시간들을 붙잡으려는 시도는 기실 위태롭기 그지없는 일이다. 뿐만 아니라 그러한 일들은 대략적으로 우리의 마음을 아프게 한다.

밤마다 은빛 그물망을 던져서 흘러간 시간들을 건져 올리려는 여신이 있다면, 나는 그 여신에 대해서 알기를 원한다.

아내의 손에도 필경 투명 그물망이 쥐어져 있을 것이다.

도대체 아내는 그것으로 무엇을 건져 올리려는 것일까?

칠흑 같은 밤이면 아내는 그 투명 그물망을 들고 나가서 밤새도록 검은 대지에 그물질을 해댈 것이다.

먼 데서 사이렌 소리가 들려왔다. 어디엔가 불이 났나 보다 생각했는데, 그 소리는 점차 크게 들려오더니 이윽고 내가 있는 주변에서 멈추었다. 그러자 나의 몸은 진공 속의 부양체처럼 지상을 떠올랐으며 멀리선 하늘이 울렁거렸다. 그때 하늘에서는 커다란 태양이 어지럽게 움직였고, 희미하게 사람의 목소리가 들려왔다.

"의식이 없습니다. 코마 상태로 여겨집니다."

미국에
뜬 달

꽃동산

낙화유수의
시절

　봄이 되면 그 시골에도 더러 사람들이 몰려오곤 했다.

　하지만 잠시뿐이었다. 동네 어귀에서부터 산기슭까지 이어지는 벚꽃을 보러 사람들이 오긴 했지만, 벚꽃이란 게 그랬다. 오래가지 못했다. 살랑대는 바람이라도 불어오면 그야말로 낙화유수가 되어 온 천지에 흩날리게 되는데, 떨어져 내린 꽃들은 갑자기 쏟아져 내린 우박처럼 땅의 여기저기에 수북이 쌓였다. 학교에서 집으로 돌아가는 오후의 나른한 시간에도 그 낙화유수가 휘몰아쳤다. 옷에 묻은 꽃들이야 툭툭 털어내면 되지만, 어떤 꽃들은 목덜미 사이로 파고들어서 사람을 성가시게 만들었다.

차라리 실과수를 심을 것이지… 하며 그때 나는 동네의 어른들을 못마땅하게 여겼던 기억이 난다.

당시 나는 고등학생이었고, 친척이었던 환이 형은 사 년째 우리 집에 기거하고 있었다. 잦았던 기침이 좀 덜하긴 했지만, 형은 여전히 식후마다 알약을 한 주먹씩 입속으로 털어넣었다.

폐결핵이란 병은 사람을 여간 지치게 하는 게 아니었다.

내게 있어서 환이 형은 그 누구보다도 거인이었다. 그런 거인이 병이 들었다는 게 나로선 도무지 이해가 되지 않았다.

형은 국가 대표급 유도인이었는데 그 몹쓸 병에 걸려서 우리 집으로 요양을 오게 된 것이다.

내가 유도인이 된 것은 그런 연유이기도 했지만, 무엇보다도 나는 형을 좋아했다.

무도인이었지만 형은 독서광이었다. 언제나 그의 손에는 반쯤 접힌 채 돌돌 말린 책이 들려 있었다. 기침을 할 때는 그것으로 자신의 입을 가리기도 했지만, 나의 유도 기술이 허점을 보일 때는 그것으로 나의 머리를 내려치기도 했다.

"유도 기술은 말이야, 순간 집중력의 정도에 따라서 그 급수가 결정되는 거야."

봄만 되면 그 순간 집중력이란 게 여실히 떨어졌다.

집으로 올 때 본 그 낙화유수 때문이었다. 자꾸만 흩날리는 꽃잎들이 눈에 아른거렸다. 순간 집중을 하기 위해서 나는 그 낙화유수를 생각해서는 안 되었다.

동네 어른들은 왜 그런 것을 심었을까?

그해 가을의 전국체전에서 꼭 우승할 것을 형은 다짐했다. 아무래도 가을에는 좀 나을 성싶었다.

가을에는 문제의 그 낙화유수가 덜 생각날 것이고, 그렇게 된다면 순간 집중이란 게 잘될 것이기 때문이었다.

병약한 형의 몸이 쇠락의 길을 걷고 있었다면, 나는 그 반대였다.

나는 그런 사실이 슬펐다.

그해 가을에 전국체전에서 나는 결승전까지 올랐고, 마지막 시합을 위해서 메치기 기술을 연습하러 체육관으로 가고 있었을 때, 형은 폐 절제술을 받기 위해 병원으로 가고 있었다.

결과적으로 나는 우승을 했고, 형의 수술도 성공적이어서 소생의 길을 찾았다.

그다음 해의 어느 봄날이었다. 형은 나에게 이렇게 말했다.

"너는 나중에 훌륭한 작가가 되렴."

"왜? 그런 게 좋으면 형이 하면 되잖아."

"난 아무래도… 말이야, 어려울 것 같아."

"그렇다면 그야… 나도 마찬가지지."

형은 그때 무슨 생각을 했는지 입술 언저리에서 실미소가 피어나다 사라졌다.

"넌 나처럼 특기생으로 대학 가지 말고 일반 대학을 가거라."

"우리처럼 가난한 처지에 어떻게 일반 대학을 간다는 거야?"

"내가 서울 가서 유도관을 열면 될 거야. 그럼 네 등록금은 나오고도 남을걸?"

"하긴… 내가 사범을 하면 되고. 그럴까?"

형이 밖을 내다보더니 말했다.

"오늘이 보름인가 봐. 우리 나가서 좀 걷는 게 어때?"

"그래, 형."

그때가 고향에서 마지막으로 보낸 봄이었다. 날씨가 맑아선지 달빛이 그지없이 밝았다.

우린 그때 동네 어귀에서부터 산기슭 끝까지 걸었다.

벚꽃이 만발하여 달빛과 어우러졌는데 그야말로 무릉도원을 연상케 하는 그런 아름다움이었다.

"난… 이곳을 잊을 수 없을 거야."

형이 나지막이 말했다.

"달빛이 꽃잎에 반사되니 죽이는데? 그지, 형?"

그때였다. 형이 나를 공격해 왔다.

순식간에 매서운 그의 오른손이 달빛을 가르며 나의 품을 파고들었다. 잡히면 끝장이다.

특히 몸통 부분은 말이다.

반사적으로 왼손으로 받아쳤다. 짧고 단호한 기합 소리가 울려오면서 그의 화려한 공격 기술이 시작되었고, 나는 방어로 대처하는 자세에 돌입했다. 기합 소리 때문이었을까? 꽃잎들이 우수수 떨어져 내렸다.

달빛에 반사되는 무수한 흰 꽃. 그 눈부신 장면은 정말이지 슬프도록 아름다웠다.

수십억 마리의 하얀 나비가 꿈속에서 날아와 나무마다 가득히 달라붙어 있는 듯했다.

그중 몇 마리는 날개를 팔랑이며 나무 주위를 날아다녔다.

유술이란 게 그렇다.

밀 때는 밀리고 당길 때는 끌려가되 균형 감각술의 능함이 있어야 한다.

유술은 결국 상대의 균형을 깨뜨리는 것이다.

형은 나의 오른쪽을 노리고 있었다. 그리고 무섭게 몰아붙이며 틈을 만들어내고 있었다. 그렇지만 그 틈을 비집고 구차하게 공격의 수순을 밟을 형이 아니었다.

그의 공격술은 차원이 달랐다. 좁은 문을 비집고 들어가는 사람도 있겠지만, 넉넉하게 만든 다음에 여유 있게 들어가는 사람도 있을 것이다. 형은 후자에 속했다.

그래서 그의 공격술은 예측하기가 어려웠다.

일차 공격술에 의한 유효나 절반 따위를 노릴 형이 아니었다.

그렇다면 이제 이차 공격의 단계에 들어간 셈이다. 거리를 주면 안 되기 때문에 나는 받아치기를 하면서 나방처럼 퍼덕이며 무너져 내리는 균형의 축을 보완해 나갔다. 그러다가 어느 시점에서 방어의 방향을 급선회시킨 후 슬쩍 왼쪽으로 돌아섰다.

공격의 맥이 끊어진 셈이다. 몸이 떨어지면서 두 개의 축이 팽이처럼 따로 빙그르르 돌았고, 한바탕 회오리가 지나간 두 개의 축은 스스로 자전했다.

그날, 밤하늘의 보름달은 유난히 희고도 깨끗했다. 그래서 그런지 오히려 차가와 보였다

"너 정말 기량이 많이 늘었구나. 그 정도면 체전에서 운으로 우승했단 말은 안 들어도 되겠는걸."

형은 가쁜 숨을 몰아쉬었다.

"형의 몸 상태가 그만큼 안 좋다는 거지, 뭐."

바람이 한 줄기 불어왔는지 꽃잎들이 후두둑 눈발처럼 머리 위로 떨어져 내렸다.

미국에 뜬 달

낙화유수였다.

그해 겨울에 우리는 서울로 상경해서 유도관을 열었고, 그리고 나는 일반 대학교에 입학했다. 그리하여 형이 좋아했던 문학을 전공하게 된 것이다.

그러나 수업을 마치면 곧바로 유도관으로 달려가서 사범 일을 하지 않으면 안 되었다. 형은 여전히 몸이 쇠약했으며 수련생이 늘어나자 아무래도 조수가 필요했다.

쫄구(쫄따구의 줄임말)를 만난 건 그래서였다. 놈은 덩치도 컸지만 좀처럼 말이 없었다. 조수로서는 손색이 없었다. 게다가 유도술도 꽤 쓸 만한 편이었다.

그해 아시안 게임에서 나는 반드시 일본을 한번 꺾어보고 싶었다. 그래서 나는 더 연습에 몰두했다. 만약 체중 조절로 체급을 낮출 수 있다면 분명 유리할 것이다.

다행히 그해의 아시안 게임에서 나는 우승을 했다.

아슬아슬하게 체중을 통과한 나는 예상외로 한 체급 아래와 경기를 하게 된 것이 결정적이었다. 그리 떳떳한 건 아니었지만 큰 대회에서 한 번쯤은 우승을 해보고 싶었다.

일본 측에서는 어처구니없다는 표정이었다. 하지만 올림픽을 염두에 두어선지 심판에 불복하는 일은 하지 않았다. 당시만 하더라도 한국의 유도는 낙후했다. 아시안 게임 정도는 관심조차 없었다.

환이 형은 내가 계속해서 운동을 하는 것을 원하지 않았다. 그리고 나 또한 그랬다.

대학을 마치자마자 나는 군대에 가기로 했다. 다행히 유도관엔 쫄구가 있었기 때문에 수련생들을 훈련시키는 데는 아무런 문제가 없었다.

당시 쫄구의 기량도 몰라보게 달라져 있었다.

입대하기 위해 열차를 타러 가야 하는 시간까지 형은 유도관에 모습을 보이지 않았다. 형의 마음을 내가 왜 모르겠는가? 그때 그는 어디에선가 담배를 피우며 돌돌 말린 책을 지그시 바라보고 있었을 것이다.

멀리 떠나는 나를 의식하면서, 그랬을 것이다.

역에는 쫄구가 따라나왔다.

플랫폼까지 따라나온 그는 눈물을 짜대고 있었다.

"너, 원생 표시 내냐? 남자가 질질 짜긴. 하여튼 운동 열심히 하고… 이 년 뒤에는 국대(국가 대표 선수) 쪽으로 합류하도록 한번 해봐. 응? 형 말 알겠지?"

그는 고아원 출신이었다. 그래서 유난히 정이 많은 편이었다.

고개를 끄덕이며 그는 봉지를 불쑥 내밀었다.

"이게 뭐니?"

"형, 가면서 먹으라고……."

박하사탕이었다. 열차에 올라서 나는 창가에 앉았다. 그리고 박하사탕을 한 알 입에 넣었다.

열차가 떠나자 쫄구는 슬그머니 물러서는가 싶더니 대책 없이 열차를 따라오기 시작했다.

"형! 문들레 형!"

학보에 내가 '문들레'란 시를 발표하고 난 뒤부터 후배들은 나를 문들레로 불렀다.

놈은 콧김을 내뿜으며 대책 없이 열차를 따라오고 있었고, 놈을 바라보면서 나는 혼잣말을 내뱉었다.

"싱거운 놈."

그때 입안에서는 박하사탕이 녹기 시작했는지 알싸하고도 달짝지근한 향기까지 퍼져 나와 일단은 기분이 더없이 좋았다.

그 후 내가 군대에 있을 때, 환이 형이 죽었다는 소식을 들었다.

'난… 이곳을 잊지 못할 거야' 하며 활짝 핀 벚꽃을 바라보던 그의 모습이 내 눈에 선연했다.

그는 그렇게 죽었다. 너무 빨리 떨어져 내린 인생이었다.

마치 낙화유수처럼 말이다.

인간병기들의
마을

신병 훈련을 마치는 날이었다. 2월의 논산 훈련소는 아직도 추웠다. 국방색 더플백을 어깨에 걸쳐 메고 나는 커다란 군화가 신겨진 발을 내려다보았다. 발은 군화 안에서 제멋대로 돌아다녔지만 군화목이 길어서 벗겨질 가능성은 전혀 없었다. 오리걸음처럼 뒤뚱거림이 있었지만 그리 나쁜 편은 아니었다. 그때 두 사람의 건장한 군인이 다가왔다. 베레모를 쓴 특수부대원으로 보였는데, 두 사람 모두 선글라스를 끼고 있었다. 그들은 다가와서 내 이름을 호명했다. 나는 본인이 맞노라고 대답한 뒤 혹시 내가 무슨 잘못을 저질렀느냐고 물었다.

미국에
뜬 달

"가보면 알게 됩니다."

순간 나는 놀라지 않을 수 없었다. 나 같은 졸병에게 경어를 썼다는 게 말이다.

내게 주어진 보직명은 낯설었다. 다른 훈련생들과 달랐다. 보통 사병들의 보직명은 보병이나 포병 따위인데 나의 보직명은 통제사란 이상한 명칭이었고, 아무도 그것이 무엇인지 알지를 못했다. 도대체 사병인 주제에 무엇을 통제한단 말인가? 갑자기 이순신 장군이 생각났다. 그분은 수군통제사가 아니었는가? 그런데 나 같은 졸병에게 그런 직함을 줄 리는 없다. 그렇다면 무엇인가를 통제하는 사병을 말하는 걸까?

나도 다른 훈련병들처럼 보병 같은 평범한 보직이었으면 하는 생각이 들자 은근히 걱정이 밀려왔다. 엉거주춤 오리걸음으로 그들을 따라가자 지프 한 대가 기다리고 있었다. 한 베레모는 조수석에, 그리고 다른 베레모는 나와 같은 뒷좌석에 탔다.

나는 더플백을 발치 아래에 쑤셔 넣듯이 하고 그 위에 커다란 군화를 얹었다. 군화 속은 마치 우주에 존재하는 진공 상태와 같았고, 발은 그 속에서 제멋대로 유영하고 있었다.

"저… 실례지만 어디로 갑니까?"

"가보면 알게 됩니다."

앞에 탄 베레모가 먼저와 똑같이 대답 같지 않은 대답을 했다. 대학 시절에 공연히 민주화니 뭐니 하는 데모대에 가담한 것이 후회스러웠다. 기록은 어디까지든 따라다닐 것이고, 나는 통제의 대상이 될 것이 뻔했기 때문이다. 그렇다면 통제사란 보직은 무슨 암호 같은 것이 아닐까 하는 생각이 들었다.

불현듯 불길한 생각이 밀려왔다. 그렇다. 통제사라는 것은 통제 대상이란 의미를 뜻하는 것일 게다. 생각이 여기에 미치자 갑자기 엉뚱한 질문을 하고 싶은 생각이 들었다.

"저… 질문해도 됩니까?"

나는 꽤 큰 소리로 말했다. 지프는 몹시 덜컹대었고, 그리 빨리 달리지는 못했다. 방한 장치가 신통치 않아서 그런지 매서운 바깥 공기가 들어와 무릎 부위가 유난히 시려왔다.

"질문하십시오."

여전히 앞에 탄 베레모가 큰 소리로 말했다. 그는 뒤로 머리를 돌리지 않고 앞을 보며 말했다.

"밥은 언제 먹습니까? 물론 때가 되면 먹는다고 하시겠지만요."

나는 은근히 배짱이 생겼다. '까짓, 될 대로 되라지, 뭐…' 하는 식으로 말이다.

"약 한 시간 뒤에 사식을 합니다."

"사식을요? 그렇다면 목적지는 꽤 멀다는 얘긴데……."

"그렇습니다. 우리 부대는 먼 곳에 있습니다."

나는 그제야 어느 정도 감이 잡혀 옴을 느꼈다. 그렇다. 나는 차출이 된 것이다. 그리고 차출된 부대로 가고 있는 중이다. 그렇다면 잡혀가는 입장은 아닐 것이다. 옆에 자리한 베레모는 도무지 말이 없었다. 앞좌석의 베레모보다는 더 높은 지위인 것 같았다. 그렇다고 그다지 무서워 보이는 인상도 아니었다. 서로 눈빛이 마주치는 일은 없었지만 점차 우호적이라는 느낌을 받게 되었다. 나는 그에게도 말을 걸어보고 싶은 충동이 생겼다. 옆의 베레모에게 시선을 돌리며 물었다.

"왜 계급장 같은 것이 없으십니까? 군인이라면 최소한 그런 것이 있어야 되는 거 아닙니까?"

"우리 부대의 특징상 가능한 일이다. 귀군은 테스트에 통과되면 교관 직을 부여받는다."

"교관 직을요? 제가 말입니까?"

"물론이다. 하지만 테스트에 통과해야 한다."

"그게 뭡니까?"

"부대에 필요한 기술직 같은 것인데 귀군의 경력과 연관이 있다."

"그렇다면 유도에 관한……?"

"그렇다. 국방부에서 정한 것이니 적임자인 줄로 안다."

그제야 나는 어느 정도 상황을 파악하게 되었는데, 그들이 나를 필요로 하고 있음이 분명했다. 갓 훈련소를 나온 무등병에게 경어를 썼다는 것 자체가 이상했던 것이다. 긴장이 풀리자 갑자기 시장기가 느껴졌다.

"한 시간 거의 온 것 같은데… 배식은 언제 할 겁니까?"

"배식이 아니라 사식을 할 겁니다."

앞좌석의 베레모가 다시 말했다.

사식이든 배식이든 나는 매우 배가 고팠다.

부대에 도착할 때는 이미 날은 저물었다. 모처럼 사식으로 3인분을 먹고 난 나는 식곤증으로 거의 실신상태가 되다시피 해 덜컹거리는 지프 속에서 무릎을 끌어안고 자고 또 자기를 연거푸 몇 차례 하고 난 후였다.

산속에 자리한 부대의 정문을 들어서는데 보초병들이 절도 있는 동작으로 경례를 했다. 차에서 내린 나는 어느 숙소로 안내되었다. 그곳은 군인이 한 명도 보이지 않는, 마치 민간 숙소처럼 조용했다. 똑같은 모양의 건물이 두 동 있었는데 그중의 한 건물로 안내되었다. 방 안은 침대도 있었고 샤워시설까지 있었다. 도저히 군대 숙소란 느낌이 들지 않았다. 도대체 나는 어떤 대우를 받고 있는 것일까? 지금까지 어디에서도 경험해 본 적이 없는 엄숙한 분위기와 무거운 기류가 방 안까지 따라왔다. 왠지 굉장한 곳이란 느낌이 들자, 마음속으로 흥분이 잔잔히 일어났다. 그러나 밀려오는 졸음을 참을 수 없어서 일단 자기로 했다.

그리고 다음 날 아침 일찍 배식을 받은 후, 나는 한 사병의 인도를 받아서 중대장실로 불려 갔다.

부관이 문을 열어주면서 중대장님께 전입신고를 하라며

미국에 뜬 달

낮은 음성으로 지시를 했다.

"흠, 국방부에선 통제사란 보직을 내렸다… 이거지?"

신고를 받은 대위는 나의 군화를 찬찬히 내려다보았다.

"귀 군은 원래 발이 그렇게 큰 편인가, 아니면 군화가 큰 건가?"

"옙! 군화가 큰 것입니다."

"그건 발이 아주 큰 사람용 같은데… 안 그런가? 하하, 미국 사람이 신어도 클 것 같군."

대위는 눈매가 유난히 날카로워 보였다. 그러나 그의 음성은 후덕하고 부드러웠다.

"전공은 영문학인데 국가대표급 유도인이라……. 올림픽 쪽으로 나갔다면 군 면제도 가능했을 텐데, 그런데 군 입대를 했다 이거지?"

나는 대위의 질문에 대답을 해야 옳은지 어떤지 알 수가 없었다. 어찌 보면 대위의 질문은 질문이 아닌 듯도 싶었다. 그는 부관을 향해 나직이 명령을 하달했다.

"특상 오라고 해!"

"특무상사님 지금 밖에 와 계십니다."

"그럼 들어오라고 해!"

특무상사란 사람은 다름 아닌 이곳으로 나를 호송해 온 옆자리의 베레모였다.

"두 사람은 구면이지, 아마? 김 상사, 그래, 언제가 좋겠는가?"

베레모에게는 소위 개구리복이라 불리는 전투복이 잘 어울렸다. 구릿빛으로 그을린 피부가 그를 더욱 강인한 군인으로 보이게 했다.

"준비는 벌써 되어 있습니다."

"그래? 준비가 다 되었다 이거지? 그럼 뭐 지체할 이유가 없지 않은가. 시작하도록 해."

나는 베레모를 따라나섰다. 서너 개의 건물을 지나서 반원통의 건물이 나오자 베레모는 내게 눈짓으로 문을 열고 들어가라는 신호를 보냈다. 안으로 들어서니 실내는 어두웠다. 나는 고양이처럼 어둠을 주시하며 나의 동공이 빨리 확대되기를 기다렸다. 인기척은 없었으며 안으로 향하는 또 하나의 문이 보였다. 나는 그곳으로 들어가 보기로 했다. 어쨌든 그가 들어가 보라고 했지 않은가!

문을 열고 들어가니 실내는 넓었고 띄엄띄엄 사각의 기둥들이 바닥에서 천장으로 뻗어 있었다. 그때 갑자기 대낮처럼 실내등이 켜지면서 어렵사리 확대된 나의 동공을 놀라게 했다. 바로 그 순간이었다. 오른쪽 기둥 뒤에서 기합 소리와 함께 전투복 차림의 병사가 용수철처럼 튀어 오르면서 일격을 가해왔다.

어깨까지 날아온 발길은 군화가 아닌 전투화였다. 하마터면 얼굴에 적중할 뻔한 상황을 모면한 나는 반사적으로 전투화를 잡아챘다. 그리고 학처럼 서 있는 놈의 왼발을 재빨리 오른발로 감아 당겼다.

놈의 상체가 지면에 닿는 소리와 동시에 둔탁한 진동음이 실내에 울려 퍼졌다. 나에게는 익숙한 소리였다. 진동의 느낌만으로도 충격의 정도를 파악할 수가 있다. 상당한 충격일 것이다. 머리가 지면에 닿지 않았더라도 등 쪽에 받은 충격은 충분히 늑막에 타격을 줬을 것이다.

넘어진 자에게 다가가려는 순간, 이번에는 나의 등이 심하게 요동쳤다. 또 다른 전투화가 일격을 가해왔던 것이다.

돌아보니 키가 큰 병사가 방금 발길질한 그의 발을 거둬들이고 있었다.

나는 오리처럼 퍼덕이며 놈에게 달라붙었다. 그리고 놈을 밀어붙이기 시작했다. 당황한 그는 안간힘을 써서 밀리지 않으려고 버티고 있었다. 하지만 유도술을 모르는 그의 뻣뻣하기 짝이 없는 커다란 몸통은 그것으로 끝이었다. 유술은 고무줄로 된 새총의 원리도 이용한다. 일순간 왼쪽으로 몸을 돌리며 나의 몸은 갑자기 사라져 버린다.

그러면 그의 몸은 나의 오른쪽 다리에 걸려서 사정없이 앞으로 고꾸라진다.

그의 앞이마나 턱이 지면에 강타를 당했을 것이다. 이런 경우는 넘어지는 속도가 너무 빨라서 자신의 손으로 지면을 짚을 시간적 여유조차 없게 된다. 최소한 삼십 초 이상은 혼절

상태에 놓일 것이다.

나는 그제야 상황을 파악하게 되었다. 그들이 얘기한 테스트였던 것이다. 그때 두 명의 전투복 병사가 동시에 덮쳐왔다. 기둥들마다 얼마나 많은 복병이 있을지 모를 일이다. 간밤에 잠을 많이 자둔 것은 다행한 일이었다. 그러나 크고도 거북스러운 군화는 나의 행동을 느리게 했다.

그래서 하는 수 없이 팔짝팔짝 뛰어오르는 오리걸음으로 재빨리 움직여야 했다. 상대가 두 명 이상일 때는 시술자는 먼저 욕심을 버려야 한다. 시술을 하되 큰 기술은 시간도 걸리거니와 자칫하면 엉키게 된다. 그래서 큰 공격술은 금물이다. 아웃사이드 기술로 상대를 가볍게 제압하여 일단 쓰러뜨린 후 이차 공격을 해야 한다. 그러면서 항상 다른 상대의 공격에 대비해야 한다.

나는 오른손으로 오른쪽 병사를 잡아서 후리기로 신속히 넘어뜨렸다. 그리고 남은 병사에게 돌진하여 독수리처럼 가슴팍을 강하게 낚아챘다. 전투복은 얇았고, 병사의 가슴팍 살점이 동시에 잡혀 왔다. 이번에는 메치기를 선보일 기회였다. 허리 깊숙이 병사의 체중이 실려 왔다.

그들은 아마추어다. 되치기 같은 것은 있을 리 만무하다. 소위 유도인들이 말하는 보릿단 수준이다. 그는 멋지게 비행기를 탄 것이었다. 지면이 흔들리는 진동음을 내면서 병사는 떨어져 내렸다. 후리기 기술로 넘어진 병사는 다치지 않았을 것이다. 그러나 그는 짐짓 일어나는 기색이 없었다.

다른 기둥들을 살펴보았다. 더 이상 기둥 뒤에서 나타나는 병사는 없었다. 공격자는 네 명이 전부인 듯했다. 나는 그제야 가쁜 숨을 몰아쉬며 흐트러진 옷매무시를 가다듬었다.

그리고 뛰어오르면서 두 발로 커다란 군화를 소리 내어 탁탁 마주쳤다.

그때 문이 열렸다. 대위와 베레모, 그리고 대여섯 명의 군인이 쏟아져 들어왔다. 특상으로 불렸던 특무상사의 손에는 스톱워치가 들려 있었는데 그는 대위에게 그것을 내보이며 이렇게 말했다.

"2분 15초였습니다."

대위가 물끄러미 내려다보더니 고개를 끄떡였다.

"쟤들 상태는 어떤 것 같은가?"

"파악하려면 시간이 좀 걸릴 것 같습니다."

"레코딩은 잘 되었겠지? 이따가 화면을 통해서 다시 한 번 보기로 하지."

"옛, 알겠습니다."

대위가 뒷짐을 진 채로 천천히 내게 다가왔다.

"등은 괜찮은가? 기습이라 몰랐겠지?"

"괜찮습니다."

"아무래도 군화가 너무 큰 것 같아 보였어. 그렇지? 유리벽을 통해서 상황을 관찰했지. 프로가 그래서 무서운 거야. 역시 프로는 달라. 그래, 2분 15초란 말이지?"

특상을 힐끗 쳐다보면서 대위는 말했다. 그제야 등 쪽으로부터 화끈거리고 들쑤시는 듯한 통증이 있었다. 골반 쪽이 은근히 뻐근해져 옴도 느낄 수 있었다.

나의 군대 생활은 그렇게 시작이 되었고, 교관이란 직분이 주어졌다. 그리고 대위의 특별 배려로 인하여 내게 딱 맞는 군화도 지급되었다.

우리의 일상이 보편적으로 평범함의 연속이겠지만 그렇다고 언제나 그런 것만은 아닐 것이다. 개인적이든 국가적이든 간에 마찬가지겠지만 누구에게나 예상치 못했던 돌발 상황이나 특별한 어떤 상황이 발생하게 마련이다. 국가도 어떤 위기 상황이나 특별한 사건에 봉착했을 경우 이를 해결하기 위한 특별한 조직이나 훈련된 사람이 필요한 것이다. 내가 속한 부대는 바로 그런 맥락으로 존재하는 특수부대였다. 분야별로 전문가들이 와서 이 숙소에 머물게 되는데 나 같은 경우는 현역 군인의 입장에서 여기에 참여하게 된 셈이다.

나는 비무장 공격술에 해당하는 분야를 맡았다. 특수 임무 활동에 참여된 병사는 그 숫자가 제한되어 있었다. 그중에는 몸이 건장한 병사도 있었지만 의외로 왜소한 병사도 있었다. 그들에게 내가 교관으로 소개되던 날 벽 쪽에 설치된 커다란 슬라이드에는 교관 테스트 때 찍은 동영상이 나왔는데 푸른 글씨로 자막도 함께 했다.

금메달급 교관, 4명 격파에 2분 경과하다.

자막을 본 순간 나는 실소를 금치 못했다. 동영상은 끝 부분이 하이라이트였다. 커다란 군화를 탁탁 마주치는 장면에서는 실내가 떠나갈 듯한 함성과 웃음소리가 터져 나왔다. 그리고 일제히 기립해서 박수를 쳤는데, 그 소리가 마치 천둥소리 같았다. 최소한 군대의 사기 증진에는 이바지한 감이 없지 않았다.

그뿐만이 아니었다. 곧이어 네 명의 공격자가 온몸에 붕대와 깁스, 그리고 목발 차림으로 비틀대며 무대 위로 나왔다. 그리고 나를 향해 손사래를 치는 시늉을 하고서는 붕대며 목발을 벗어 던졌다. 그들은 모두 건강했으며 아무도 다친 데는 없어 보였다.

그들은 내게로 와서 허그를 해주었다. 나도 그들의 등을 두들겨 주었다. 그중에서 가장 장신이며, 내 등짝을 가격한 병사에게 내가 신었던 커다란 군화가 수여되었는데, 그는 즉석에서 신어보고는 머리를 흔들었다. 군화는 그에게도 너무 컸던 것이다. 실내에 다시 한 번 떠나갈 듯한 함성에 가까운 웃음소리가 터져 나왔다. 도날드 군화라 명명이 된 그 군화는 그 후로도 오랫동안 임자를 만나지 못했다.

사람들의 성향이란 게 그렇다. 개념이 다르듯이 평화주의
자도 있지만, 파괴주의적 성향이 강한 사람도 있다. 그것이
비록 선천적이든 환경적 요소로 인함이든 간에 부정적 마음
으로 가득한 그들은 끊임없이 인류의 평화에 도전을 해온다.
이러한 현상에 대해서 어떤 이는 인간의 존재를 대립적 관계
속에서의 존재로 규정지은 바 있다. 게오르크 헤겔이란 사람
도 이와 비슷한 얘기를 했다.

　국가는 이러한 반 평화주의자들로부터 야기되는 문제성을
차단하거나 물리칠 수 있어야 한다. 그들은 반사회적일 뿐 아
니라 여간 악랄한 게 아니다. 그리고 그들은 언제 어디에서도
존재했다.

　그 부대에 모인 특수병사들의 임무는 그러한 반사회적 요
소들을 차단하고 물리치는 것이었다. 일반 병사와는 사뭇 다
른 임무의 특이성 탓으로 이들은 기본적으로 여러 훈련을 받
게 되는데, 그래서 내가 그곳의 교관으로 임명이 된 것이었
다.

　그곳에서의 나의 역할은 특수 업무 병사들에게 유도술을
가르치는 게 아니었다. 스포츠정신이니 유도의 기본인 균형
감각술이니 하는 따위는 그다지 중요하지 않았다. 인간의 신
체적 취약성을 분석하고 알아내어서 우리가 가진 기본적인
힘을 이용하여 가장 효과적인 방법으로 제압하는 특수 기술

을 개발하는 것이었다. 그래서 개발된 기술이 'Breaking Bee' 란 것인데 일명 B.B술로 통했다. 파괴성이 강한 말벌을 상징하는 것이었다.

이 기술들을 개발한 이후부터 나는 비비 교관으로 불리게 되었다. 그렇다. 모든 동물의 취약 부분은 사실상 목 부위이다. 인간도 예외는 아니다. 나는 주로 목을 공격하는 기술들을 개발하고 이를 실험하는 일을 한 것이다. 그러니까 나는 인간병기들을 길러내는 교관인 동시에 나 자신 또한 인간병기였던 셈이다.

며느리밥풀꽃

내가 군대에서 보낸 삼 년은 마치 야영 훈련을 다녀온 듯 그렇게 빨리 지나갔다. 훈련은 혹독했다. 특수 인간병기를 만드는 곳이니 오죽하겠는가.

그러나 그런 곳에도 인간들만이 나눌 수 있는 따뜻한 인정이 있었다. 무엇보다도 자신들이 국가를 위해 부름을 받은 특수부대원이란 자긍심이 모든 것을 극복할 수 있는 무서운 힘이 되었던 것이다.

나는 스스로 거의 모든 훈련에 자원하다시피 했다. 그곳에 온 부대원들은 대부분이 터프가이였다. 조금의 틈만 노출이 되어도 그들의 공격을 감내해야 했다. 강하지 않으면 그곳에서는 존재하기 힘들다. 그곳에서는 휴식과 오락 시간에도 격렬하기 짝이 없는 게임을 했다. 외발 유도 게임을 그들 모두가 열광적으로 좋아했는데, 그들은 그것을 건전한 스포츠로 여기고 틈만 있으면 편을 갈라서 시합을 하곤 했다.

이 게임의 특징은 승부가 빨리 난다는 점과 신체의 모든 기술력을 사용할 수 있다는 점뿐 아니라, 무엇보다 안전하다는 점이었다. 매트리스가 필요없이 맨땅에서 할 수 있는 훌륭한 게임인 동시에 균형 감각 연마술로는 이보다도 더 좋은 게 없다. 거의 모든 유술을 쓸 수 있기 때문에 이 게임을 통해서 얼마든지 상대에 대한 유도 기술의 깊이를 파악할 수 있는 것이다.

그때의 경기는 빅 이벤트였다. 중대장을 포함한 관계자들도 참관했다. 알파 부대와 베타 부대는 같은 임무의 특수부대이지만 서로가 은근한 자존심으로 대립하는 관계다. 처음에는 단체전이 시작된다. 부대원 전원이 전면전을 펼치는데, 이 전쟁에서 살아남는 자들이 개별적 토너먼트 형식으로 마지막 승부를 내는 것이었다. 알파 진영에서는 다섯 명이 살아남았고 베타 진영에서는 세 명이 살아남았다. 살아남는 자는 언제나 살아남는 법이다.

보통 열 명 정도가 살아남는데 그날은 여덟 명이니 두 명은 단체전에서 죽은 셈이다. 알파에서는 아카시아와 에델바이스, 그리고 할미꽃이 강자다. 이들은 언제나 살아남는 편인데 그날은 탱자꽃과 도라지도 살아 있었다.

아참, 꽃 이름이 나오는데 이 부대에서는 꽃 이름을 쓰는 전통이 있어서 누구나 자기만의 꽃 이름을 가지고 있었다. 그들은 꽃 이름으로만 자신을 대변했다. 베타에서는 코스모스와 채송화, 그리고 며느리밥풀이 강자인데 그때에도 이 셋만 살아남았다.

최종 시합에서는 언제나 손에 땀을 쥐게 되는데, 그것은 일대일의 승부이기 때문이었다.

일대일 승부에서 결국 알파 부대에는 세 명의 선수가 남았지만 베타 부대에서는 며느리밥풀 혼자만 남았다.

팽팽한 기류가 흐르고 숨소리조차 내지 않고 자신의 부대가 이기길 기원했다. 상대를 물리치고 일 승을 올릴 때면 실내가 떠나갈 듯 사기가 충천했다. 그야말로 사나이들만의 세계였던 것이다. 물론 그 시합에는 자존심의 대결 외에도 다섯 박스의 담배가 걸려 있었다. 그 외에도 중대장의 통닭 50마리와 특무상사의 콜라 다섯 상자도 있다. 군대에서 이게 어딘가? 어떤 부대원은 무릎을 꿇고 기도를 하는가 하면 연신 가슴에 십자가를 그어대는 자도 있었다.

전세는 완전히 기울어진 셈이었다. 당연히 알파 쪽에서는 이미 축제 분위기가 완연할 수밖에 없었다. 그러나 나의 의견은 달랐다. 나는 최근에 기량이 달라진 며느리밥풀을 유심히 보고 있었던 터라 일단 경기를 중단시키고 이 최종 주자의 승리를 점치는 발언을 했다. 그러자 알파 쪽에서 야유가 터져 나왔다.

경기가 다시 시작되자 할미꽃이 알파 부대의 박수를 받으며 여유 있게 나왔다.

"할미꽃! 알것제! 마지막이다, 마지막! 끝내 버리라구!"

베타부대는 조용했다. 통닭 50마리와 시원한 콜라는 이제 그들의 것이 아니라고 생각했을 것이다. 알파에는 아직 코스모스를 꺾은 아카시아가 있고 에델바이스가 남아 있었기 때문이다.

며느리밥풀은 집중력이 강했다. 그다지 체격이 크지는 않았지만, 그의 몸놀림은 유연하고도 빨랐다. 할미꽃도 만만한 상대는 아니었지만, 며느리밥풀의 빠른 공격을 감당하지 못해서 자빠지고 말았다. 이번에는 베타 진영에서 함성이 터졌다. 그러나 알파 진영에서는 끄덕도 하지 않았다. 그들은 먼저 에델바이스를 내보낼 참이었다. 그들은 만약의 경우를 대비해서 아카시아를 아껴뒀다가 최후의 전사로 기용할 작전인 듯싶었다. 이제 전세는 이 대 일인 셈이다. 에델바이스는 음성이 굵은 병사였다. 체격도 우람하여 외면으로 보기엔 며느리밥풀보다 훨씬 강하게 보였다.

"에델바이스! 빨리 꺾어버리고 마감하자구! 아카시아까지

갈 거 뭐 있어?"

며느리밥풀은 최진우 하사다. 곁에만 가도 냉기가 돈다는 그는 평소에 매우 조용한 성품이었다. 그러나 독종이었다. 겨울밤에 종종 그는 대검을 휴대하고 강으로 가서 얼음을 깨고는 물속에 잠수했다가 나온다. 나올 때는 먼저 대검부터 물속에서 나온다는데, 그가 내무반으로 들어가면 실내의 공기조차 얼어붙는다고 했다.

그의 특기는 초소형 무장술이다. 바늘장력이란 것을 습득한 그의 기술은 놀라웠다. 아무도 흉내 내지 못하는 기술이었는데, 그는 언제나 바늘이 가득한 작은 상자를 휴대했다. 그것이 그의 무기였다. 그것으로 그는 두꺼운 송판을 뚫는 괴력을 가졌다. 그러니 사람의 몸통은 말할 필요가 없다. 일반인은 송판에 바늘의 머리 부분도 꽂지를 못한다.

불가사의한 현상이었다. 바늘 한 갑으로 대대 병력을 쓸어버릴 수가 있는 셈이었다. 접근전일 때에 그렇다는 얘기다. 그래서 그의 다른 이름은 '바늘장사'였다.

한 번은 그가 내게 이런 말을 한 적이 있었다.

"교관님, 일 년 후에는 정말 제대하실 겁니까?"

"그렇네. 하지만 아직은 일 년이 남았는걸."

"우리 같은 놈들에겐 요원한 일입니다. 제대를 한들 뭘 하겠습니까? 교관님 가시면 말임다, 분위기가 완존 팍이겠는데요."

미국에
뜬 달

"그렇지는 않을 거야. 교관은 또 올 테니까."

"하지만 같은 인간은 아니지 않습니까?"

"인간은 원래 다 다른걸."

"하여튼 교관님 가시면 말입다, 사고 한번 쳐볼까 합니다. 화끈하게 말입니다."

나는 그가 사용한 '사고'란 언어가 은근히 마음에 걸렸다.

어쩌면 그날의 대결에서 그 '사고'란 개념이 어느 정도 나타나지 않을까? 하는 기대감이 슬며시 머리를 들었다. 그는 사실 내가 개발한 B.B술의 기술을 가장 많이 터득한 수제자 같은 인물이었다. 그에게는 본능적으로 남다른 비범함이 있었다. 일단 연습량이 많았고, 기술을 연마하는 자세가 달랐다.

그래서 나는 그에게만 특별히 사사를 허락한 셈이었다. 때로는 섬뜩한 느낌이 들 정도로 그는 B.B술에 강한 집착을 보였다. 그는 프로 킬러로서 최고의 기량을 가진 자였다.

조용했던 베타 쪽에서 점차 흥분하기 시작했다. 며느리밥풀이 한 번만 더 이겨준다면 전혀 승산이 없는 것도 아니기 때문이다.

"며눌님 밥풀님! 제발 한 번만 더 부탁합니더!"

한 발 유도는 승패가 깨끗하다. 다리 기술도 다양해서 흥미롭기 그지없다. 그리고 우연 승이란 없다. 그렇게 보였다 하더라도 그건 우연이 아니다.

에델바이스가 먼저 공격을 시도했다. 힘이 좋은 그는 기세로 누를 듯이 무차별적으로 밀어붙였다. 그러나 상대는 그리 만만치 않았다. 위기를 넘긴 며느리밥풀이 몸을 던지듯이 상대를 파고들어 둘이 동시에 넘어졌다. 이럴 경우, 밑에 깔린 자가 지는 것이었다.

그때 베타 진영에서 함성이 터졌다. 에델바이스의 큰 몸집이 밑에 깔린 것이다. 나의 예언은 점점 맞아떨어지고 있었다. 알파 진영에서 아카시아가 지그시 눈을 감고 있더니 드디어 자신의 차례가 왔음을 알고 준비 운동을 하기 시작했다. 이제는 베타 진영이 완전히 축제 분위기였고 알파 진영은 술렁이고 있었다.

이윽고 마지막 대결의 순간이 오자 알파 부대로부터 어떤 제의가 들어왔다. 결승전이니까 진검 승부를 하자는 것이었다. 진검 승부는 격투기를 말한다. 격투기를 통해서 상대방을 먼저 쓰러뜨리는 자가 승리를 하는 게임이었다.

베타 진영에서도 기가 죽을 리 만무했다. 그래서 합의는 금세 이루어졌고, 두 진영에서의 팽팽한 기류는 극점에 도달하게 되었다.

아카시아가 웃도리를 벗어젖히며 먼저 나왔다. 누구도 그를 당해내기가 어려울 것이다. 그는 오랫동안 재소자 신분이었다는 소문이 있었지만 그게 사실인지는 아무도 몰랐다. 그의 별명은 불곰이었다. 며느리밥풀을 굳이 야생 동물로 비유하자면 표범에 가까웠다. 그러니까 불곰과 표범의 대결인 셈이었다.

먼저 나온 불곰이 자신의 가슴을 두 주먹으로 쳐대며 으르렁거리자 표범이 질세라 날카로운 소리로 포효했다.

불곰 쪽에서 선제공격을 시도했다.

그는 억센 팔을 뻗으며 표범을 잡으려 했으나 여의치 않았다. 오히려 표범의 오른쪽 주먹이 그 사이를 파고들어 불곰의 안면을 강타하고 빠져나갔다.

베타 진영에서 함성이 터져 나왔다.

그러나 그 정도에서 물러날 불곰이 아니었다. 강철 같은 주먹을 휘두르며 그는 상대를 연신 몰아붙였는데 그중에서 한 방이 복부에 적중하자 표범의 행보가 더 이상 바람처럼 가볍지 못했다.

이번에는 알파 진영으로부터 격앙된 목소리들이 터져 나와 하늘로 솟구쳤다.

"끝났다. 아카시아, 한 방만 더 먹이면 진짜로 끝이야. 그러니 공격해, 공격을 하라구!"

불곰이 서두르는 듯했다. 문신으로 얼룩진 근육질의 단단한 몸이 잔뜩 웅크리고 있는 표범에게 달려들었다. 그러나 호락한 표범이 아니었다. 그때였다. 기합 소리와 함께 표범의 오른발이 번개같이 뻗어나가 불곰의 허리를 파고들었다. 육중한 그의 몸이 흔들린 순간이었다. 표범의 그 다음 공격술은 아름다웠다.

　번개처럼 달려드는가 싶더니 그의 몸이 한 바퀴 빙그르르 돌았다. 회전을 이용한 동력의 끝자락에서 피어난 한줄기의 강한 힘이 상대의 허리춤을 다시 한 번 파고들었다. 그리고 표범은 불곰의 뒤로 다가가서 아직 쓰러지지도 않은 그의 목을 공격하기 시작했다. 목을 부러뜨리는 B.B술이었다. 깜짝 놀란 나는 경기를 중단시켰다. 그러나 불곰의 커다란 몸통은 이미 고목처럼 힘없이 넘어졌고 베타 진영에서는 승리의 함성이 마치 천둥처럼 큰 소리로 울려 퍼졌다.

　그날 저녁 알파 진영은 다 먹게 되었던 통닭 대신에 부대 배식을 받아야 했고, 베타 진영은 며느리밥풀 덕에 통닭을 뜯으면서 한없이 행복에 젖을 수 있었다. 어디 그뿐인가? 한쪽에서는 배식 후 찬물을 벌컥대며 마셔야 했지만 다른 쪽은 달콤한 콜라를 캔째 들고서 승리를 자축하며 그 시원하고도 알싸한 탄산가스를 음미했을 것이다. 그리고 식후에 그들은 전리품으로 획득한 화랑담배를 피우면서 도대체 며느리밥풀꽃이 어떻게 생겼는지에 대해서도 밤새도록 얘기했을 것이다.

비비 교관

비비 교관은 말벌 교관. 그에게 목을 보이지 말라.
꽃잎처럼 그렇게 떨어져 내릴걸. 바람처럼 순식간에.
그래도 비비는 좋은 사람, 언제나 우리 편.
그런데 비밀 있어. 그는 목이 없지. 그러니까 비비지. 목이
없는 비비.

그곳에선 모두가 꽃 이름을 가졌기에 우리는 우리의 부대
를 꽃동산이라 불렀다.
꽃동산에선 언제부턴가 이런 가사의 노래가 돌고 있었다.
나는 도대체 영문을 몰랐다.

특무상사가 빙그레 웃으며 말했다.

"나쁜 얘기가 아니니까 신경 쓸 것 없어. 그들이 자네를 전설로 만들려는 거야."

"전설이라니요? 그게 뭡니까?"

"어디든 전설은 있게 마련이지. 아마 쟤들도 그럴 걸세."

"무장술 교관들도 많을 텐데… 왜 하필이면 나를?"

나는 어리둥절한 표정으로 물었지만, 특무상사는 웃음을 띤 채 답을 돌려주지 않았다.

"참, 연합 기술 평가단이 오늘 밤에 도착할 걸세. 이번에 특별 시범단이 오는 모양인데… 힘주는 걸 보니 뭔가 있는 모양이야. 장교급과 교관들, 그리고 기술직 하사관들까지 모두 참여할 것이니 자네도 잊지 말게. 국방부에서 인솔해 온다는데… 왠지 모르겠어. 하여간 그건 내일이면 알게 될 거고… 나는 실험에 투입될 일반 사병들을 좀 차출해야 돼. 그러니 자네는 정예들 중에서 이십 명만 차출해서 내일 그들을 참관시키도록 하게. 그런데 그들을 실험에 참가시키지는 않을 것이네. 아니, 그렇게 해서는 안 된다는 게 중대장님의 명령일세."

"알겠습니다."

특무상사가 오른손을 들어 보이면서 내 앞에서 사라지자 나도 새로 채택할 기술에 관한 보고서를 마무리할 겸 해서 연구실로 향했다.

연구실이라야 나무 바닥으로 된 20평 남짓한 사무실인데 책상이 하나 달랑 있는 게 고작이다. 마룻바닥은 텅 비어 있었다. 연구에 대한 실험이 있을 때는 이곳도 제법 붐비는 편이었지만 자주 있는 일은 아니었다.

새로 채택할 기술은 하체에 대한 공격술이었다. 힘이 상대적으로 월등한 골리앗 같은 적에 대한 격파술이 필요했다.

'베어 어택'으로 명명하기로 한 기술인데, 도저히 힘으로 당할 수 없는 상대를 제압하는 기술이다. 기술은 분명하고도 쉬워야 했다. 고난이도를 요구하는 기술은 소용이 없었다.

'베어 어택'은 후방성 공격이다. 비록 곰이라 할지라도 공격이 먹히는 기술이다. 상대의 뒷부분에 밀착된 상태에서 다리 사이를 파고들어 오른발로 상대의 오른쪽 다리의 윗부분까지 마치 뱀처럼 거꾸로 감아올린 후 시술자의 상체를 번쩍 들면서 온몸으로 힘을 가하는 것인데 그 기술에 걸리면 곰도 쓰러지지 않고는 못 배긴다. 효과는 그다음부터다. 쓰러지면서 상대는 오른쪽 다리가 부러지든지 아니면 골반에 심한 타격을 입어서 기동성을 잃게 된다.

이제 남은 것은 실험이었다. 가장 체구가 큰 실험 대상자들을 뽑게 될 것이다. 그 기술은 상대가 힘이 좋으면 좋을수록, 그리고 체격이 크면 클수록 잘 먹히는 게 특징이다. 그래서 기술이란 여간 놀라운 게 아니었다.

다음날이었다. 기술을 실험할 평가단이 도착을 하였는데 모두 열 명이 넘었다. 그중에는 영관급도 포함되어 있었다. 나는 인솔해 간 부대원들과 함께 자리를 잡았다. 며느리밥풀이 나의 옆자리에 꼭 붙어 있었다.

평가단은 총기류보다는 대검류 사용에 대해 관심이 높아 보였다. 특수요원들의 침투에 관한 것과 테러리스트들과의 육박전에 관한 주제인 듯했다.

시범단은 대검류 시술의 전문가들이었는데 모두 세 사람이었다.

국방부 소속의 인솔자가 그들을 소개했는데, 미국의 모 특수부대에 가서 장기간 훈련을 받았고 어쩌고 하는 개나발을 풀어대었다.

국방부에서 데려왔다면 어련하겠는가? 보나 마나 그들은 그 분야에서는 최고일 것이다.

그런데 왜 쓸데없이 나발을 불어대며 기를 죽이는가 말이다. 시범을 보이면 될 게 아닌가? 실험을 해보면 되는 일이지 거기에 무슨 긴 설명이 필요 있느냐 말이다. 나는 그런 게 딱 싫었다.

그런데 특히 그중에서도 고수인 듯한, 턱에 칼자국 흔적이 있는 자의 거만한 태도가 거슬렸다.

그자는 연신 칼자국 난 턱으로 둘을 지시하곤 했는데, 두 사람은 그 앞에서 고분했다.

대검류라면 우리 부대에도 박 교관이 있지 않은가?

시범의 시간이 되었는지 선임된 사병들이 들어오고 있었다. 족히 열 명은 넘어 보였다.

시범자가 먼저 나와서 중앙에 자리를 잡자 맨 앞의 사병이 뛰어나갔다. 교육을 미리 받았는지 그들의 행동에는 주저함이 없었다. 혹시라도 이기게 된다면 보나 마나 휴가를 약속받았을 것이 뻔하다.

각자 대검을 지급받자 서로 간의 간격이 떨어졌고, 긴장감이 돌기 시작했다.

그때, 칼자국이 나직하면서도 기분 나쁜 저음으로 말했다.

"인사를 해야지, 인사를."

그러자 시범자가 황급히 칼자국을 향해 묵례를 먼저 하고 사병에게도 묵례를 했다. 당황한 사병은 엉겁결에 거수경례를 하였고, 실내엔 약간의 웅성임이 있었다.

대검엔 끝이 뭉툭하면서도 단단해 보이는 플라스틱 같은 것이 입혀져 있었다. 그러니 진검이라 할 수는 없었다. 시범자는 상체를 잔뜩 숙인 채 머리는 꼿꼿이 들고 있었다. 그리고는 연신 플라스틱을 씌운 대검을 오른손에서 왼손으로, 왼손에서 오른손으로 던지듯이 그렇게 번갈아 쥐어가면서 상체를 흔들어대고 있었다.

실험 대상자는 어설퍼 보였다. 내 눈에는 마치 고양이 앞의 쥐 같아 보였다. 휴가의 꿈은 보나마나 무참히 사라질 것이다. 그러나 사병의 의욕도 보통은 아니었다. 사실은 그가 먼저 공격을 했는데 대검은 시범자의 몸과 왼쪽 팔에 끼어버렸다. 그리곤 끝이었다.

시범자의 대검이 사병의 복부를 찔렀고, 무거운 신음 소리와 함께 그는 그 자리에 푹 쓰러져 버렸다.

두 명의 시범자가 그렇게 번갈아 가면서 아무것도 모르는 사병들을 유린하고 있었다. 그들은 정확히 명치를 찔렀다. 찔린 병사들은 그때마다 외마디 비명을 지르며 그 자리에서 바로 고꾸라졌는데 마치 진검에라도 찔린 듯했다.

그들은 들것에 실려서 퇴장했다. 무려 열 명 가까이 실험을 해보았지만, 병사들은 단 한 차례도 시범자를 찌르지 못했다.

프로라는 이미지가 사람을 더욱 주눅 들게 하는 듯했다.

그들은 기고만장했다.

그때 시범자가 소리쳤다.

"누구든 좋으니… 우리를 상대할 자신이 있으면 한번 나와 보시겠습니까?"

그러나 아무도 나서는 사람이 없었다.

박 교관은 나서지 않았다.

그러자 대기하고 있던 뒷줄의 사병들이 차례로 나갔고, 그들 역시 대부분이 들것에 실려 나갔다.

칼자국이 자리에서 일어나 잠시 보충 설명을 했다.

"시범자들은 정확히 급소를 가격했기 때문에 큰 부상은 없을 것입니다. 잠시 혼절을 한 것뿐입니다."

그는 그들의 전문성을 과시하는 발언을 했다.

그러면서 한 시범자가 우리 부대를 비하하는 발언을 했다. 이게 무슨 최강의 부대냐며 그들끼리 웃음을 교환했다. 경솔한 자들이었다. 사병이라 해서 모두가 이곳의 정예병이 아닌 것이다. 그들이 무언가 착각을 한 모양이었다.

그때였다. 중대장이 갑자기 내 이름을 호명했다.

"어이, 비비."

박 교관을 안 부르고 그는 나를 불렀다.

나는 용수철처럼 튀어 나갔다.

중대장은 낮은 음성으로 아무렇지도 않게 지시했다.

"비비, 무검으로 실시한다. 실시!"

명령이 떨어졌다. 그래, 네놈들이 감히 우리 부대를 비웃었다 이거지?

나는 큰 소리로 말했다.

"비비 교관, 즉시 실시하겠습니다. 그런데 요청이 있습니다."

"뭔가? 말해봐."

"대한민국 최강 부대, 우리 부대 권위상 하수와는 상대를 할 수가 없습니다."

내 말이 떨어지기가 무섭게 칼자국이 벌떡 일어났다. 일어나자마자 그는 첫 단추를 끌렀다. 입을 굳게 다문 그는 오른손을 갈퀴처럼 오므렸다 폈다 하면서 걸어나왔다. 마치 기다리기라도 한 듯이 그는 나를 노려보면서 다가왔다. 그의 모습은 위풍당당할 뿐 아니라 오히려 여유를 부리는 듯했다.

시범자가 공손하게 두 손으로 대검을 그에게 건넸다. 그때였다. 한 병사가 자리에서 일어나며 큰 소리로 말했다. 며느리밥풀이었다.

"교관님이 나설 일이 아닌 줄 압니다. 그분은 우리 부대의 전설이십니다. 그러니 제게 기회를 먼저 주십시오, 중대장님. 허락만 해주신다면 제가 최선을 다해서 시범에 응하도록 하겠습니다."

며느리밥풀이 중대장님의 명령을 어긴 셈이었다.

나는 난처하기도 했거니와 그의 돌발적인 처사에 당황한 나머지 다소 격앙된 음성으로, 그러나 제법 점잖게 타이르듯이 그에게 말했다.

"자네는 내가 이루려는 전설을 방해할 작정인가?"

그는 나의 말에 잠시 주춤하는 듯했다. 그래서 다시 말했다.

"자리에 앉아라. 알겠나?"

"옛, 알겠습니다. 교관님."

대령이 자리에 앉은 채로 말했다.

"그래, 그렇다면 한쪽은 검 없이 한다는 건가?"

중대장이 얼른 대답했다.

미국에 뜬 달

"어차피 진검이 아니잖습니까?"

"우리가 쓰면 말이죠, 모든 게 진검이나 다름이 없습니다."

칼자국이 그사이에 끼어들면서 말했다.

그는 손가락이 없는 검은 가죽 장갑을 끼고 있었다.

"시골스럽게… 여러 가지 하고 있네."

나는 일부러 들으라고 제법 큰 소리로 중얼거렸다. 그들이 먼저 우리 부대를 비하하지 않았는가.

그때 대령이 궁금하다는 듯이 나의 경력에 대해서 물었다. 이번에도 국방부 사람이 대답을 했다.

"비비 교관은 국가대표급 무도인입니다. 특차병으로서 직위는 통제사급 사병입니다. 전군에 세 명이 있습니다. 이상입니다."

칼자국의 표정이 순간 흔들리는 듯했다. 경계의 눈빛이 여실했다.

그는 햇볕에 그을려서인지 유난히 피부가 검었다. 몸은 날렵해 보였다.

오른손에 대검을 쥔 그는 그것으로 왼쪽 손바닥을 몇 번 탁탁 치고 난 후에 검을 지그시 바라보았다. 무슨 의식을 치르는 사람처럼 보였다.

손가락이 없는 그의 장갑이 신경 쓰였다. 가죽 장갑 그 자체는 별것이 아니었지만, 그것으로 인한 밀착력은 찌르는 강도를 두 배나 높여주는 효과가 있다. 그래서 진검이나 같다고 했을 것이다. 그렇다면 놈은 나를 벼르고 있는 것이다. 직격으로 맞으면 내장 파열이 올지도 모른다.

그러나 작전은 이미 나도 짜여 있었다.

우리는 서로가 프로다. 그러니까 모든 것은 찰나에 결정이 날 것이고, 그 찰나에 과연 누가 더 강하냐, 그것뿐일 것이다.

목례를 나누었다. 실내 분위기가 짜증 나게 무거웠다. 내가 가장 싫어하는 엿 같은 분위기였다. 왜들 당사자도 아니면서 자신들이 더 긴장을 하는가 말이다.

'제발… 자유들 해라, 자유!'

이윽고 상체를 숙인 후 공격 자세를 취한 그는 대검으로 나의 얼굴 쪽을 한 차례 위협했다.

까짓것, 그래 봐야 중대장 말마따나 진검이 아니지 않은가?

그도 함부로 공격하지는 못했다. 오히려 섣부른 접근을 자제하는 듯했다.

그의 눈매가 매서워 보이기는 했지만, 어쨌든 기분이 나빴다.

그런 그의 눈과 마주치지 않으려면 빨리 끝내는 게 상책이다. 내 쪽에서 먼저 서두르는 게 아무래도 나을 성싶었다.

나는 왼쪽 손을 뻗으며 좌측 측면을 선두로 하여 조금씩 공간을 좁혀 나갔다.

미국에 뜬 달

환이 형은 이것을 '공간접기'라고 했다. 상대를 일단 사정권 안에 두기 위해서였다.

놈은 너무 신중했다. 아니면 쫄았는지도 모른다.

사정권 안으로 좁혀졌는데도 선제공격에 대한 액션이 없었다. 그걸 놓칠 내가 아니었다. 왼손이 마치 코브라처럼 흔들대다가 재빨리 상대의 얼굴을 향해서 돌진했다. 하지만 그것은 어디까지나 집중력을 혼란시키기 위한 작전에 불과했다. 일종의 기만술이요, 공격의 문을 열기 위한 전초 작업인 것이다.

상대는 흔들렸다. 예상외로 문은 크게 열렸다.

순간, 나의 몸은 오른쪽으로 급회전하면서 오른손이 공기를 가르며 놈의 가슴팍을 파고들었다. 그러자 그의 대검도 직선으로 나의 복부로 향했다.

검의 성격은 단호하고도 명확했다. 하지만 내 몸의 회전도 빨랐다. 대검이 분명히 복부를 강타했지만, 그러나 위력을 잃었다. 나의 몸이 순간적으로 돌아서고 있었기 때문이다.

그래서 오른쪽으로 급회전을 한 게 아닌가!

직선의 힘은 회전하는 운동력에 빗나가게 마련인 일종의 '팽이현상'이었다.

비록 진검이었더라도 마찬가지 현상이었을 것이다. 상처는 낼 수 있었을지 몰라도 치명적일 수는 없다. 어떤 프로들은 이것을 '회전흡입술'이라고도 하지만 표현의 차이일 뿐 그게 그것이 아니겠는가?

그래서 움직여야 하는 것이다. 움직이는 타깃은 정타를 맞을 확률이 그만큼 줄어들기 때문이다.

가슴팍을 잡은 나는 왼손과 우측의 무릎을 보조하여 놈을 들어 올렸다. 그리고는 순식간에 회전 돌기로 그를 땅에 엎었다. 이차 공격이 필요했다. 쓰러진 그에게 다가가서 복부에 정권을 한 방 먹였다. 내가 신뢰하는 오른쪽 정권이 아닌가?

그것도 하강하는 위력에는 대책이 없는 법이다.

그들이 우리 병사들에게 대검을 먹였던 것처럼 그도 그렇게 먹은 것뿐이었다.

"크흑……."

즉시 그의 몸은 새우처럼 동그랗게 말려가고 있었다.

남의 부대에 와서는 겸손해야 되는 법이다. 그는 들것에 실려 나갔고, 수송은 신속했다.

"임무 완료. 충성!"

나는 중대장을 향해서 거수경례를 하고 원래의 내 자리로 돌아왔다. 나의 상사는 중대장이다. 국방부나 대령 같은 존재는 기실 나와의 개연성이란 게 없지 않은가? 며느리밥풀의 얼굴이 다시 환하게 밝아졌다. 그는 나의 오른팔을 살며시 잡았다. 그리고 안도의 숨을 길게 내쉬고 있는 중이었다. 그는 나지막이 나의 귀에 속삭이듯 말했다.

미국에
뜬 달

"하마터면 저 때문에 교관님의 전설에 누가 될 뻔했습니다."

"알았으면 되었네."

실내의 분위기가 변했다. 지금부터 시범자들은 훨씬 인격적으로 나올 것이다. 그래, 사병들이 얼마나 불쌍한가 말이다.

당한 사병들이 휴가를 갈 수 있도록 나는 청원서를 작성할 것이다.

중대장이 일어서서 판정단을 향해서 가볍게 목례를 하고는 아무 일도 없었다는 듯이 자리에 앉았다.

그 후엔 말할 것도 없었다. 시범이며 발표 따위가 훨씬 점잖아졌을 뿐 아니라 우호적인 분위기였다. 대령이 중대장을 불러서 뭔가를 물어보는 듯했는데 그런 것은 내가 알 바 아니었다.

꽃동산이야말로 최고의 정예부대임을 그들은 알게 될 것이다. 그런 부대에 와서 공연히 쓸데없이 깃털을 세웠다는 것은 분명히 사려가 깊지 못한 처사였다.

남은 두 명의 시범자가 시무룩하게 앉아 있어서 측은하게 여겨졌다.

사나이들의 세계가 다 그런 거지, 뭐. 안 그런가?

어쨌든 나는 곧 제대할 것이다. 국방부 시계가 전부 다 고장 나지 않는 한 말이다.

†　　†　　†

　제대 하루 전에 부대에서 송별식을 해주었는데 몇몇 꽃은 보이지 않았다. 며느리밥풀도 보이지 않았다. 부대의 특징상 보이지 않는 꽃들에 대한 질문은 금지되어 있었다. 그들은 어딘가에서 임무 완수를 위하여 직무 수행 중에 있을 것이다. 어쩌면 그들은 돌아오지 못할 먼 곳으로 떠났는지도 모른다. 우리는 그런 것을 알아서도 안 되지만 알려고 하는 것도 옳지 않았다. 그것은 그곳의 불문율이었다. 모든 작전은 베일에 싸여 있었다. 마치 버뮤다 삼각지대처럼, 존재하지만 존재하지 않는 곳이기도 했다.

　그러나 내가 그곳에 있었을 때는 온갖 꽃이 있어서 단 하루도 쓸쓸함을 느껴본 적이 없었다. 비록 매일같이 힘든 훈련의 연속이었지만 우리는 행복했다. 나는 떠나기 전에 그들에게 남길 목판을 하나 준비했다.

　꽃들은 자신을 위해서 존재하지 않는다.
　평화를 위해서 아름답게 피어날 뿐이다.

　꽃들이 이곳에서 활짝 피어나도록 하는 것이 나의 임무였고, 활짝 핀 꽃들은 어디론가 수송되어 가곤 했다.

미국에
뜬달

제대를 하는 날, 나는 몇 가지 서류들에 사인을 했다. 주로 보안에 관한 그런 것들이었다. 중대장은 오던 날과 똑같은 복장과 음성으로 말했다.

"흠, 비비 교관이 오늘 떠난다 이거지? 그래, 벌써 삼 년이 지났는가?"

"예, 비비 교관, 제대를 신고합니다."

"그래, 사회에 나가면 무얼 할 건가?"

"잘 모르겠습니다."

"영문학을 전공했다고 했지, 아마?"

"그렇습니다."

"자네도 어쩌면 미국에 가서 살게 될지도 모르겠군."

"예?"

"아니, 내 아내와 딸이 그곳에 살아서 말일세."

"아, 그렇습니까?"

중대장은 서랍을 열더니 배지 하나를 건네주었다. 하얀 꽃들이 작은 구슬처럼 촘촘히 문양을 그린 그런 배지였다.

"이게 뭡니까?"

"오렌지 꽃일세. 미국에는 온통 오렌지밭이라 이 꽃 냄새가 진동을 한다더군."

"저… 미국에 갈 계획… 없습니다."

"아무려면 어떤가? 기념으로 가지게."

"감사합니다, 중대장님."

중대장은 부관을 불렀다.

"특상 오라고 해."

"특무상사님 지금 와 계십니다."

"그래? 들어오라고 해."

특무상사가 방으로 들어오며 거수경례를 했다.

"비비 교관이 간다는데 좀 바래다주게나."

"준비돼 있습니다."

"아참, 비비 교관, 우리 기념으로 말이야, 사진 한 장 찍으면 어떨까?"

사진을 찍고 나는 중대장에게 거수경례를 했다. 그리고 방을 나왔다. 모든 것이 삼 년 전과 다를 게 없었다.

나는 지프 뒤편에 앉았고 특상은 내 왼쪽에 탔다. 차가 산을 내려가는데 부대원들이 완전무장을 한 채 산 아래로 행군을 하고 있었다.

그들이 잠시 행군을 멈추고 나를 향해서 거수경례를 했다.

"비비 교관님, 안녕히 가십시오."

나도 그들을 향해 경례를 했다.

"사회에서 만나면 맞짱 한번 뜹시다."

일제히 웃는 소리가 났다. 소리를 지른 건 보나 마나 도라지꽃일 것이다. 옆에서 특상이 말했다.

"쟤네들, 한동안 자네 얘기 많이 할 걸세."

미국에 뜬 달

"그럴까요?"

"그럴 걸세. 참, 중대장님 말이야, 자넬 여간 좋게 보신 게 아니었네. 섭섭해하셨어."

"그런데 가족분들은 왜 미국에 계시지요?"

"몰랐는가? 이혼하신 지 꽤 오래되었어."

산을 내려와서 기차역까지 데려다 준 특상은 악수를 청했다. 그리고 다시 지프는 떠났다. 사람 좋은 구릿빛의 특상은 하얀 이빨이 멀리서도 보일 정도로 환하게 웃으며 손을 흔들었고, 차는 먼지를 일으키며 멀어져 갔다.

기차역에는 나 외엔 승객이 아무도 없었다.

서울행 기차는 오후 4시 반에 올 예정이었다.

열차 안에는 빈 좌석이 많았다. 나는 가방을 아무렇게나 던져 놓고 창문 쪽에 앉았다. 기왕이면 산 쪽을 바라보고 싶었기 때문이다. 그때 옆 좌석에서 플래시가 번쩍이며 카메라 셔터 소리가 났다. 안경을 낀 젊은 남자였다.

"혹시… 저를 찍으셨습니까?"

"그렇습니다. 보아하니 제대병 같으셔서 말입니다."

"제대병은 함부로 찍으셔도 됩니까?"

"물론 허락을 받아야 되겠지만 그렇게 되면 아무래도 자연스럽질 못해놔서……. 저는 기자입니다. 군인으로 치자면 신병인 셈이죠. 무례했다면 용서 바랍니다."

"뭐… 용서랄 것까지야 있겠습니까."

"그런데 여기에 부대가 있습니까?"

"글쎄요……. 있을 수도 있겠지요."

그는 자리를 옮겨서 내 자리의 맞은편에 앉았다.

"여기… 어디에 무슨 특수부대가 있다고 하던데요. 그게 사실입니까?"

"기자 분이시라면 잘 아실 것 아닙니까? 그런 곳이 설령 있다 하더라도 군사 기밀에 속한 것은 보호되어야 한다는 것 말입니다."

"그야 물론이지요. 다만 호기심에서 물어본 겁니다. 소문에 의하면 특수부대 한 사람이면 일반인 열 명 정도는 너끈히 해치운다는데… 그게 정말일까요?"

"글쎄요……. 소문이겠지요."

"보아하니… 형씨도 몸이 보통 단단해 보이는 게 아닌데, 혹시……?"

"남자가 군대에 다녀오면 다 그런 거 아닙니까? 그건 그렇고, 기자 분이 왜 이곳에……?"

"아, 저는 지금 지방을 다니며 식물도감에 관한 자료를 조사 중입니다. 주로 꽃 종류에 관한 것이지요."

나는 중대장에게 받은 배지를 호주머니에서 끄집어내었다.

"혹시 이 꽃에 대해서도 아시는 게 있습니까? 미국에 많은 오렌지 꽃이라는데……."

"이대로 보아서는 구별이 잘 안 됩니다. 그러니까 이런 종류는 말입니다… 라일락도 이와 비슷하지요. 하여튼 이런 꽃종류는 다 향기류 과에 속해놔서 향이 많이 나는 편이죠. 오렌지 꽃도 향기는 좋습니다."

"그렇습니까?"

"캘리포니아에 간 적이 있었는데 말입니다, 고속도로를 달리는데 기가 막힌 향기가 났다 아닙니까. 그래서 일부러 천천히 달렸지요. 차 문을 활짝 열어놓고 말입니다. 가도 가도 끝이 없이 그 냄새가 나는데, 야, 정말 죽입디다. 고속도로 주변에 오렌지 나무가 끝도 없이 있다 아닙니까. 제가 그때 간 곳은 샌디에이고라는 도시였습니다."

기자는 마치 그때를 회상하듯 우수에 찬 표정을 지었다. 그를 물끄러미 바라보다가 나는 손에 든 작은 배지를 다시 한번 내려다보았다. 오렌지 나무가 끝도 없이 펼쳐진 샌디에이고로 가는 길…….

그렇다면 중대장의 가족도 샌디에이고 근처에서 살고 있을 것이란 생각이 들었다.

기차는 완행열차라 그런지 정거장마다 섰다. 창밖은 벌써 어두움이 짙게 몰려오고 있었고, 기자란 사람은 카메라를 목에 건 채 졸고 있었다. 지금쯤 부대에서는 야식을 마친 자유 시간일 것이다. 입담 좋은 패랭이꽃과 도라지가 한바탕 너스레를 떨고 있을 것이다. 아카시아는 험한 인상파지만 심성이 나쁜 편은 아니다. 그의 몸에 흔적으로 남은 무수한 칼자국은 험한 인생을 살았음을 말해주는 일종의 표식일 것이다. 그래서 그는 침묵하는 사나이였을지도 모른다.

그러나 무엇보다 중요한 것은 그들의 마음속에 나라를 위하든 자신을 위하든 간에 정의에 대한 인식이 강할 뿐 아니라 인류를 파괴하고자 하는 불의에 대하여 맞서고자 하는 마음이 존재한다는 것이다. 그것은 코스모스도 그랬고 할미꽃도 그랬다. 아니, 거기에 있는 모든 꽃이 그랬다.

어디 그들뿐인가? 나 역시 그랬다. 패배주의 의식이 그곳에서는 도저히 존재할 수가 없었던 것이다.

비록 우리는 군대에서 만난 사이였지만 그 인연은 질겼다. 그리 길지 않은 기간이었지만 그들과의 삶 속에서 내가 받은 영향력은 컸다. 어떤 사람들은 군대 시절을 의미 없는 기간으로 분류한다지만 나는 달랐다. 나는 그 시절을 결코 잊지 못할 처연한 청춘, 그 상징의 기간으로 기억할 것이다.

그런데 며느리밥풀, 그는 지금쯤 어디에 있는 것일까?

미국에 뜬 달

달과 부산 갈매기

라일락을
만나다

M에 대한 얘기를 하지 않을 수가 없다. M은 내게 존재했던 모든 과거의 중심이기 때문이다. 이 이야기는 꽤 오래된 과거 속에서 나온다.

영화에서는 과거의 얘기가 흑백으로 나온다. 그렇듯이 이 부분도 그럴 것이다.

그 시대의 사회적 정서가 그랬고 사랑의 방식이 그랬다. 그리고 사랑의 개념 또한 그랬다.

지금과 다른 점이 많았던 것은 '의식의 흐름'에 의해서임을 미리 말하고자 한다. 그러나 그러한 과거가 존재하지 않았더라면 현대의 모든 것도 존재할 수 없었을 것이란 점은 명백

하다. 그런 의미에서 나는 과거 속에 있었던 그 모든 일을 M
이라고 명하기로 했다.

M이 존재할 수 있는 곳은 우리의 기억 속에서다. 그리고 M
도 기억과 연관된 생명력이 있기에 더러는 죽기도 한다. 우리
가 더 이상 기억하지 못한다면 그 M은 이미 죽은 것이다. 어
떤 M은 끈질긴 생명력으로 인하여 우리와 함께 오래도록 살
아 존재하기도 한다. 물론 기억 속에서의 존재지만 말이다.

우리 앞에 펼쳐진 인생의 길도 결코 외길이 아니다. 수없이
많은 가변성이 작용하는 길이다. 한마디 말에 의해서도 그 길
은 바뀔 수가 있고, 잠시 한눈파는 사이에도 그럴 수가 있는
것이다. 사람들은 이것을 운명으로 대략 규정을 짓지만, 그
운명이란 것도 과연 예정된 것인지 아닌지에 대해서 우리는
명확하게 알 수가 없다.

그렇다면 지금 얘기하고자 하는 M이란 여인과의 인연도
현실에서 비껴간 경우일 것이다. 그녀는 한때 나의 현실 속에
서 엄연히 존재했지만, 결과적으로 그녀는 나를 떠났다. 하지
만 아직도 내 속에 존재하는 기억의 세계는 떠나질 못하고 있
다.

달이 존재하는 한 그럴 것이다.

M을 강하게 의식하게 된 것은 어느 여름밤의 산속에서였
다. 물론 그녀를 만난 것은 훨씬 전이지만 말이다.

미국에
뜬 달

우리는 같은 회사에 다녔다. 대기업이었는데 그녀는 내가 감히 시도해 볼 대상으론 버겁게 느껴졌을 만큼 사내에서는 퀸카에 속했다. 보나 마나 경쟁 대상이 우글거릴 터였고, 하여튼 그런 연유로 인하여 나는 짐짓 그녀를 모른 체하거나 마주칠 때도 덤덤하게 지나쳤다. 오르지 못할 나무는 아예 쳐다보지도 말라지 않았는가? 내가 오를 수 있는 나무가 아니라고 생각했던 것이다. 아니면 아예 나무 그 자체가 당시엔 나와 연관이 없다고 생각을 했을 수도 있다. 어쨌든 그 나무는 나의 시야 밖에 존재했다.

사내에는 산악동호회가 있었다. 준회원이었던 나는 한 달에 한 번꼴로 산을 올랐다. 여름의 어느 주말, 1박 2일 코스의 산행이 있었는데 꽤 깊은 산속을 간 적이 있다.

M이 그 산행에 참여해 온 것은 놀라운 일이었다.

그녀가 버스에 오르자 일제히 시선이 그녀에게 몰렸다. 배타심이 강한 나란 존재는 오히려 창밖으로 시선을 돌렸지만 말이다.

차에 오른 M은 차 안을 둘러보지도 않고 성큼성큼 걸어오더니 나의 옆자리에 주저함 없이 앉았다. 그리고는 주섬주섬 배낭을 벗는 게 아닌가!

"안녕하세요, 선배님? 저 아시죠?"

"물론이지. 알고말고. 미스 문이지, 아마?"

나는 일부러 확실성에 대한 강도를 줄였다. 지금 생각해 보면 그것 역시 순수성의 결여로 인함이었으리라.

"저는요, 선배님에 대해서 꽤 많이 알고 있는 걸요."

"그렇다면 나도 미스 문에 대해서 많이 알도록 노력해야겠군."

나는 그녀보다 지위도 높고 해서 굳이 경어를 쓰지 않았다. 버스에 탄 모두가 우리의 대화에 귀를 기울이고 있었음을 버스 내에 감도는 정적만으로도 알 수가 있었다. 나는 그런 정적감이 불편하고도 부담스러웠다. 그러나 버스가 출발하자 그런 것들은 사라졌다.

　

버스가 시내를 빠져나갈 때까지 나는 엉뚱하게도 사무라이 미야모토 무사시에 대한 생각에 잠겨 있었다. 무사시와 바이켄의 대결은 흥미롭지 않을 수가 없다. 바이켄은 쇠공이 달린 쇠사슬을 휘두르며 무사시를 공격했을 것이고, 오른손에는 무시무시한 낫을 들고 있다가 무사시의 목을 노렸을 것이다. 그러나 무사시는 그때 두 개의 검을 준비했다. 결국, 한 검으로 쇠공을 막았고, 다른 한 검으로 바이켄의 목을 날렸지 않은가!

버스는 어느덧 시내를 벗어났다. 고속도로 주변에 서 있는 플라타너스 나뭇잎이 짙푸른 색으로 무성했고, 잎이 바람에 심하게 흔들렸는데 더러는 조각난 작은 거울처럼 번쩍이며 햇빛을 반사해 댔다.

"선배님."

그녀가 나를 바라보며 말했다.

"생각하시는 데 방해가 되었나요?"

"아니… 괜찮아."

"무슨 생각을 하셨는지 물어도 될까요?"

그녀는 웃고 있었다.

"사무라이에 대한 생각을 했지. 일본의 검객인데, 미야모토 무사시라고."

"싸움하는 거 좋아하세요? 그런 거 안 좋아하실 줄 알았는데……."

"다시 태어나고 싶은 시대가 있다면, 나는 일본의 사무라이 시대야."

"하필이면 왜 일본이죠?"

"그건 나도 몰라. 일본이든 어디든 그건 중요하지 않거든. 그런데 미스 문은 웬일로 등산을 오게 되었지? 처음이지, 아마?"

"한번 와보고 싶었어요. 입사한 지 일 년 만에 산은 처음이에요."

그녀는 배낭에서 귤 몇 개를 꺼내서 내게 건네주었다. 그때 뒷좌석에서 굵직한 음성이 들려왔다.

"거… 둘이만 먹지 말고 맛있는 거 있으면 좀 돌립시다."

여기저기서 큭큭대며 웃는 소리가 들렸다.

"치사하게 얻어먹지 말고 우리도 각자 꺼내 먹읍시다."

"그래, 누가 맛있는 거 한번 꺼내봐. 그럼 내가 좀 얻어먹어 볼 테니까."

"아니, 벌써 먹어버리면 산에 가서는 뭘 먹노?"

갑자기 버스 안의 분위기가 와자지껄하게 변했다.

"다음 주 사보에 큼지막하게 나오겠는걸. 사내 커플 또 탄생이라고 말이야."

"이번 산행에도 빅 이벤트가 예상되겠습니다요."

M이 웃으며 나직한 목소리로 말했다.

"죄송해요, 선배님. 제가 일을 만들었나 봐요."

앞좌석에 있던 인사과의 미스터 홍이 뒤를 돌아보며 말했다.

"제가 대신 괜찮다고 말씀드리죠. 미스 문, 걱정 마세요. 역사는 다 그렇게 이루어지는 겁니다. 안 그렇습니까, 과장님? 그런데 아까 사무라이 얘기하시던데 혹시 과장님, 검도 하십니까?"

"검도는 무슨……. 다만 사무라이에 관해 관심이 좀 있을 뿐이오."

"하, 그렇습니까? 우리의 지성파 과장님께 그런 터프한 면이 있을 줄은 정말 몰랐습니다. 앞으로는 함부로 접근하는 것을 극히 조심하겠습니다……."

너스레를 떨면서 말을 마친 미스터 홍은 불편한 자세로 고개를 꾸벅 숙여 보였다.

버스 내 스피커에서는 박 대리의 음성이 시끄럽게 들려왔다.

"자, 자, 다들 좀 주목을 해주십쇼. 그럼 우리의 산행 전통에 의하여 오늘 처음 참가한 미스 문의 신고식을 접수하겠습니다."

처음 산행에 온 사람은 노래를 불러야 했다.

마이크를 받고 미스 문이 유행가를 불렀는데 처음 들어보는 노래였다. 그런데 끝자락 부분에서 모두가 따라 불렀으니 결국 이 노래는 나만 모른 꼴이었다.

'부산 갈매기, 부산 갈매기, 너는 벌써 나를 잊었나?' 이런 노래였는데 내가 별로 좋아하는 풍의 노래는 아니었다. 그러고 보니 호남 출신의 미스 문이 부산 갈매기를 부른 건 이례적이었다. 거기다가 멜로디도 그렇고, 하여튼 육자배기에 가까운 그런 유행가였는데, 버스 안에서는 노래가 채 끝나기도 전에 미스 문에 대한 경계의 벽이 일순간에 허물어져 내린 듯했다. 유행가에는 그런 힘이 있었다.

† † †

버스가 산자락에 도착한 것은 정오에 훨씬 못 미친 시간이었다. 산행 인솔은 총무과에서 담당했고, 산에 오르기 전에 우리 모두는 회사에서 제공한 김밥을 먹었다. 산행지로 가는 동안 날씨는 찌는 듯이 더웠다. 산을 오른다기보다는 계곡을 따라 깊이 들어가는 편이었는데, 가파르지는 않았지만 길고도 지루했다. 등산이라기보다는 행군이란 표현이 나을 성싶었다.

M은 잘 따라오고 있었다.

"산이 여간 깊은 게 아니야. 힘들지 않겠어?"

내가 돌아보며 말하자 M은 가쁜 숨을 몰아쉬며 말했다.

"괜찮아요. 아직까지는요."

"캠프장까지는 한참 더 가야 할걸."

"갈 수 있어요. 우리 고향도 시골 섬이지만 이렇게 시골은 아니에요."

야외에서 본 M은 아름다웠다. 그리고 성숙미가 돋보였다. 쾌활하면서도 우수의 그림자가 드리워진 그런 아름다움이었다. 모든 아름다움의 속성이 그렇듯이 그녀도 왠지 위태롭고 허허로워 보였다.

"선배님은 항상 생각을 많이 하시는 것 같아요. 오귀스트 로댕의 생각하는 사람처럼요."

"그래? 그 벌거벗은 남자 말이지?"

"그 작품에서 그런 느낌을 받기가 쉽지 않을 텐데요. 전혀 외설적 감정이 느껴지지 않는 것이 그 작품의 특징 아닐까요?"

미국에 뜬 달

"그건 미스 문이 시각적으로 보지 않고 관념적으로 보아서 그럴 거야. 그렇지만 내 눈에는 벌거벗은 게 먼저 보이거든. 나는 외설적 감정이 앞서는가 봐."

"선배님이 순수해서 그런지도 모르죠."

M은 아무렇지도 않게 말했다. 어디선가 매미 소리가 들려왔다. 이렇게 깊은 산속에 사는 매미라면 아마도 깽깽이매미일 것이다. 소나무 같은 침엽수에서 산다는 '등에 W자 무늬가 선명한' 그 매미를 나는 실제로 본 적은 없었다.

매미에 대한 생각을 하다가, 문득 그녀가 나를 부르는 호칭이 신경 쓰였다.

"그런데 미스 문은 왜 나를 선배라고 부르지?"

"왜, 싫으세요? 과장님이라고 부를까요?"

"그냥 궁금해서 물어본 것뿐이야."

"저는 그렇게 부르는 게 좋아요."

"그래? 그럼 그렇게 불려도 좋아."

"그럴게요, 선배님."

1박 2일 산행은 날씨가 좋은 보름날에만 간다. 하늘에 커다란 전등이 켜지는 그런 날을 두고서 굳이 칠흑같이 어두운 산행에서 캠프를 할 까닭이 없기 때문이다. 그리고 경험이 많은 산악인들을 따라다닌다는 건 여간 편한 게 아니다. 그들은 추위가 몰려오기 전에 미리 큼지막한 모닥불을 피우는데 우

리는 그 주위에 빙 둘러앉아서 온갖 상념에 잠기기도 하거니
와 맹렬히 타오르는 불꽃이 여러 형태로 변하는 것을 바라보
곤 했다.

밤의 산속은 정적으로 가득 차서 조그마한 소리도 크게 들
렸다. 작은 나방들의 날갯짓 소리가 들리는가 하면 가끔씩 숲
속 어디선가 웅크리고 있던 새들이 움직이며 부스럭대는 소
리도 들렸다. 물론 제일 크게 들리는 건 탁탁 소리 내며 타오
르는 나무 소리였다. 불꽃놀이 할 때의 폭죽 소리를 내면서
모닥불이 맹렬히 타오르는 장면을 보노라면 전혀 지루한 줄
모르고 몇 시간 정도는 보낼 수가 있다.

마침 그때 내가 앉은 자리에서 본 하늘엔 기가 막힌 장면이
연출되었는데, 그것은 커다란 보름달이 타오르는 모닥불 위
에 얹혀 있는 장면이었다. 마치 활활 타오르는 모닥불이 하얀
둥근 달을 삶아대고 있는 듯한 그런 장면 같았다. 속살이 하
얗게 드러난 달은 방금 삶은 계란의 껍질을 벗겨낸 것처럼 희
고도 고왔다. 나는 옆에 있던 미스 문을 끌어당기듯 내가 앉
은 앵글의 위치에 앉혔다.

"어때, 모닥불 위에 있는 달의 모습이?"

"어머, 달이 뜨겁지 않을까요?"

"이미 익어서 속살이 하얗게 드러났는걸."

"선배님은 시인이라 시각 자체가 다른 것 같아요."

"시인은 무슨 시인, 원시인이라면 모를까."

"제가 선배님의 시집을 갖고 있걸랑요."

"내 시집을? 그게 아직 남아 있었단 말인가?"

대학 시절 학보에 냈던 '문들레' 시 이후, 나는 꾸준히 시를 썼다. 비비 교관으로 바빴던 군대 시절에도 그랬다. 그러다가 시집을 낸 적이 있긴 했지만, 나는 그 후 심히 부끄러워져서 스스로 그것들을 거두어들여 몽땅 불태워 버렸다. 나는 그 부끄러운 것들이 이 땅에 남아 있길 원하지 않았다.

"그래요. 지금도 제 배낭 속에 자알 있습니다."

"그렇다면 부끄러운 걸 갖고 있는 셈이군."

"왜 그렇게 생각하세요?"

"왜냐하면, 그것은 부끄러운 것이니까. 너무 감상적인 요소가 많아서 말이야. 그것을 좋아하는 사람도 감상적이랄 수가 있지."

"시란 것이 원래 그런 것 아닌가요?"

"그건 시에 대한 잘못된 견해일 수 있어. 내 부탁 하나 들어줄 수 있어, 미스 문? 그 시집, 내게 다시 팔 수는 없을까?"

"파는 건 원치 않지만, 원작자시니까 돌려 드릴 수는 있습니다."

"그랬으면 좋겠군."

그날 밤 나는 마지막으로 여겨지는 그 부끄러운 것을 모닥불 속으로 던져 넣는 데 성공했다.

M은 산업디자인 석사 과정을 마치고 회사의 디자인 분야에서 일을 하고 있었다. 그리고 나는 수출부에 있었다. 같은 회사라 할지라도 우리는 부서가 달랐기에 업무적 연관성이 거의 전무했다.

그날 미스 문이 산행을 따라온 건 뜻밖의 일이었다. 밤이 깊어갈수록 달은 점차 창백해져 갔고 서서히 기온도 떨어져 갔다. 그리고 모닥불의 불꽃은 쇠락의 길을 걷는 작은 나라처럼 힘을 잃어가고 있었다.

1박 2일의 여름 산행에서 초행자가 가장 많이 실수를 하는 것은 산속에 대한 기온의 인식이다. 여름이라지만 깊은 산속의 밤은 기온이 급강하하는 법이다. 만약 방한복을 준비하지 않고 갔다간 그야말로 동태 신세가 되기 쉽다. 밤새도록 덜덜 떨게 되는데 이때 이 부딪치는 소리가 요란하게 자신의 귀를 울려댈 것이다.

초행의 미스 문이 이러한 기온 변화를 알 리 없었다. 당연히 의상이 허술함은 물론이요 그녀의 전신이 사시나무처럼 떨리기 시작했다. 나의 방한복이 그때만큼 위력을 발휘한 적은 없었다. 그녀는 내가 벗어준 방한복 속에서 목을 움츠리고 마치 닌자 거북이처럼 앉아 있었다.

"그런데 선배님은 어쩌죠?"

"한 가지 방법밖에 없을 것 같군. 소주로 몸을 데우는 방법."

미국에 뜬 달

"그럼 그렇게 하세요."

그렇게 해서 나는 그날 밤 꽤 많은 소주를 마셨다. 머리만 내어놓은 채 그녀는 커다란 방한복 세계 속에서 제법 평화로워 보였다. 사람들은 하나둘 자리를 떠났고, 이윽고 우리 둘만 남게 되었다.

"선배님은 왜 시를 버리신 거죠?"

"왜냐고? 왜냐하면 내가 술이 취했기 때문이겠지. 하하!"

나는 이미 술기운에 서서히 취해가고 있었다. 추위에 대한 느낌이라는 것은 취기와 반비례하는 법이다. 그래선지 더 이상 추위 따윈 느껴지질 않았다.

"선배님이 시를 버린 진짜 이유는요?"

"진짜로 알고 싶다 이거지? 그렇다면 진짜로 대답을 해줄 수가 있지. 시라는 게 말이야, 빵이 될 수가 없더라 이거야. 차라리 빵이 시가 되기가 더 쉬운 세상이더라고."

"아까 선배님이 시집을 불 속에 던졌을 때… 사실 오해를 했어요."

연거푸 몇 잔을 더 마셔서 그럴까? 그 후부터는 도무지 나 자신을 통제할 수가 없었고, 혀는 계속해서 꼬부라져서 말의 끝자락 속으로 말려들어 가고 있었다. M은 나의 이러한 행동들을 마치 관찰자가 사물을 관찰하듯이 조용히 내려다보고 있었고, 보름달은 높은 창공에서 이 모든 광경을 내려다보고 있었을 것이다.

"오늘 제가 산에 오게 된 것은요, 선배님 때문이었어요. 저 사실 산… 좋아하지 않아요."

"흠, 그랬단 말이지. 그런데 산에 와서 산을 좋아하지 않는다고 하면 안 돼요. 그러면 말이야, 산이 매우 섭하게 생각하거든. 그건 그렇고, 부산 갈매기란 노래 말이야, 그 노래가 미스 문한테 어울린다고는 생각지 않아. 정말이라구."

"선배님 정말 술 취하셨나 봐. 그런데 선배… 그런 모습 보게 돼서 기뻐요. 저… 선배를 좋아했나 봐요. 정말이에요."

나는 그녀가 정말이에요 하는 그 정말의 의미에 대해서 더욱 깊이 알고 싶었지만, 우선 시원한 땅바닥에 드러눕고 싶은 생각이 앞섰다. 세상이 온통 뒤바뀐 것 같았다. 그렇지 않고서야 어찌 이런 일이 있을 수 있단 말인가? 그래서 나는 땅바닥에 벌렁 드러누웠다. 갑자기 왕이 된 기분이 들었다. 아니, 최소한 그 순간 나는 왕이었다.

그때 누군가가 나를 부축했는데, 닌자 거북이였다. 텐트 속으로 들어간 후 나의 몸은 무척 따스해져 옴을 느꼈고, 왠지 모르지만, 기분이 말할 수 없이 좋았다는 점과 하늘에서 내려온 뜨겁고도 부드러운 꽃불 하나가 나비처럼 춤추며 왕의 얼굴 주변을 서성이는 듯했다. 뿐만 아니라 감미로운 바람 한줄기도 얼굴을 스쳤는데 분명치는 않았지만, 여인의 머릿결이 실린 그런 바람이었다. 그리고 멀리선가 가까운 곳에선가 하여튼 라일락 향기가 은은히 감돌았다. 그것은 어쩌면 꿈속에

미국에 뜬 달

서 전해져 온 것이었는지도 모른다. 그렇다면 꿈속에서 나는 어느 이름 모를 라일락 꽃밭을 한없이 거닐었을 것임에 틀림없다.

멀리 은빛 바다가 보이는 그런 라일락 꽃밭을 말이다.

거대한
시계 속에서

산행 이후에 우리는 회사에서도, 그리고 회사 밖에서도 만났다. 그사이에 겨울이 지나고 다시 여름이 오고 뭐 그랬겠지만, 무성하고도 짙푸른 잎새처럼 우리는 시간이 마냥 겹겹이 쌓인 줄로 여기고 무려 3년의 세월을 탕진하다시피 보냈다.

그녀는 여러 번에 걸쳐 자신의 고향으로 함께 가줄 것을 권유했지만, 그때마다 회사는 거대한 시계와 같다는 점과 나는 그 속에서 빠질 수 없는 부품 같은 존재라는 것을 이해시켰다. 처음엔 그녀가 충분히 알아듣는 양 그 큰 눈을 빠히 뜨고 고개를 끄덕였다. 그러나 설핏 그녀의 눈은 서먹해 보였다.

"선배, 가을에는 시간을 낼 수 있겠지? 삼 분기 결산 마치면 말이야. 우리 부서는 그때가 가장 여유가 있는데 그쪽 부서는 어떨지 모르겠어. 선배는 이제 높은 사람이잖아."

M은 아름다운 용모에 비해서 가끔 말끝을 흐리는 버릇이 있었다. 나는 그것이 아쉬웠다. 연인으로서가 아닌 선배로서 그것을 고쳐 수어야지 하고 마음먹은 것은 그녀를 사귄 지 이 년이 지난 후부터였다.

✝   ✝   ✝

"우리나라가 살길은 오직 수출뿐임을 임원들과 부서장 여러분이 누구보다도 더 잘 알 줄로 압니다. 본인은 기업인에 앞서 우리나라의 장래를 생각하는 입장에서 우리 수출인들이 더욱 분발해야 한다는 일념으로……."

회사를 대표하는 김한석 사장의 연설은 길고도 장황했다. 그의 말에 의하면 자신도 말단 사원으로 시작을 했기에 누구보다 우리의 마음을 잘 안다고 했다. 그러면서도 그는 회사 입장만을 대변하는 도무지 앞뒤가 맞지 않는 소리를 했다. 그는 국가에 대한 얘기도 했는데 마치 나라의 대표가 국정 연설을 하는 듯했다.

회사는 걷잡을 수 없이 바빴다.

진급을 한 후라 해외 출장은 줄어들었지만, 그 대신 일과 후의 비공식 업무량이 폭주했다. 아예 회사에서는 고급 요정과 연간 계약을 해가며 주요 고객들을 접대하기까지 했다. 그리고 나는 매일 밤 일과 후에 그곳으로 출근하지 않으면 안되었다. 아직 가족이 없는 내가 안성맞춤이라는 점을 이유로 들어서 굳이 그토록 중요하다는 임무를 나에게 부여한 것이었다.

오랜만에 M의 자취방에 들렀을 때 그녀는 자고 있었다. 황급히 잠자리와 방을 주섬주섬 정리하는 그녀를 물끄러미 내려다보면서 나는 말했다.

"그럴 필요 없어. 잠시 들른 거니까. 난 또 가야 돼."

"선배, 너무 오랜만이야. 오늘 여기 있으면 안 돼?"

나는 그럴 수 없는 이유에 대해서 어떻게 하면 간단명료하게 설명할 수 있을까를 생각하니 잠시 머리가 복잡해졌다. 얼굴이 구겨진 종이처럼 변해 가려는 찰나 그녀가 말했다.

"됐다고요. 또 그 시계 소리 하려는 거 다 알아요. 회사는 거대한 시계다."

M은 쪼그리고 앉았다가 다시 벽에 기대앉으면서 맞은편의 벽 어딘가를 바라보고 있었다. 그녀의 눈길을 따라가 보았지만, 거기엔 아무것도 없었다. 벽이라고 하지만 창문도 없는 벽에 벽지라곤 똑같은 문양만이 거듭되는 밋밋하고도 황량한 그런 곳이다. 도무지 눈길이 머물 곳이 없는 그런 답답한 벽을 M은 응시하고 있었다. 잠옷 차림의 그녀가 그처럼 경건해

보일 수 있음이 놀라웠다.

그러나 경건은 곧바로 깨어졌다. 그녀가 부른 노래 때문이었다. 나직한 음성으로 '부산 갈매기'를 불렀기 때문이다. 그녀는 왜 전혀 어울리지도 않는 그 노래를 좋아할까?

시계를 보았다. 아홉 시를 넘어서고 있었다. 신 대리가 아랍권의 왕족 나부랭인가 하는 그들을 데리고 3호 룸에 도착할 시간이었다. 내가 없이도 그는 잘해낼 수 있을지도 모른다. 결국, 술에 취하면 모든 것은 횡설수설로 끝이 날 것이다. 특히 아랍권은 술에 약하지 않은가?

"선배, 이 노래 안 좋아하는 거 다 알아."

"그럼 안 부르면 될 거 아냐."

나는 퉁명스럽게 말했다.

"언니가 사랑했던 사람도… 경상도 사람이었어."

"그게 뭐 어쨌다는 거야?"

"언니 말은요… 우리 집안이 경상도와는 인연이 없어서 그렇대. 엄마도 그랬고."

"그런 거 다 미신이야. 아무튼, 나 오늘… 여기 있을게."

"그럴 필요 없어요. 그저 해본 소리예요."

"정말 괜찮다니까."

"그럼 선배, 옷 갈아입을 동안 밖에 좀 나갔다가 와. 응?"

밖으로 나간 나는 주머니 속에서 담배를 찾았다.

그즈음 나는 군대에서도 피우지 않았던 담배를 피웠다. 도시의 밤은 왠지 사람의 마음을 다급하게 만들거나 불안하게 했다. 질주하는 차량들의 굉음이 들리는가 하면 급정거하는 소리가 마치 비명처럼 들려서 더욱 그랬을 것이다. 담배 두 개피를 연속으로 피우면서도 내가 아무런 생각을 하지 않을 수 있었다는 것은 놀라운 일이었다. 그때 등 뒤에서 라일락 향기가 나를 감싸듯이 끌어안았다.

"오늘이 보름이었으면 좋겠어."

속삭이듯 말했지만, 귀 가까이라 그녀의 소리는 크게 들렸다. 그녀의 입에서는 언제나 신선한 풀잎 같은 냄새가 났는데 내가 어렸을 때 시골의 자연에서도 그런 냄새를 맡아본 적이 있다. 그러나 너무 오래전에 고향을 떠나왔기 때문에 나는 그 풀잎의 이름이 무엇인지는 알 수가 없었다.

그때 나는 공연히 화가 난 듯한 음성으로 말했다.

"나 이제 회사 같은 거 지겨워졌어. 정말이지, 때려치우고 싶다고."

마치 바람의 방향이라도 바뀐 듯이 라일락 향기가 그쳤다.

"그럼 시계는 어떡하고? 커다란 시계 말이야. 선배가 없으면 그게 정지할 거 아냐?"

나는 피식 웃었다. 내가 없다고 그게 중지할 까닭이 없다. 한때 내가 그녀에게 그렇게 말했다면 그건 웃기는 일이다. 이제 거대한 조직으로 변한 그 괴물은 나 같은 존재 따위 안중에도 없을 것이다. 밑에서 기를 쓰고 기어오르는 자들이 얼마

미국에
뜬 달

나 많은가?

내가 그랬듯이 말이다.

"선배, 사실… 오늘이 내 생일이야."

나는 깜짝 놀란 듯이 그녀를 돌아보면서 애꿎은 담배를 땅바닥에 휙 던졌다. 그리곤 구둣발로 모질게 비벼대었다. 반쯤 남은 담배의 내장이 터졌다. 나는 머리를 흔들었다. 그러면서 웃었다.

"내 정신 좀 봐! 작년에도 그랬는데 올해도 똑같다니까. 이놈의 회사 진짜 때려치우든지 해야지, 애인 생일도 못 챙겨주니… 나 원 참."

"내년에는 꼭 기억해 줘요. 그러면 되잖아. 올해는 내가 준비했어. 저녁에 안 오길래 빨리 자려고 했던 것뿐이야."

방 안의 작은 밥상 위엔 케이크가 놓여 있었고 여린 초가 몇 개 꽂혀 있었다. 조촐하다는 것은 이런 풍경을 두고 말하는 것일 게다.

전등을 끄고 촛불을 켰다.

작은 불꽃 몇 개가 겨우 어둠을 사르며 M의 얼굴을 비췄다. 아름다움은 어둠 속에서도 아름다웠고, 그녀에게 드리운 그림자는 어둠 속에서 더욱 깊어 보였다.

도대체 그녀는 왜 나 같은 존재를 좋아하게 된 걸까? 그 해답을 얻기 위해 들여다본 그녀의 마음은 깊고도 아득해서 그 끝자락의 길이를 도무지 종잡을 수가 없었다.

"생일 축하해."

"고마워요. 이렇게 와줘서……. 그런데 선배, 아까 한 말 말이에요. 회사 정말 그만둘… 거예요? 난 선배가 회사 그만 두었으면 좋겠어. 선배는 능력이 있잖아. 전에 말했던 개인 회사 같은 거 시작하면 안 돼?"

"나, 담배 여기서 피워도 돼?"

나는 슬며시 화제를 돌렸다.

"피우세요."

그녀가 다시 전등을 켜자 구석마다 존재했던 어둠들이 황급히 사라졌다.

M은 재떨이 대신에 작은 빈 병 하나를 가져왔다. 감기에 먹는 물약의 약병이었다.

"너 감기 걸렸니?"

"응. 열이 좀 났어요."

"진작 얘기하지. 하마터면 여기서 담배 피울 뻔했잖아."

"괜찮아요. 피워도 돼. 그런데 아까 하던 회사 얘기 말이에요."

M은 집요하게 회사 얘기의 꼬리를 놓지 않았다.

"회사 사람들이 그러던데요. 선배 밤마다 접대하러 좋은 곳에 다닌다고요. 그런데 그게 좋은 게 아니래요. 사람을 버린대요. 그래서 나는요… 이런 회사가 싫어졌어요. 알잖아요. 나 선배 무지 좋아하는 거. 그리고 선배는 시인이잖아요.

그런 곳에 안 갔음 정말 좋겠어."

M이 내 곁에 바짝 붙어 있어서 그런지 풀잎 내음에서 열기가 느껴졌다. 성숙한 그녀의 몸에서 은은한 열기가 뿜어져 나왔다.

"열이 많이 나는구나."

"괜찮아요. 열 기운은 어제 지나갔어요. 다 나은 걸, 뭐."

"오늘 내가 있기로 한 거 잘한 것 같아."

"그러다 감기 옮으면 어떡해?"

"그까짓, 옮으라지, 뭐."

그날 밤 나는 산속의 텐트에서 느꼈던 따스함보다도 훨씬 더 따스함을 느꼈다.

그것은 아마 그녀의 열 감기 때문이었으리라.

잠결에 나는 헛소리를 한 모양이었다. 꿈속에서 신 대리가 아랍권 왕족의 얼굴에 무차별적으로 술을 뿌려대고 있었다. 그리고 그들의 하얀 터번을 마구 쥐어뜯는 그런 꿈이었다.

나는 큰 소리로 신 대리를 나무라며 '안 돼, 안 된다구' 하는 따위의 소리를 질렀지만, 그것은 끝내 언어가 되지 못한 채 황소의 울음처럼 웩웩대면서 거칠고도 힘겨운 소리로 어둡고도 작은 그녀의 방을 맴돌았다.

겨울 산행

그 후 M은 산악회의 정 멤버가 된 모양이었다.

몇 달 사이에 벌써 여러 개의 산을 올랐다고 박 대리가 친절하게 말해주었다. 나는 여전히 비공식 업무 수행 분야에서 괄목할 만한 성과를 올리고 있었다. 인사과를 통해서 믿을 만한 정보도 입수되었다. 일 년 정도 후에는 나도 미주의 서부 지역 지사장이나 남부의 지사장급으로 발령이 난다는 괜찮은 정보였다.

남부라면 아마 플로리다의 마이애미 정도가 될 것인데, 이왕이면 서부 지역의 캘리포니아가 훨씬 나을 것이란 생각도 들었다.

미국에 뜬 달

소문은 암암리에 이미 사내에 퍼져 있었다.

"과장님, 미래의 사모님께로부터 전화가 왔습니다."

능글맞기로 소문난 박 대리가 수화기를 건넸다. 그는 나보다 3년이나 입사가 빨랐지만, 아직도 대리로 있는 친구였다.

"박 대리, 농담이 지나치십니다. 아, 여보세요?"

"선배, 나예요. 지금 바빠요?"

"지금 업무 시간이잖아요. 그러니 당연히 바쁠 수밖에. 그런데 용건은?"

"이번 주말에 산행이 있는데, 이번에는 같이 가고 싶어. 다들 선배 왜 산에 안 오느냐고 묻기도 하고……."

"그래, 어디로 간답디까?"

"내설악으로 간대요. 연휴도 있고 해서요."

내설악이라면 좋은 코스다. 몇 년에 한 번 갈까 말까 한 그런 곳이 아닌가? 지사로 발령 나기 전에는 아마 이것이 마지막 기회일지도 모른다.

"겨울 내설악이라……. 그럽시다, 그럼."

"준비는 제가 다 해놓을게요."

무려 이 년 만의 산행이었다. 한겨울의 내설악이 그 알싸한 냉기를 콧속으로 스며들게 해줄 것이다. 모르는 얼굴은 얼마 안 되었다. 늘 보던 얼굴들이었다. 그날 나는 늦었고 버스의 출발 시간을 무려 30분이나 늦추어주어서 겨우 잡아탈 수가 있었다. 더러는 박수를 쳤지만 더러는 불만이었다.

"미스 문이 울 것 같아서 기다려 준 거요. 알기나 하쇼."

"죄송합니다. 죄송합니다."

"조 과장님, 어젯밤엔 진했나 봅니다요?"

굵은 음성에다 빈정대는 투로 봐서 만년 대리급인 박 대리일 것이다.

"지사장님으로 나가시면… 글쎄… 진짜로 울 사람 있겠네. 하하!"

여기저기서 웃는 소리가 들렸다.

"하여튼 누구는 복이 터졌어. 게다가 최연소 지사장이니 말이야."

"개인 회사 차린다는 소문도 있다면서?"

갑자기 버스 안이 조용해지면서 한동안 정적이 감돌았다.

"그건 어디까지나 소문이야, 소문. 조 과장님, 신경 쓰지 마십쇼."

M이 귤을 꺼냈다. 매주 산행을 다녀서 그런지 그녀는 훨씬 더 건강해 보였다. 그러나 커다란 눈 속에는 왠지 불안한 기색이 그늘진 호수처럼 일렁이고 있음을 나는 보았다.

시내를 벗어나기까지는 오래 걸렸다. 겨울의 서울은 아무래도 잿빛으로 표현됨이 마땅할 것이라는 나의 생각에 내 스스로가 동의하는 희한한 짓거리를 하다가 문득 다시 사무라이 미야모토 무사시에 대한 상념의 줄기를 찾았다.

무사시와 사사키 코지로의 대결은 당대의 명승부로 일컬어진다. 사사키 코지로는 긴 칼을 가졌다. 그는 그 긴 칼을 마치 짧은 칼 다루듯이 하는 명검객이었다. 두 사람의 결투 장소는 섬이었다. 이 장면을 보려고 사람들은 섬으로 모여들었고, 사사키 코지로는 미리 나가 있었다. 무사시는 약속 시간보다도 늦게 나왔다. 그는 배를 타고 섬으로 다가가면서 나무로 된 기다란 노를 칼로 깎고 있었다. 사사키 코지로가 고함을 질렀다.

"미야모토 무사시! 당신은 내가 무서워서 늦게 나온 모양이지?"

그러나 무사시는 말이 없었다. 다만 끝이 날카롭게 다듬어진 기다란 노를 어깨에 메고 나왔다. 그것은 코지로의 긴 칼보다도 더 길었다. 그는 기다란 노를 직선으로 겨누며 코지로에게 다가가서 그의 이마를 겨냥했다. 이윽고 코지로가 긴 칼을 뻗어서 번개처럼 휘둘렀다. 그러나 무사시의 목에 걸친 면수건만 갈라놓게 된다. 코지로에게는 처음 있는 실수다. 그때무사시는 이마를 향해 겨누었던 목검을 땅 쪽으로 향하며 코지로의 발을 후린다. 쓰러진 코지로가 다시 일어서면서 공격자세를 취할 순간에 무사시의 목검이 코지로의 이마를 일격에 격파한다. 그렇게 코지로를 죽인 무사시는 사람들의 시선에 아랑곳하지 않고 기다란 노를 메고 유유히 나룻배를 타고는 섬을 떠난다.

사무라이에 대한 상념을 마쳤을 때 버스는 도시를 벗어나고 있었고, M이 나를 바라보며 웃고 있었다.

"선배, 이번에는 또 무슨 생각을 했는지 말해줄 수 있어요?"

"응, 사무라이에 대한 생각을 했어."

"또 사무라이 생각을요? 일본은 왜 그런 잔인한 싸움을 했을까……."

"진짜 검객은 싸우는 게 아니야. 자신의 도를 시험하는 것이지."

"선배도 싸움 같은 거 할 줄 알아요?"

"난 싸움은 안 해."

"그럼 도를 시험하는 건요?"

"그건 좀 할 수 있지. 하지만 그것도 이미 시와 함께 버린 지 오래야."

M의 얼굴은 가만히 있어도 말을 했다. 그때 그녀의 표정은 매우 진지하다는 듯이 말했다.

"그러고 보니… 이상하다 싶긴 했어. 함께 있을 때 꼭 무사 같다는 느낌이었거든. 그랬었구나."

그녀는 내 손을 잡고 찬찬히 훑어본 후에 말했다.

"그런데 무사의 손이 어떻게 이렇게 부드러울 수가 있지?"

나는 얼른 화제를 바꾸었다.

"우리 귤 먹어야지."

총무부의 선우 과장이 앞좌석에서 내게로 다가왔다. 그는 내가 입사할 때부터 과장이었으니 고참급 과장이다.

"조 과장, 아무래도 이 건은 조 과장한테 사정하는 게 낫겠어. 합섬 쪽에서 온 공문인데 말이야, 여름 출하복 때문에 비상인가 봐."

"그게 저랑 무슨 상관이 있죠?"

"암, 있고말고, 허허."

선우 과장이 너털웃음을 지으며 M을 힐끗 보았다.

"그쪽에서 모델을 구하긴 했는데 이게 안 맞나 봐."

그는 엄지와 검지를 동그랗게 말아 보이며 엽전 표시를 했다. 그의 손가락은 굵고도 투박했다.

"그래서 완전히 프레쉬 쪽으로 가기로 했나 봐. 그런데 그게 어디 말처럼 쉽겠어? 신인을 찾겠다는 건 해변에서 바늘 찾기 아닌가? 그래서 하는 말인데… 회사에서는 미스 문을 지목하는가 봐."

"그 문제라면 당사자에게 물어봐야지요."

"아, 물론 해봤지. 안 되니까 조 과장한테 엉기는 거 아냐."

나는 M에게 얼굴을 돌리며 잠시 물끄러미 보았다.

"저는 사양한다고 벌써 말씀드렸습니다."

표정을 보니까 완강함이 역력해 보였다. 내가 개입된들 풀릴 문제가 아닌 성싶었다.

"본인의 의지가 그러니 전들 어쩌겠습니까?"

선우 과장이 난처한 듯한 표정을 지었다.

"사실 나 말이야, 이번 산행에 온 건 순전히 이 건 섭외하려고 온 거라구. 햐, 이거 참 시간은 없고 사람 죽인다, 죽여."

흔들리는 버스 속에서 그는 총총걸음으로 앞좌석으로 돌아갔다.

나는 M의 표정을 살폈다. 그녀는 정말로 모델 건에 대해서 불쾌하게 생각을 하는 듯했다. 아무튼, 그런 것은 내가 관여를 할 바가 아니지 않는가?

그 이후부터 나는 그 건에 대해서는 입을 다물기로 했다.

그때 굵직한 음성이 터져 나왔다.

박 대리였다.

"언제나 믿을 만한 소식통의 제왕 박 대리입니다. 만년 대리죠. 아, 아, 잘 들리십니까? 먼저 스포츠 분야임다. 일본은 세계 유도의 종주국임다. 그러니까 딱 10년 전의 일임다. 그런 일본 유도계가 한국의 무명 선수에게 깨졌다 이겁니다. 공교롭게도 이 전설적인 선수 이름이 우리 조 과장님과 같은 이름이었는데 나이도 같고 출신지도 같습니다. 그러나 실재 인물인지 동명이인인지는 잘 모르겠슴다. 이만 뉴스를 마칩니다. 좋은 산행 되십쇼."

박 대리는 산행을 한 번도 빠진 적이 없다는 골수 산악인이었다. 체격이 우람한 그는 쾌활한 성격으로 대인 관계가 좋았다. 오늘은 기자로 콘셉트를 잡은 모양이었다.

"정말이에요?"

M이 눈을 동그랗게 뜨고 물어왔다. 나는 짐짓 모르는 사실이란 듯이 어깨만 으쓱이고 말았다.

그건 그렇고 박 대리는 도대체 그 사실을 어떻게 알아내었단 말인가?

어쩌면 신 대리로부터 들었는지도 모른다.

어제저녁은 박 대리 말마따나 여간 진한 밤이 아니었다.

양주는 35년생이었다. 웬만하면 12년생으로 때우는데 어제는 특별했다. 우리 회사 규모보다 더 큰 회사를 먹느냐 마느냐 하는 자리였다. 그런 것을 먹게 해주는 사람은 어떤 사람일까? 나는 그 사람의 이름도 모르거니와 무엇하는 사람인지도 몰랐다. 다만 존칭만 하달 받았는데 그 존칭은 '어르신'이었다.

지정된 장소는 지하철역 앞이었다. 앞 조수석의 신 대리는 긴장된 모습이 역력했다. 물론 김 기사는 아무것도 몰랐다. 지하철 앞에는 사람의 왕래가 잦았다. 그러나 나는 한눈에 어르신을 알아보았다. 모두가 움직일 때는 움직이지 않는 대상이 표적인 것이다. 차를 기다리게 하고 나는 어르신에게 다가가서 조용히 말했다. 시선은 반대 방향으로 향했다.

"오래 기다리셨습니까? 모시러 온 조 과장입니다."

그는 짐짓 모른 체했다. 이번에는 그에게 시선을 돌리며 말했다.

"어르신 맞으시죠?"

그는 퉁명스럽게 말했다.

"그렇소이다. 차가 어딨소?"

어르신은 체구가 깡말랐고 머리는 반백이었다. 나는 어르신을 정중하게 요정으로 모셨다.

1호 룸은 연중 쓰이는 날이 몇 번 없다.

그 방에서는 모든 것이 일 등급이다. 모든 것이라는 말에는 그야말로 모든 것이 포함되어 있다. 그 모든 것은 기획실에서 제공한다. 일 등급 속에는 나도 포함되어 있다. 나는 어느새 회사의 일 등급 품목에 올라가 있었다. 그러나 그것이 좋은 것인지 나쁜 것인지는 알 수가 없었다. M은 그것이 나쁜 것이라고 말했다.

모든 것이 일 등급이라는 말은 이 방에 들어오는 여자들도 일 등급이라는 말이다. 그 여자들은 일 년에 서너 번만 그런 곳엘 나온다. 그들에게 지급되는 액수를 보고 나는 놀라지 않을 수가 없었다. 한 번 출현이 나의 반년치 월급에 육박했다. 그러한 여자들이 오늘 밤에는 어르신을 위하여 마련된 이 자리에 나온 것이다.

그녀들과 나의 목적은 같았다. 어르신을 편안하게 잘 모시는 것, 그것을 위하여 품위 있고 자연스럽게 행동했다. 우리는 같은 임무를 수행하고 있었던 것이다.

미국에
뜬 달

그러한 분위기 속에서 어르신은 조용히 술을 마셨다. 결코 주변 분위기에 휩쓸리지 않는, 마치 만년설처럼 올곧은 성정이 그에게는 있었다. 나와는 좀처럼 시선을 마주치지 않으면서도, 주량은 수준급이었다.

　그 어르신이 입을 열었을 때는 요정에 온 지 꽤 시간이 지난 후였다.

　"조 과장이라고 했소?"

　"그렇습니다, 어르신."

　"그 어르신이란 말 그만둡시다."

　"달리 다른 호칭도 없고 해서 그렇습니다. 이해해 주십시오."

　"흠, 군이 그렇다면 그렇게 하쇼. 그런데 회장님 안목이 대단하다고 전해주시오."

　"무슨 말씀이신지……."

　"나 말이요, 사실 첫눈에 당신을 알아보았소. 일본을 꺾은 한국의 유도인을 내가 왜 모르겠소."

　"오래전의 일입니다. 그런데 혹시 어르신께서도 그 분야와 연관이 있으셨는지요?"

　"물론 체육 분야와 연관은 있었지만, 그쪽은 아니었어."

　"그러셨습니까?"

　그렇게 시작된 어제의 임무는 성공적이었다. 1호실의 불은 아마 2시가 넘어서야 꺼졌을 것이다. 좋은 사인이었다. 어르신의 기분이 최고조에 달한 시간은 자정을 넘긴 거의 1시쯤 되어서였다. 회장님은 물론이고 이사진 전체가 소식을 기다리며 기획실에서 밤을 새웠을 것이다. 술이 거나해진 어르신은 1시경에 회장님을 연결하라고 하셨다.

"나 오늘 이곳에 안 나오려고 했소. 그런데 말이요, 잘 나왔다고 생각해요. 왠지 아시겠소? 우리 한국이 일본 유도계를 꺾었을 때 말이요, 나 정말 그때 감동을 받았다 아닙니까? 아, 정말이라니까요? 당신네 회사 조 과장이 그 실존 인물 아니요. 오늘 내 안목으론 당신네 회사가 포텐셜이 있다고 생각하고… 그래서 전화 걸었지. 야밤에 실례가 되었겠지만… 어쨌든 우리 잘해봅시다. 그리고 여기 조 과장하고 통화 좀 하시오."

어르신은 이미 취해 있었다.

내가 전화기를 받았을 때 수화기 저편은 조용했다. 회장님의 음성은 언제나 차분했는데 분명히 떨리는 기색이 역력했다.

"아, 조 과장, 수고했어요. 우리도 여기서 대기 중일세. 그런데 일본 유도계를 꺾었다는 것은 도대체 무슨 말인가? 혹시 조 과장, 예전에 유도했는가?"

"아, 예. 오래전에 있었던 일입니다. 대단한 건 아닙니다. 어르신께서 약주 기운에 하신 말씀입니다. 아참, 그리고 저는 내일 산행을 갑니다. 제 대신 신 대리가 자세히 보고드릴 겁니다. 그럼 편히 주무십시오."

보고 후에 술은 한 순배 더 돌았다. 일급으로 불리는 여자들도 취하기는 마찬가지였다. 한 여자는 자세도 흐트러졌지만, 혀가 꼬부라진 음성으로 말했다.

"어르신이 뭐야? 회장님이라든지… 사장님이란 호칭은 들어보았지만, 어르신이란 말은 처음 들어보네……."

그러자 이번에는 다른 여자가 말했다.

"회장님들보다도 아무래도 더 높으신가 봐."

그때 신 대리가 여자들에게 눈짓하며 주의를 주는 듯했다. 신 대리는 회장님의 가족에 속하는 측근이었다. 그는 나의 업무를 감시하고 있기도 했지만, 결코 취해서는 안 되는 게 그의 임무였다.

그날은 나도 취했다. 분별력이 마비가 되었는지 도무지 제 기능을 발휘하지 못했다. 그래서 헛것이 보이기도 했다. 어르신이 일어나실 때였다. 모시러 온 사람 중에 며느리밥풀꽃이 있었다. 그래서 나는 큰소리로 그의 이름을 불렀다.

"최진우, 어이, 며느리밥풀꽃!"

그러나 나는 곧이어 머리를 흔들었다. 그럴 리가 없어. 그가 어르신 수하에 있을 리가 없지 않은가?

그날은 이례적이었다. 지금까지 내가 그토록 취해본 적이 한 번도 없었기 때문이었다. 환상 중에서 본 며느리밥풀은 한참 동안 나를 바라보고 있었다. 그는 검은색의 말끔한 신사복을 입고 있었는데 동료와 함께 밖으로 나갔다가 혼자서 다시 들어왔다. 나는 혼미한 상태에 처해서 그랬는지 갑자기 현기증이 몰려왔기에 기둥을 붙잡고 간신히 버티고 서 있었다.

그때였다. 누군가가 등 뒤로 다가와서는 나를 살며시 안아 주었다. 그러나 그것도 실제로 있었던 일인지, 아니면 그런 느낌을 받은 것뿐인지 종내 알 길이 없었다. 취한 상태에서는 그 어떤 판단력이나 느낌조차도 신뢰를 받지 못한다고 했지 않는가?

어쨌든 그때 나는 애를 써서 뒤돌아보긴 했지만, 그곳에는 이미 아무도 없었다. 아무래도 나는 그때 헛것을 본 모양이었다.

다만 깊은 밤중의 어둠 속에서는 형태도 없는 어떤 적막의 무리가 공허하기 짝이 없는 자신들의 모습을 형광등 불빛 아래 훵하게 노출하고 있었다.

아마 박 대리가 얻은 정보는 이번 일이 진행되면서 신 대리로부터 들은 것이리라.

†   †   †

버스가 진동을 하면서 심하게 좌우로 흔들렸다. 그리고 서서히 속도를 줄이더니 길 한쪽으로 붙이고 정차를 했다.

"야, 이거 오늘 재수 옴 붙었다. 펑크야, 펑크. 죄송합니다만 모두 좀 하차해 주십쇼. 10분이면 됩니다."

타이어를 갈아 끼우는 데는 30분이 걸렸다. 박 대리는 멀리 나무 뒤로 가더니 한참 후에나 돌아왔다. 오줌을 눈 모양이다. 누군가가 그에게 짓궂게 질문을 했다.

"박 대리, 거기 가서 뭐하고 온 거요? 담배라면 여기서 피워도 될 텐데 말이요. 왜 내가 있다고 예의 차린 거요. 허허."

"아, 나무도 말입니다, 물을 먹어야 되지 않습니까? 왜 내가 뭐 잘못한 게 있습니까?"

그러면서 힐끔 M을 돌아보았다. M은 머리를 딴 데로 돌렸다. 어차피 오늘은 설악산 입구에서 잠을 자게 될 것이다. 그리고 이른 새벽에 등산을 떠나게 된다.

그날 밤은 한 방에서 여섯 명씩 자게 되어 있었는데, 버스 기사 말마따나 그날은 재수가 옴 붙은 날이었다. 박 대리가 우리 방에 배정을 받았는지 M의 옆에 자리를 잡았고, 그가 치근덕거렸는지 M은 내 곁에 바짝 붙었다. 그래 봐야 불과 몇 시간 후면 산을 오를 게 아닌가. 난 크게 개의치 않고 잠을 청했다.

방이 추워서 등산복 차림으로 잠을 잤는데도 나는 단잠을 잤다. 무려 여섯 시간을 정신없이 잔 탓에 몸은 깃털처럼 가벼웠다. 시합 전날에 이렇게 잘 자게 되면 백전백승을 하게 된다. 그런데 M은 그렇지 못한 것 같았다. 새벽에 산을 오를 때 M이 말했다.

"선배, 박 대리 혼내준다고 내게 약속해 줄 수 있어?"

"왜? 밤에 치근덕거렸다고?"

"정도가 심했으니 그렇지."

나는 소리 내어 웃으면서 말했다.

"갑옷 입은 여장군 만지나 마나 아니겠니? 하하!"

"그래도 그렇지, 정말 기분이 나빠."

"노총각 입장을 생각해서 웬만하면 너그러이 용서를 해 줘."

그때 그녀가 정말로 용서를 해줬는지는 모르지만, 화제를 돌려서 언니에 관해서 얘기를 했다.

"참, 며칠 전에 언니가 다녀갔어요. 선배 인사시켜 주려고 했는데 도대체 얼굴을 볼 수가 있어야지. 그래서 언니 그냥 갔어."

"그랬구나. 언니가 있다고 말했지, 전에도?"

"우리 언니 정말 예뻐요. 나하고는 3년 차인데, 언니가 정말 정말 좋아했던 선배가 죽어버려서 혼자서 살아. 언니는 아마 결혼을 못할 거야."

"그 죽었다는 선배와는 결혼했던 사이야?"

"아뇨. 결혼을 앞두고 산에 갔다가 그랬어요."

"선배란 칭호 말이야, 그거 언니한테 배웠구나?"

"그래요. 그런데 선배란 말이 좋기도 하지만 괜히 불안해. 나, 다른 말로 바꿀까 봐."

미국에 뜬 달

"그런 생각은 미신이야."

새벽 5시에 출발했기 때문에 정오까지의 시간은 길었다. 점심은 낡은 절이 있는 곳에서 먹었다. 절은 거의 버려진 듯했는데 마당은 평평하고 널찍했다. 잡초가 군데군데 자라고 있었지만, 겨울이라 그런지 무성하지는 않았다. 축대 위에는 툇마루가 있었고, 우리는 그곳에 앉아서 마당을 내려다보면서 쉬고 있었다.

박 대리가 신중하게 물어왔다.

"조 과장님, 유도 실력 좀 보여주시죠. 그거 건전한 스포츠 아닙니까?"

"하하, 오래전에 그만뒀습니다. 10년이 넘었고요. 하지만 박 대리가 하나만 약속하면 보여 드릴 수도 있습니다."

40명이 넘는 사람들의 시선이 일시에 몰려들었다.

"무슨 약속인지는 모르지만, 동명이인이 아니라는 것을 보여준다면야……."

"실제로 유도는 이런 맨땅에서 하면 위험합니다. 그러나 기술을 보일 수 있는 방법은 있습니다. 게임 형식인데 기술은 그대로 다 나타납니다. 그다지 위험하지도 않습니다. 일명 외발 유도란 게 있습니다."

"한 발로 서서 상대를 넘어지게 하는 거 말입니까? 그건 우리도 전에 많이 해봤습니다. 그거라면 나도 일가견이 있습니다."

"바로 그겁니다. 전혀 다치지도 않고 안전하지요."

박 대리가 벌써 웃옷을 벗고 있었다.

"덩치야 아무래도 내가 더 크니까 나도 별로 질 것 같지 않은데… 게임이니 까짓 한번 해보자고."

박 대리가 벌써 마당에 내려가서 두 팔을 엇갈리게 빙빙 돌리고 있었다. 나는 주위를 돌아보며 말했다.

"누구든지 자신 있으신 분 네 명이 더 내려가십시오."

모두가 의아한 듯 서로 쳐다보았다. 그중 한 사람이 말했다.

"다섯 명이 그럼 누구와 시합을 합니까?"

"저랑 합니다."

"오 대 일로 한단 말입니까?"

"그렇습니다."

마당에서 박 대리가 가소롭다는 듯이 자신의 가슴을 쳐 보였다.

"조 과장님이 지면 어쩔 거요?"

"지금 제 주머니에 3만 원이 있습니다. 제가 지면 이걸로 산을 내려갈 때 회식을 합시다. 모자라면 총무과에서 차용을 하겠습니다."

그러자 일제히 환호하며 네 명을 뽑아서 마당으로 내려보냈다.

"그 대신에 여러분이 지면 박 대리는 미스 문으로부터 접근 금지령이 떨어집니다."

모두가 웃음보를 터뜨렸다. 박 대리도 의기양양하게 대답했다.

"오케이! 오케이! 무조건 오케이라구!"

"들었던 한 발이 땅에 닿거나 넘어지면 지는 겁니다."

"아, 알았다고. 알았으니까 폼 너무 잡지 마시고 내려오십시오."

나는 웃옷을 벗고 천천히 내려갔다. 등산화가 둔탁했지만, 그거야 모두가 같은 입장이 아닌가? 마당에 내려가자 한 발을 든 그들은 우르르 뒤로 물러갔다.

외발 유도를 통한 균형 감각 연마술은 나의 스승이었던 환이 형이 개발한 것이다. 유술은 시술할 때 왼발이 축이 된다. 축을 튼튼히 하지 않으면 오른발의 공격이 위력을 잃는다. 그래서 왼발만을 유지하고 공격술을 꾸준히 익히면 방어적 유술에서 공격적 유술로 발전하게 된다. 다행히 마루로 올라가는 축대가 있어서 이를 이용하면 후방 공격은 의식하지 않아도 되었다.

먼저 가장 가까이 있는 상대를 잡아서 후리기로 가볍게 넘어뜨렸다. 초반에는 상대편의 숫자가 있으니 내가 그들과 엉키지 않게 해야 한다. 엉키게 되면 협공을 당하게 된다. 이것은 다수를 상대로 대결하는 유술의 기본이다. 후리기로 두 명을 더 쓰러뜨렸다. 남은 두 명 중 한 명은 넘어진 자에게 걸려서 넘어졌다. 나는 그에게 일어나게 하고 다시 할 수 있게 기회를 주었다.

그자가 공격을 해왔다. 나는 외발로 서서 다가오는 그를 슬쩍 들었다가 왼발의 축을 무너뜨렸다. 그러자 그는 힘없이 지면에 모로 쓰러졌다. 박 대리는 그때까지도 공격해 오지 않았다. 마치 줄을 서서 차례를 기다리듯 하는 그의 태도는 합동술의 기본 원리조차 모르는 듯했다. 그들은 연합술을 펼치며 한꺼번에 공격을 해야만 승산이 있었다. 나는 제법 큰 소리로 말했다.

"자, 박 대리, 공격해 오시오! 아니면 내가 갈 테니!"

그는 공격해 오지 않았다. 그래서 내가 그에게 돌진했다. 마지막 상대자에겐 모든 기술이 허용된다. 거기다 약간의 타격을 줄 필요성도 있었다. 나는 정면으로 파고들었다. 그리고 그의 두툼한 등산복의 하의를 잡아채고는 바깥다리 걸기를 시술했다. 그의 몸이 풍차처럼 돌면서 휘리릭 시계 방향으로 넘어갔다.

구경꾼들에게 보여줄 거리로는 괜찮은 기술이었다. 툇마루에 앉았던 사람들이 넋을 잃고 있는 듯했다. 상황이 종료되었는데도 그들은 아무도 움직이지 않았다. 나는 손바닥을 두 번 탁탁 쳤다. 그제야 사람들이 나를 보았다.

"이번에는 열 명 어떻습니까?"

아무도 반응을 보이지 않았다. 모두가 주섬주섬 옷을 챙기고 배낭을 두 팔에 꿰어 넣기에 바빴다.

오후에 산을 오르면서 M은 말했다.

"그런 거 처음 봐. 영화를 아마 그렇게 찍겠지?"

내가 말을 받았다.

"그러면 마루에 앉은 사람들은 감독들이고?"

"선배, 너무 멋졌어요. 정말 정말 멋졌어. 그런데 열 명이 진짜로 나갔으면 어쩌려고?"

"마루로 올라가는 축대가 있는 이상 질 수는 없어. 그 얘기는 뒤쪽 공격만 차단이 되면 이미 난 이긴 거나 마찬가지란 뜻이지. 열 명이라도 내가 이길 승산이 크다면 믿겠니?"

"하기야 영화에도 항상 주인공이 이겼어."

"바보야, 이건 영화가 아니라 현실이라고."

교만해진 내가 잠시 거들먹댔다.

산이 높아지자 눈이 쌓여 있었다. M은 콧등이 빨갛게 되었고, 목에는 하얀 털실로 짠 목도리가 둘둘 말려 있었다. 그녀가 말을 할 때 입은 보이지 않고 소리만 목도리를 통과해서 둔탁하게 들려왔다. 멀리 보이는 눈을 배경으로 한 그녀의 큰 눈과 코의 조화가 이국 여인을 연상케 했다. 그만큼 M은 몸집이 큰 편이었다.

내설악에 다다르니 산은 온통 흰 눈으로 덮여서 길을 찾기가 여간 힘들지 않았다. 내설악을 통과하니 어둠이 거뭇하니 산등선 아래로 군데군데 얼룩져 오고 있었다.

저녁을 먹고 그날 밤은 작은 절에서 자기로 했다. 방은 한 개뿐이었으므로 여자들은 방에서, 남자들은 바깥에서 침낭 속에 파묻혀 자기로 했다.

달빛을 받으며 밤의 산속에서 이리저리 흩어진 침낭들은 마치 미라가 담긴 포댓자루 같았고, 함부로 버려진 영혼들처럼 개별적으로 쓸쓸하기 짝이 없어 보였다.

침낭 속이라지만 겨울밤의 냉기는 녹록치 않았다. 잠을 자기 위해선 최소한의 절대 온기가 필요했다. 그것마저 없으면 잠을 자면 안 된다. 이것 역시 겨울 등반객을 위한 기초 교육 중의 하나다.

잠을 자야 하지만 잠을 자서는 안 되는 이율배반적 상황이 더러는 있는 법이다.

미라에 대해서도 얼핏 생각을 해보았다. 우리도 언젠가는 죽음을 맞이하게 될 것이다.

그렇다면 지금 숨 쉬고 생각하는 우리도 어쩌면 모두가 미래의 미라일 것이다.

이런 생각을 하니 나는 정말로 미라가 된 것 같았다.

그때 M이 나왔다.

커다란 여신처럼 조용히 다가온 그녀는 달빛에 반사되는 하얀 손을 뻗어서 얼음처럼 차가웠을 내 얼굴을 만졌다. 그리고 품속에서 흰 털실로 짠 목도리를 꺼내어 내 얼굴의 아랫부분을 정성스럽게 감싸주었다.

그녀는 마치 죽은 전사들의 영혼을 달래기 위해서 성스럽게 의식을 행하는 고대 그리스의 여사제 같았다.

그리고 영혼을 다시 살리기 위해서였을까? 여사제는 차가운 전사의 입술 위에 자신의 뜨거운 입술로 길고도 아주 긴 입맞춤을 함으로써 모든 의식을 마무리했다. 주위의 침낭을 의식하지 않은 것은 그들 역시 죽은 영혼이거나 잠이 든 영혼으로 여겨졌기 때문일 것이다.

이러한 모든 의식을 끝낸 후 여사제, 아니, 여신은 한 번 더 물끄러미 내려다보더니 조용히 일어나서 나를 뒤로한 채 성큼성큼 멀어졌고, 나는 그녀가 다시는 뒤돌아보는 것을 보지 못했다.

보름달이 하늘에서 차가운 시선으로 내려다보았을 것이다.

✝ ✝ ✝

산행을 다녀온 후 나는 몇 차례 더 어르신을 만났다. 내가 어르신의 눈에 절대적으로 신뢰할 수 있는 자로 비친 모양이었고, 회사에서는 그 점을 높이 평가한다고 했다. 지금 생각을 해봐도 당시에 내가 도대체 무슨 큰일을 했는지 알 수가 없다. 어찌 보면 나는 단순한 심부름꾼에 지나지 않았을 것이다. 밀사란 것도 알고 보면 심부름꾼이 아닌가? 그게 어떻게 불리었는지 그것은 중요한 게 아닐 것이다.

어르신은 내게 그저 어르신이었다. 이름도 없고 무엇하는 사람인지도 모르는 그 사람은 마치 유령 같은 존재였다. 아무튼, 그런 사람과 통하기 위해서는 나 자신 또한 유령 같은 인물이 되어야 했다.

그리고 보니 우리 두 사람은 시대가 만들어낸 유령 신세였던 셈이다.

그래서 나는 가끔 사적으로 어르신을 만난 적도 있었고 어르신 역시 흔쾌히 나를 만나주었다. 어르신이 나를 만날 때에는 일부러 수행원을 대동하지 않는 듯했다.

한 번은 내가 이런 질문을 한 적이 있었다.

"혹시 어르신 수하 중에 며느리밥풀이란 사람이 있으신지요? 본명은 최진우입니다. 그 친구는 제가 군대에 있었을 때 함께한 적이 있습니다."

어르신이 빙그레 웃으면서 말했다.

"조 과장, 잘 듣게. 나는 아직 그 누구에게도 나를 위해서 일하는 사람의 신변에 대해서 말을 한 적이 없다네. 그건 자네라고 해서 예외랄 수 없지. 그런데 며느리밥풀이라니……. 왜 그런 이름이 그 친구에게 있는지 오히려 내가 좀 물어보고 싶네."

"그것은 군사 기밀에 속한 사항이라 말씀을 드릴 수가 없습니다, 어르신. 죄송합니다."

"그래? 그렇다면 서로 피장파장인 셈이로군. 안 그런가? 하하하. 그건 그렇고… 만약에 말이야, 내가 그 친구를 알고 있다면 자넨 무슨 말을 전해주고 싶은 건가?"

"뭐… 꼭 전하고 싶은 말이 있어서가 아닙니다. 만약에 그 친구가 어르신 수하 중에 있다면 얼마나 좋을까 해서요……. 하지만 그런 일이 어떻게 있을 수 있겠습니까? 그 친구… 어쩌면 군대에서 죽었는지도 모릅니다. 제가 제대할 때 어려운 임무를 수행하기 위하여 먼 길을 떠났으니까요. 나라를 위해서 말입니다……."

"자네가 그 친구를 그토록 생각하는 마음이 있으니 그 친구도 아마 그럴 걸세. 자네를 잊지 못할 거란 말일세……. 사람의 마음이란 게 원래 그런 것 아닌가?"

"나라를 위한 일이긴 했지만… 그들은 젊었습니다. 그들을 가르친 건 저였고요. 그래서 저는 그때의 일들을 생각하면 가끔 괴롭습니다, 어르신."

"그럴 필요가 없다고 보네. 자네는 자네가 할 일을 했을 뿐 아니겠는가? 공연히 자책일랑 하지 말게. 그 친구도 필경 잘 있을 걸세."

"언젠가 다시 보게 될 날이 있었으면 좋겠습니다. 저는 그 친구를 잊을 수가 없습니다."

그때 어르신은 나를 찬찬히 바라보며 말했다.

"그런가……?"

유령의 임무를 마친 나는 일반인의 대열에 바로 합류할 수가 없었다.

태양이 돋기 전에 유령은 황급히 사라져야 하듯이 나도 급히 미국으로 옮겨져야 했다.

회사에서는 가정이 없는 내가 여간 긴요한 존재가 아니었을 것이다.

떠나올 때 나는 M을 보지 못했다.

하얀 털실로 짠 목도리는 기념으로 가져갔다.

미국에서 나는 그 어느 곳의 지사장도 아니었다. 그렇다고 특별히 맡긴 직무도 없었다. 한국 본사와의 연락은 금지된 터이라 나는 회사를 통한 M과의 연락도 불가능했다. 회사의 방침이 그만큼 완고했기 때문이다.

그러나 나는 회사의 방침을 충실히 따랐다. 회사의 그다음 방침은 수월했다. 2년제 대학원 코스를 마치는 것이었는데, 물론 나는 그러한 모든 것을 한 치의 망설임도 없이 따랐다.

일 년이 지나고 난 뒤에야 나는 M에 대한 소식을 들을 수가 있었다.

회사를 사직하고 그녀는 고향으로 내려갔다고 한다. 나는 다소 안심이 되었다. 그녀는 고향을 좋아했으니 당분간은 언니와 함께 지낼 것이리라.

그녀의 언니가 혼자서 지낸다고 하지 않았던가.

대학원 코스에서 나는 신학을 공부했다. 회사의 방침 속에는 특별히 무엇을 공부하라는 그런 내용은 없었다. 그러나 이러한 선택이 회장님의 뜻에 부응하는지 은근히 걱정이 되기도 했다. 그런데 그런 걱정이 도무지 필요없게 된 황당한 소식이 한 통 날아들었다.

회장님의 급서였다.

그래서 나의 미래도 그 소식과 함께 급서해 버렸다.

그분의 급작스러운 죽음으로 인하여 내가 유령의 신분에서 벗어날 수 있는 길은 상실되어 버렸다. 자유의 몸이 되어 다시 회사로 복귀하고 싶었지만, 도저히 일상으로 돌아갈 수 없는 진짜 유령 신세가 되어버린 것이다. 본사에 의뢰해 봤더니 나는 이미 2년 전에 회사로부터 사직 처리가 된 상태였음을 알게 되었다.

임자도

신학을 마치고 나는 2년 만에 한국으로 돌아왔다.

그리고 개인 사업을 시작했다. 유령의 신분으론 회사에 다시 들어갈 수가 없었기 때문이다.

그럭저럭 6개월이 지나고 나서야 회사의 인사과를 통해서 M의 주소를 알아냈다. 그리고 나는 마치 산행을 떠나듯 보름날을 정해서 M을 찾아 나섰다. M의 고향은 전라도 지방의 섬이었다. 꽤 큰 섬이었다.

섬과 육지를 왕래하면서 다리 역할을 하는 철선이 있었는데 한꺼번에 열 대 남짓한 차량도 실어 날랐다.

배를 타고 가면서 나는 옆 사람에게 물었다.

미국에
뜬 달

"이 섬 이름이 무엇입니까?"

"임자도라고 하지라. 그런데 댁은 외지 사람 같소잉?"

"이곳은 처음입니다."

"나라에서 다리를 놓는다고 한 지가 오래지라."

"아, 그렇습니까?"

4월의 바람은 아직도 차가웠다. 주소지는 섬에 도착해서 자동차로 한참 걸리는 곳이었다.

섬의 크기로 봐서 언젠가는 다리가 들어설 것도 같았다. 동네 입구부터 백사장이 끝없이 펼쳐지는, 그야말로 명사십리의 모래는 부드럽고도 깨끗해 보였다.

M의 집은 바다가 보이는 위치 좋은 곳이었다.

세 동으로 지어진 기와집은 크고도 고풍스러웠다. 그녀는 필경 이 지역을 대표하는 선주의 딸이었을 것이다.

"계십니까? 실례합니다."

문밖에 차를 대고 대문 안을 들어선 나는 안을 기웃거렸다. 마당은 넓었고 담 쪽에 큰 나무 한 그루가 서 있었다. 시골 아주머니 한 분이 나오기에 내가 온 사유를 알렸다.

이 집에서 일하는 사람인 듯 잠시 기다리라며 안으로 들어갔다.

장독대 뒤쪽에서 흙장난을 하던 서너 살 정도의 어린이가 걸어나와 나를 빤히 쳐다보며 해맑은 웃음을 지어 보였다. 여자애였는데 윗도리만 입고 있었다. 아랫도리가 벗겨져 있지 않았더라면 남자아이인 줄로 알았을 것이다.

한참 후에 어떤 전갈이 전달되었는데, 나는 마치 밀서를 받은 듯한 그런 느낌이었다. 그것은 약도였다. 근처에 휴양지가 있고 거기에는 찻집이 있다고 쓰여 있었다.

M의 글씨체는 아닌 듯했다.

나는 약속 장소에서 초조하게 기다리며 수차례에 걸쳐서 시계를 봤다. 겨울이라서 그런지 문을 닫은 횟집이 더 많아 보였다. 처음에는 십 분 단위로 시간을 측정하다가 한 시간 단위로 측정하기를 몇 차례씩 반복했으니 아마 세 시간 이상은 족히 기다렸을 것이다. 그때 나는 눈을 감고 상념인지 무념인지 모를 혼미한 시간을 헤매다가 눈을 뜨는 순간 소스라쳐 놀라지 않을 수 없었다.

언제부터 와 있었는지는 모르지만, 맞은편에서 그야말로 신상처럼 나를 노려보고 있는 여인이 있었기 때문이다. 직감적으로 M의 언니임을 알 수 있었다. M을 닮았지만, 훨씬 기품이 있어 보였다.

"왜 오셨습니까?"

그녀는 마치 여신처럼 준엄한 어조로 내게 물었다.

"언니 되시는군요. 동생을 만나러 왔습니다."

마치 고해성사를 하는 양 나의 음성은 고분했다.

"부산 갈매기가 내 동생을 만나서 어쩌시려고요?"

"네에?"

"내 동생을 만나서 어쩌실 작정이냐고 물었습니다."

"미스 문 지금 어디에 있습니까?"

"제 말에 먼저 대답을 하세요. 그 애와 결혼을 하실 겁니까?"

"그렇지 않으면 왜 왔겠습니까?"

M을 닮은 언니의 눈동자가 순간 출렁이는 듯했다. 그것을 감추기라도 하듯 그녀는 눈을 깊이 감았다. 그리고는 마치 심해에 울려 퍼지는 듯한 음성으로 다시 말했다.

"그동안 왜 연락이 없었느냐고 동생이 묻고 싶어할 겁니다."

질문의 끝은 멀고도 아득하게 느껴져 왔다.

"…그럴 만한 사정이 있었습니다. 동생에게 직접 해명을 하고 싶습니다. 미스 문이 회사 사정을 어느 정도는 알고 있었을 겁니다."

"그 애가 알고 있는 건 댁이 한마디 말도 없이 떠났다는 것밖에 없었습니다. 그래도 그 애는 그 싫어하는 회사에서 일 년씩이나 더……. 도대체 미스터 조는 그 앨 어떻게 생각했기에 연락을 끊었죠? 그동안 마음이 변했나요? 도대체 부산 갈매기들이란……."

그제야 나는 부산 갈매기란 뜻이 경상도 남자를 호칭하는 것임을 알았다.

그녀는 처음으로 내게서 시선을 돌려서 창 너머의 먼바다를 보는 듯했다. 아니, 어쩌면 모래가 고운 명사십리였을지도 모른다.

"그런 건 제가 여기 온 것으로……."

"그래, 그동안 어디에 있었죠?"

"미국에… 있었습니다. 설명 드리기가 어렵습니다."

이번에는 그녀의 시선이 창문을 넘지 못한 듯했다. 그리고 결연히 다문 듯한 입술 사이로 새어 나온 한숨과 함께 그녀는 희미하게 말했다.

"그랬었구나. 그건 그 애도 그렇게 생각을 했었어."

"혹시 미스 문… 여기에 없습니까?"

그녀의 얼굴에서 노기에 찬 모습은 더 이상 보이지 않았다. 그러자 M이 산에서 들려준 상상 속의 언니가 비로소 현실의 실체로 나타났다. M의 말처럼 그녀 역시 아름다운 여인이었다.

"더 묻고 싶은 게 있어요. 내 동생의 마음을 알고 있었나요?"

이번에는 내 쪽에서 창 너머로 시선을 멀리 보냈다. 시선이 달려간 곳은 명사십리도, 그리고 바다도 아니었다. 먼 창공에 떠 있는 작은 구름 조각이었다.

나는 이런 질문에 대답을 해본 적이 없다.

구름은 그저 구름으로만 인식될 때에 가장 구름답듯이 사람의 마음을 안다는 것도 그럴 것이다. 구름의 형태를 규정지을 수 없듯이 사람의 마음도 그렇지 않을까?

"죄송합니다. 제겐 너무 어려운 질문입니다. 이제 미스 문을 만나게 해주십시오. 질문에 대한 답변은 못했지만, 지금 저는 미스 문을 몹시도 보고 싶습니다. 그래서 왔습니다."

"그 애 지금 여기 없습니다."

"그럼 어디에 있습니까?"

여인은 핸드백에서 수건을 꺼내서 볼 언저리를 닦았다. 그녀의 시선이 결코 나를 향하지 않은 채 여신처럼 쩌렁한 음성으로 말했다.

"그 애… 결혼했습니다."

서울로 다시 돌아가려면 서두르지 않으면 안 된다. 나라에서 이 섬과 육지 사이에 언제 다리를 놓을지는 모르지만, 그때까지는 불가분 철선을 이용하지 않으면 안 될 것이다. 오늘 마지막 철선을 놓치지 않기 위해서 내 마음은 벌써 조급해졌다.

"참, 이거 좀 전해주시겠습니까? 이건 말입니다… 그냥 전해만 주십시오."

'죽은 전사의 목에 둘러주었던 여신의 선물이었습니다' 란 말은 하지 않기로 했다.

해봤자 그녀에겐 분명 정신 나간 소리로 들릴 것이다.

나는 차곡차곡 개어진 흰 털실 목도리를 그녀에게 주었다.

여인도 얇고 작은 상자 하나를 내게 전해주었다.

이렇듯 우리는 마치 해변에서 만난 태초의 인간들이 서로의 소중한 보물을 바꾸거나 하듯이 물물교환의 거래를 마쳤다.

"혹시 미스터 조가 찾아온다면 주라고 그 애가 맡긴 겁니다. 결혼하기 전에 느닷없이 일본을 가보고 싶다고 해서 내가 데리고 간 적이 있는데. 시부야라는 곳이었지요. 거기서 그 애가 이걸 산 것 같아요."

시부야라면 큰 강이 흐르는 도시일 것이다. M은 왜 그곳을 간 것일까?

"그 애… 그날 밤에 노래를 불렀는데 말이에요. 내 가슴이 다 저려왔어요."

"부산 갈매기 말입니까?"

"…알기는 하구만요. 그 애… 그날 밤에야 믿는 것 같았어요."

"무얼 말입니까?"

"경상도 사람과는 인연이 안 되는 우리 집의 운명을 말이에요."

나는 일부러 비웃음이 섞인 강한 어조로 말했다.

"그런 미신이 어디 있습니까?"

미야모토 무사시는 사랑하는 여인을 두고 길을 떠났다.

2년 후 보름달이 떠오르는 4월에 그들은 시부야에서 만날 것을 약속했다. 그러나 보름달이 둥실 창공에 떴지만, 여인은 끝내 오지 않았다. 어느 삼류 무사가 그녀를 가로챈 것이다. 그 후 무사시가 그자를 찾아내어 대결을 하지만, 그를 죽이지는 않았다. 다만 그의 볼에 상처만 남겼다.

그녀를 위해서 살려준 것이다. 그 후 해마다 4월의 보름날이면 무사시는 시부야에 와서 하릴없이 강가를 거닐었다고 한다.

"혹시 그때가 4월이었습니까?"

"그걸 어떻게 아세요? 그러니까 꼭 일 년 전이네요."

"오늘 같은 보름이었을 겁니다. 그러니까… 제가 떠난 것이 아니라 동생이 저를 먼저 떠난 셈인지도 모르겠군요."

일어나려던 언니가 다시 털썩 주저앉았다.

"사실… 여기 오기 전에 그 애랑 통화를 했어요."

나는 물을 마셨다. 물을 마시는 모습을 여인이 물끄러미 보고 있었다. 여인은 나의 행동 일체를 유심히 관찰하는 관찰자 같았고, 나는 마치 현미경 속의 피사체처럼 관찰자의 시선을 무겁게 느끼고 있었다.

"물론 미스터 조가 왔다는 말도 했어요. 그 애, 그다지 놀라지 않았습니다. 하지만 가슴은 하얗게 탔을 거예요. 할 말이 있으면 전해주겠다고 했더니… 그런 거 없다고 했어요."

여인이 물을 마셨다. 이번에는 내 쪽에서 그녀를 물끄러미 쳐다보았다. 피사체가 관찰자를 보는 순간이었다.

갑자기 담배를 피우고 싶었다.

"실례지만 담배를 피워도 되겠습니까?"

여인의 눈은 이제 부드러웠다. 큰 눈이라 그런지 눈가에는 물기가 고여 있었다. 대답 대신 고개를 끄덕이며 그녀는 핸드백에서 무엇인가를 찾아서 내게 건넸다.

담배였다.

"그 애가 부탁을 했어요. 이 담배를 구할 수 있으면 가져가라고 해서요."

'은하수' 란 담배였다.

"고맙습니다만 제게도 담배는 있습니다."

"이왕 사온 거니까 가지세요. 그리고 혹시 이런 얘기 들어보신 적 있으세요?"

담배를 피우는 나의 모습을 바라보며 여인은 말했다.

"무슨 얘기 말입니까?"

나는 담뱃재를 털면서 아무렇지도 않게 물었다.

"꿈이니 사랑이니 하는 것들의 속성 말입니다."

"그게 뭡니까?"

"그런 것도 진화하지 못하면 현실에서 살아남지 못한다는 얘기 말이에요."

"그렇다면 우리가 너무 고리타분했다 이겁니까?"

"그런 뜻이라기보다는 진화하지 못했다는 쪽이 더 가까울 거예요. 미스터 조에 대한 제 동생의 사랑이 너무 순수했을 수도 있습니다. 그런 사랑일수록 현실에서는 살아남기가 힘들겠지요. 그래서 그 애가 떠나기로 결심을 했을 수도 있겠네요. 어쩌면 타협할 줄 아는 사랑이 훨씬 더 진화된 건지도 모르죠. 그 애의 남편처럼 말이에요. 그쪽이 결과적으로 더 진화한 사랑의 형태가 아닐까 하는 생각이 듭니다. 내가 알기로도 그 애의 남편은 무척 적극성을 보였어요. 모든 것을 수용하겠다는 조건이었습니다."

언니의 말은 납득하기 어려웠다. 특히 '타협할 줄 아는' 이란 말이 나에겐 생소하게 들린 것도 그랬지만, 사랑이란 게 순수할수록 상호 유대감이 더욱 높아지는 게 아닌가? 그렇다면 순수하지 않고 불순했다면 M은 오히려 나를 기다렸을 거란 말인가? 나는 그 얘기를 받아들이기가 난감했다. 그렇다면 도대체 그녀는 무엇을 타협하지 못했단 말인가? 풀리지 않는 의문이 뫼비우스의 고리 속에서 뱅글대었다. 진화하지 못한 사랑이라……

"아마 남자들은 잘 이해하지 못할 거예요. 사실 그렇죠?"

"잘 모르겠습니다."

"혹시 그 애한테 전할 말이라도……. 내일 제가 서울로 갑니다. 그 애 남편이 만년 대리에서 진급을 했답니다. 그래서 겸사겸사 다녀올까 해서요."

순간 뫼비우스의 고리가 툭 하니 잘렸다.

나는 황급히 새로운 담배에 불을 붙였다. 갑자기 손이 떨려오는 듯해서 길게 숨을 들이켰다. 그러자 담배 끝이 노랗게 피어오르면서 재빨리 안쪽으로 타들어갔다.

미야모토 무사시가 요시오카 가문의 무도인 마타시치로와 대결할 때는 한 시간이나 일찍 나가서 그를 기다렸다. 사무라이들이 죽음의 대결을 할 때는 보름달이 떠오르는 자정의 시간이었다. 그것은 하나의 불문율 같은 것이었다. 무사시는 그때 나무 위에 있었고, 마타시치로는 혼자 오지 않았다. 십수 명의 부하를 데려와서 숲 속에 매복시켰다. 이를 본 무사시는 나무 위에서 뛰어내리면서 일격에 마타시치로를 베어버린다. 그의 부하들은 당황했다. 그래서 그들은 무사시를 에워싸지 못하고 일렬로 서게 된다.

무사시가 그들을 하나씩 베어 갈 때에 풀잎에는 선혈이 방울방울 맺혔다. 그들을 모두 베고 난 후에 그는 달을 향해서 검을 크게 휘둘렀다. 살아남은 자가 이 장면을 보고서 이상한 소문을 퍼뜨렸다. 무사시가 보름달을 베려 했다는 소문이다. 그러나 그것은 어디까지나 소문에 불과할 뿐 무사시는 다만 검에 묻은 선혈을 털어내기 위해서였다.

무사시에 대한 상념은 담배 한 개비가 타는 동안이었고, 그녀도 M처럼 나를 쳐다보면서 조용히 기다려 준 것이다.

"…전할 말은 없습니다."

그러자 이윽고 그녀가 입을 열었다.

"그 애가 말한 그대로네요. 참, 혹시나 해서 숙소를 준비해 두었습니다. 어차피 오늘은 철선이 끊겼을 테니까요."

"그래도 철선이 내일은 오겠지요?"

여인이 잔잔히 웃어 보였다.

"숙소는 괜찮습니다. 제 차에 침낭이 있습니다."

"그럼 차에서 주무시려고요?"

"아뇨. 저기 해안의 백사장에서요."

이번에는 여인이 창 너머의 명사십리를 바라보았다.

"저기서 잘 수 있다고요? 추운 날씨인데……."

"괜찮습니다."

그날 밤 둥근 달은 해안 위에 떴다.

이번에 나는 해안에 홀로 버려진 미라의 포대처럼 침낭을 끝까지 닫은 채 이른 저녁부터 잠을 자기로 했다.

낯선 섬에서 특별히 갈 곳도 없거니와 달리 시간을 보낼 방법도 없었다.

잠이 든 뇌 속엔 온통 대양으로 가득했고 철썩이는 파도 소리는 그 속에서 잠시도 멈추지 않고 울려 퍼졌다. 간혹 파도 소리와 함께 갈매기들의 울음소리도 희미하게 섞여서 들려오곤 했는데 그 울음소리가 이곳 갈매기였는지 아니면 부산 갈매기였는지는 알 수가 없었다.

한밤중에 잠이 깬 나는 침낭을 열고 부스스 일어나서 하늘을 보았다.

죽은 전사가 드디어 영혼을 깨어서 하늘을 두리번거리듯 말이다. 그러나 뜨거운 입맞춤의 여신은 없었다. 모든 공간은 비어 있었고 그래서 더욱 쓸쓸하고 아름다웠다. 해안의 백사장은 달빛을 받아서 그런지 더할 나위 없이 희고도 깨끗했으며, 바다는 마치 짙은 잉크처럼 검었다.

별들도 어찌나 많은지, 마치 안개꽃이 그야말로 지천으로 만개한 듯 밤하늘에서 현란하게 빛나고 있었다.

M과 나는 서로에 대해서 많은 것을 알고 있었던 셈이다. 오늘 밤 어쩌면 그녀는 '부산 갈매기'를 불렀을지도 모른다. 은하수 담배 한 개비를 뽑으면서 나는 쓸쓸히 웃었다.

M은 내가 오늘 밤 이곳에서 야영을 하리란 것을 알고 있었을지도 모른다.

언젠가 내가 이곳을 찾아오리란 것을 그녀가 알고 있었듯이 말이다.

나 역시 그녀가 왜 시부야를 갔는지 알아내었지 않는가?

만약에 그녀가 남긴 상자 속의 선물이 미야모토 무사시가 쓴 저서 '오륜서'가 맞다면 우리의 퍼즐 게임은 완성이 되는 것이다.

상자를 뜯었다.

선물은 다름 아닌 '오륜서'였다.

미국에
뜬 달

결국, 미야모토 무사시와 나는 같은 운명이었던 셈이다.

우리는 둘 다 사랑을 도둑질당한 것이었다. 자만했기 때문일 것이다.

아니, 어찌 생각해 본다면 M의 언니의 말마따나 우리의 사랑이 진화하지 못해서였을 수도 있다. 더 진화된 사랑이 있었기 때문일 것이다.

그렇다면 두 여인은 진화된 사랑의 포로가 되었거나 아니면 스스로 진화하지 못함 때문에 그들의 사랑은 화석이 되어 버렸는지도 모른다.

M에 대한 기억은 이것이 전부다.

달은 한 달을 주기로 하여 그 자신이 스스로 흥망성쇠를 되풀이하고 있다.

M에 대한 기억도 그랬던 것 같다.

특히 보름이면 그녀와의 상념들이 부풀어 올랐다가도 달의 몰락과 함께 그것들도 쇠잔하곤 했던 것이다.

천체물리학자들의 말에 의하면 달이 서서히 지구와 멀어지고 있다고 한다. 그렇다면 언젠가는 달도 영원히 지구를 떠나게 될 터이고, 그러면 달에 대한 기억들도 흐려질 것이다. 어디 그뿐이겠는가?

우리는 달에 대한 그 어떤 것도 기억하지 못하게 될 것이다.

실패

개인 사업을 시작한 후, 나는 여전히 바빴다. 그러나 삶의 기본적 분야는 부실했다. 어머님은 나에게 참하고 착한 여자와의 결혼을 권하셨다. 그즈음에는 M의 그림자에서 거의 벗어나 있던 나는 어머니의 말을 따르기로 했다.

그래서 나는 그런 여자와 결혼을 하게 되었다. 아내는 착한 여자였고 고등학교 교사였다. 그러나 결혼 후에 나는 불행한 사실 한 가지를 알아내게 된다.

사소해 보였지만 결코 사소하게 여길 수 없는 난감한 사항으로 기본적인 윤리에 관한 문제였다. 아내에게는 남자가 있었다.

미국에
뜬 달

나는 아내에게 물었다.

"혹시 당신에게 다른 남자가 있소?"

내가 물었을 때에야 아내는 비로소 시인했다. 내가 좀 더 일찍 물었다면 아내는 더 일찍 대답했을 것이다.

결혼 전에 나는 가상 중요한 실문을 하지 못했던 것이다.

그래서 질문이라는 것은 여간 중요한 게 아니다.

"…여보, 미안해요"

아내는 돌돌 말린 하얀 면 손수건을 쥐고 있었다. 하지만 그것으로 눈물을 닦는 일은 없었다.

의외로 담담한 태도에서 나는 가슴이 메었다.

"언제부터 알던 사이야?"

"결혼 후에 알게 된 사이는 아니에요. 그분은 우리 집 가정 교사였는데……."

"그렇담 그 사람과 결혼을 했어야지."

"그럴 수가 없었어요. 그분이 먼저 결혼을 했으니까요."

"배신을 당했군. 그렇다면 다시 만나서는 안 되는 게 아니요?"

나는 제법 준엄한 어조로 말했다.

"일부러 만난 건 아니었어요. 제가 처음 발령을 받아 간 학교에 그분이 그곳에서 선생님으로 근무하고 계셨어요. 여보, 이건 정말이에요."

그러고 보니 그들은 같은 학교의 교사로 다시 만난 모양이

었다. 나는 훅 숨을 들이마셨다. 개 같은 운명이라고 말하고
싶었지만, 꾹 참았다.

"그렇지만 어떻게 그럴 수가 있소?"

"여보, 정말 미안해요. 그분을 다시 만나게 될 줄은 몰랐어
요."

나는 그런 무분별한 인간을 군이 '그분'으로 표현하는 아
내가 미웠다. 내 앞에서 그런 표현을 한 것은 결코 현명한 처
사로 여겨지지 않았다. 하지만 아내의 입장에서 그를 어떻게
부를 것인가?

'그 사람'이란 표현도 내겐 거슬렸을 것이다. 그렇다고 그
를 저속한 호칭으로 부를 수도 없지 않겠는가? 생각이 여기까
지 미치자 나는 갑자기 아내가 측은해졌다.

"사람 관계란 건 말이요, 끊을 때는 끊어야 하지 않소?"

나는 마치 재판장처럼 말했다.

"…여보, 미안해요. 당신 뜻대로 하세요. 저는 무조건 따를
테니 말이에요.

아내는 역시 너무 착한 게 탈이었다. 그리고 여전히 눈이
멀어 있는 듯했다.

아내는 나를 사랑하지도 않으면서 결혼을 한 것이다.

나는 이러한 통속적이고도 뻔한 사태와 그리고 뻔한 이치
가 역겨웠다.

"그럼 우리 이혼합시다."

미국에
뜬 달

"당신 뜻대로 하세요. 여보, 미안해요."

어쩌면 이것은 아내의 바람이었는지도 모른다.

우린 바로 이혼하지 못하고 일정 기간을 별거하기로 했다. 아내의 부모가 내막도 모른 채 극구 반대를 했기 때문이다. 그러나 이혼이 성립되던 날 우리는 시내에서 따로 만났다. 그리고 삼계탕 집에서 삼계탕을 시켜서 먹었다. 아내는 이번에도 하얀 면 수건을 돌돌 말아서 오른손에 꼭 쥐고 있었다.

"그래, 그 작자도 이혼을 할 것 같소?"

"잘 모르겠어요."

그러고 보니 아내는 나와 함께 있을 때 늘 꿈을 꾸는 듯한 눈길이었다. 그녀의 초점이 현실이 아닌 비현실 속에 있었기 때문이다. 나와의 결혼 기간 중 어쩌면 그녀는 현실과 비현실의 세계를 동시에 살아왔는지도 모른다. 그렇다면 그녀에겐 현실이 비현실일 수도 있고 비현실이 현실일 수도 있었을 것이다. 개념과 가치관이 온통 뒤바뀐 세상에서 그녀는 살아왔을 것이다. 버거운 삶이었음이 분명했다.

"겉멋이 들어서 뻔지르르한 여자는 못 쓴다. 내 말 잘 알것제?"

어머님은 언제나 여자에 대한 편견이 있으셨다. 그런데 어머님의 말씀이 다 옳은 건 아니었다. 착한 여자라고 해서 문제가 없는 것은 아니다. 그렇다면 뻔지르르한 여자라고 해서 문제가 있다는 법도 아니지 않는가?

하여튼 나는 어머님께 뭐라고 말씀드려야 할지 심히 난감했다.

"어머님께 인사드릴 처지가 못 되니 당신이 잘 말씀드려 주세요."

나는 아내의 그런 마음이 기특하게 여겨졌다. 아내에게 남자만 없었더라도 얼마나 좋았을까 싶었다.

"내가 너무 성급하게 결정을 내린 건 아닌지 모르겠어."

"아니에요. 제가 당신 입장이었다 해도 그랬을 거예요. 당신, 복 받을 거예요."

"그런데 당신, 이제 어떻게 할 거요?"

나는 너무 뻔한 질문을 한 것 같아 순간 스스로 민망스러웠다.

"잘 모르겠어요."

그러면서 아내는 삼계탕의 절반을 덜어서 내 쪽으로 옮겨 주었다. 이런 면을 보더라도 아내는 착한 여자임에 틀림이 없었다. 어머님께서 가장 감격해하시는 면이 바로 이러한 장면이다. 그런데 지금 우리는 헤어짐의 마지막 수순을 마무리하고 있는 것이다. 다시 한 번 개 같은 운명을 개탄하면서 삼계탕 집을 나왔다. 명동의 거리엔 사람들로 북적였기 때문에 헤어짐에 대한 마지막 의식을 제대로 이행하지 못했다.

가령 악수를 한다든지 서로가 목례를 나누든지 하는 것들

미국에 뜬 달

말이다.

운명이란 것이 때로는 난감한 형태로 다가옴을 그때 처음으로 알게 되었다.

이 사실을 알고 난 이후부터 아내와 나는 상호 간에 민망한 사이라는 것 외에는 아무것도 존재하지 않았다. 아내에게 어떻게 처신해야 할지 나로서는 도무지 종잡을 수가 없었다. 아내는 왜 용서를 빈다든지 아니면 강하게 부정을 한다든지 하면서 새로운 타협점을 모색하지 않았는지 원망스러웠다.

아내는 마치 물살에 떠밀리듯 사람들의 물결에 휩쓸렸다. 그러다가 택시 정류소에서 우리는 다시 만났지만, 서로가 일부러 못 본 척했다. 아내가 먼저 택시를 타고 떠났는데, 뒤 유리창 너머로 나를 물끄러미 보는 듯했다.

하지만 그때도 나는 굳이 그녀와 눈길을 마주치지 않고 짐짓 못 본 체했다.

그녀에게 있어서 나란 존재는 처음부터 이방인에 지나지 않았던 것이다.

그녀는 동토와 같은 이방 지역에 살면서 남극의 고향을 꿈꾸었을 파초와 같은 삶을 살았을 것이다.

그렇다면 그녀의 입장은 결코 비난을 받아서 안 된다는 생각이 불현듯 들었다.

그런 생각이 들자 헤어지는 마당에 굳이 그녀에게 준엄한 어조로 말했던 나의 행동이 돌연 부끄러워졌다.

그렇다. 어찌 보면 나야말로 그들의 세계를 침범한 외계인 같은 존재였는지도 모른다.

비록 이상한 관계로 보였을지라도 그것은 그들만의 고유한 사랑의 방식이었을 것이다.

내가 그들의 세계를 파괴하지 않는 것만이 총체적 인류의 삶에 대한 배려일 것이다.

뿐만 아니라 그들의 삶의 방식에 대해서도 함부로 정죄를 해선 안 될 것이다.

예수는 너무 선했기 때문에 이 땅에서는 살 수가 없었다. 그래서 그분은 말했다.

내게 속한 나라는 이 땅에 있지 않고 하늘나라에 있다고 말이다.

이 땅에서 살아가기 위해서 사람들은 이 땅에 맞게 진화를 해야 한다.

진화는 자연의 법칙이요, 생물학적 현상이다.

그런데 인간이 인간 사회에 맞도록 진화한 형태의 삶을 하나님께서는 죄라고 하셨다.

아내는 진화된 다른 사람들처럼 보편적인 삶의 기술을 습득하지 못했는지도 모른다. 그렇다고 진화를 거부하고 하나님의 말씀대로 살아가는 신앙인의 삶도 아니었지 않은가?

어쩌면 나란 존재의 필요성을 느끼지 못해서였을지도 모

른다. 그렇게 생각하니 슬펐다. 한 가지 분명한 사실은 그래도 그녀는 나보다는 진화된 삶이었던 편이다. 어찌 보면 인간 관계도 동물 세계의 먹이사슬처럼 그렇게 복잡하게 형성이 된 게 아닌가 싶었다.

나중에 들은 소식에 의하면 아내의 남자란 작자는 끝내 이혼을 하지 않았다고 한다. 그렇다면 아내는 도대체 어찌 된단 말인가?

두 사람 간의 계약은 두 번씩이나 무너진 셈이다.

진화하지 못한 사랑이나 진화하지 못한 삶은 이 땅에서의 존재가 무척 힘들 것이다.

왜냐하면, 너무 쉽게 진화된 사람들의 희생물이 될 수가 있기 때문이다.

그 후 그녀가 어떤 삶을 살았는지 나는 알 수도 없었거니와 알아야 할 이유조차 상실되어 버렸다. 그렇다, 상실이 된 것이 어디 그뿐이겠는가?

우리는 너무나도 많은 것을 상실하며 살아가고 있다.

언젠가 우리는 자기 자신조차 상실하게 되는 그런 엄청난 상실의 시대를 결국은 맞이하고 말 것이다.

그러한 상실의 시대를 맞이하기 전에 나는 무언가를 하고 싶었다. 어느 날 나는 서랍 속에서 해묵은 배지 하나를 발견

했다.

오렌지 꽃.

"오렌지 꽃일세. 미국에는 온통 오렌지밭이라 이 꽃 냄새가 진동을 한다더군."

꽃동산에서 제대할 때, 중대장이 나에게 주었던 바로 그 배지였다.

배지의 발견은 나에게 잔잔한 감동을 불러일으켰다. 꽃동산, 대기업, 어르신, M, 그리고 아내… 그 모든 기억들이 마치 해일처럼 순식간에 나의 뇌리를 쓸고 지나갔다.

오렌지 꽃 향기.

향긋한 그 향기가 내 코끝을 스쳐 지나가는 것 같았다.

아메리카 소나타

호텔리어의 길

　미국에 왔을 때 나는 혼자가 아니었다. 가족이 있었다. 미국에 오기 전에 만난 아내가 있었고, 두 딸과 아들이 있었다. 나도 아내도 한국에서 대학을 나왔고 둘 다 영문학을 전공했다. 그러나 우리는 서로가 다른 시대와 다른 장소에서 대학 생활을 했던 것이다. 내가 대학 생활을 할 때는 민주화 운동이 극점에 달했던 때인 만큼 학구열에 불타오르는 그런 분위기는 아니었다. 당시에 우리는 한국의 민주화를 적극적으로 지지해 주지 않는 미국을 원망했다. 그래서 문단에서는 '아메리카 똥바다'라는 제목으로 미국에 대한 원성이 응어리진 글을 연재하기도 했다.

그런데 아이러니하게도 나는 태평양이 넘실대는 항구도시 샌디에이고에서 살게 되었다. 그토록 '아메리카 똥바다' 라고 비난해 댔던 그 똥바다 옆에서 말이다. 그 후에 나는 선량한 미국 시민의 대열에서 자유를 누리며, 그리고 미국의 그 모든 혜택을 보장받으면서 살아가고 있지 않는가? 그렇다면 나는 얼마나 기회주의적인 존재인가? 형형색색으로 존재한다는 고승의 사리처럼 모순은 바로 내 속에서 그렇게 엄연히 존재하고 있었던 것이다.

나는 지금 이 미국의 자유성을 한없이 사랑한다. 아니, 그 모든 것을 사랑한다.

미국으로 오게 된 이유는 현실적인 상황이 가장 컸다고 할 수가 있다.

한국에서 나는 십 년 가까이 수출에 관한 개인 회사를 운영하고 있었다.

IMF가 임박한 시절이었다. 우리 회사는 규모가 큰 편은 아니었지만 탄탄했다. 그런 데 비하여 제조업체들과 납품업체들은 너무나도 영세하고 수출에 대한 인식이 없었다.

바이어와 외상 거래를 해야 했던 과정에서 우리의 약점은 많았다. 하지만 당시의 수출 사정은 열악했고 인건비 때문에 중국의 경쟁력을 이기기가 쉽지 않았다.

제조업체들의 선적 지연 현상은 우리 회사를 어렵게 만들

미국에 뜬 달

었다. 외상으로 선적한 물품 대금에 대한 회수가 클레임의 명분으로 회수되지 못했다. 게다가 납품업체들의 자금 사정으로 인하여 제조업체 대신에 끊어준 선수금이 문제였다.

그들은 약속을 지키지 않았고, 이미 끊어준 어음들은 마치 광야를 활보하는 야생동물들처럼 제멋대로였다.

선적한 물품들에 대한 대금을 지급받기 위해서 해외에 있는 바이어를 찾아가 사정을 하기로 했다. 우리의 절박함을 알리기 위하여 어린아이들까지 데려갔지만, 그 방법도 통하지 않았다.

그들은 대금을 지급하지 않았고, 한국 쪽에서 날아온 소식은 절망적이었다. 저당된 두 채의 아파트를 은행에서 차압해 버렸다는 것이다. 우리는 돌아갈 곳조차 잃어버렸다.

주머닛돈을 긁어서 바이어와 법적 투쟁을 하지 않을 수 없었다.

우리는 졸지에 거지 신세가 된 것이었다. 고국으로 돌아간들 의미가 없었다.

오렌지 꽃 배지를 보면서 나는 그때 굳은 결심을 했다. 이곳 미국에서 세계적으로 성공한 사람이 되기 전에는 결코 고국 땅을 밟지 않으리라고.

작은 모텔에서 우리 식구는 청소를 해주고 천 불을 받는 신세가 되었다. 모텔은 작고도 낡은 곳이었지만 바다가 인접한 곳이었다. 조금만 걸어가면 시야가 탁 트인 바다 전경도 볼 수가 있었다. 절벽 같은 아래에는 푸르른 파도가 일정한 간격으로 끊임없이 밀려오고 있었다. 왼편의 해안을 따라가노라면 거기엔 하얀 요트들이 떼 지어 정박해 있었다. 그것들이 미국에 존재하는 풍요의 상징으로 느껴져 왔다.

그런 데 반해서 나의 인생은 지금 최대의 위기에 봉착해 있었다. 낯선 땅에서의 삶은 하루하루가 불안했지만, 아내는 의외로 담담하게 말했다.

"지금부터 하나님께서 우리에게 새로운 길을 열어주실 거예요."

"그게 어떤 길인데?"

"그건 나도 몰라요. 인간이란 말이에요, 위기가 오기 전까지는 결코 자신을 돌아보지 못하지요. 지금이 그 기회라고 생각해요."

아내의 말은 이해하기가 힘들었다. 당장 살아갈 길조차 막막한 우리가 자신을 돌아보고 할 겨를이 어디 있단 말인가? 나는 가족들을 위하여 생존 문제부터 해결을 해야 하는 입장이었다.

매일 스물두 개의 방을 청소하고 정원의 풀도 뽑아야 했다. 도대체 이러한 시련은 왜 내게 찾아왔단 말인가? 내가 그들을 도와준 결과가 이토록 가혹하단 말인가?

이것이 기껏 선을 베푼 결과란 말인가? 그들은 우리가 이런 형편에 처한 걸 알기나 하는 걸까?

육신이 피곤해 왔지만, 밤이 되어도 도무지 잠을 이룰 수가 없었다. 그러한 현상은 매일 밤 계속되었다. 알고 보니 불면증이었다. 대수롭지 않게 여겼던 불면증은 점차로 심각해졌다.

"여보, 하나님께 매달리세요. 그분께 긍휼히 여김을 받아야 한다고요."

아내의 충고는 마치 먼 데서 들려오는 바람 소리 같았다. 불면증으로 시달린 지 한 달이 지난 어느 날이었다. 나는 총기를 파는 가까운 곳의 상점에 들렀다.

"권총이 하나 필요해서요."

주인인지 점원인지 하여튼 중년의 남자가 진열대 건너편의 높다란 의자에 앉아 있었다.

"어떤 용도에 쓰시려고요?"

그의 질문에 대답하기가 난감했다.

"그걸 꼭 말해야 합니까?"

"보시다시피 총기류가 워낙 많아 놔서요."

"신품이거나 성능이 좋은 것보다… 저기 있는 낡아 보이는 싼 것들이 저에겐 더 좋습니다. 어차피 표적이 멀리 있는 것도 아닐 테고 하니 말입니다."

"총은 낡은 게 더 비쌉니다. 오히려 새것들이 쌉니다."

"…그렇습니까?"

"총기류를 처음 사시는 모양이지요?"

"그럼 이런 걸 여러 번 살 필요가 있을까요?"

우리는 그때 서로가 너무 다른 관점에서 이야기를 나눈 것 같아서 거래가 성립되지를 못했다. 그래서 그냥 돌아와 버렸다.

불면증이 최고조에 다다랐을 때, 나는 기도를 하기로 결심했다. 신을 만나고 싶었다. 그리고 무언가 물어보고 싶었다. 마음을 차분히 가다듬고 기도를 시작했다. 그러나 나는 아무것도 물어볼 수가 없었다. 깊은 바다에 빠져드는 느낌 때문이었다. 그것이 기도의 바다였는지는 모르지만 어쨌든 그것은 깊었다. 아니, 너무 깊어서 그 끝자락을 볼 수 없도록 아득하기만 했다.

심연의 바다, 그 기도의 바다로 빠졌다가 삼 일 만에야 나는 깨어난 모양이다.

기도를 한 게 아니라 잠을 잔 것이다. 기도가 잠으로 이어진 것이었고, 그래서 나는 그토록 무서웠던 불면증에서 헤어날 수가 있었다.

내가 신을 만나러 갔을 때, 그분은 내게 먼저 잠을 주셨다. 그 당시의 잠은 내게 곧 생명이었다.

그때가 하나님 중심적인 삶을 살게 되는 인생의 큰 변화의 시기였다. 가치 기준이 달라진 것이다. 사람의 소리에 초연할 수 있어서 좋았다.

미국에
뜬 달

양심이 깨어나기 시작했고, 사막 같았던 마음이 점차 푸른 정원으로 변해갔다.

✝   ✝   ✝

2년 후에 바이어가 8만 불을 주겠다고 제의했다. 그 돈을 받아서 밑천 삼고, 어찌어찌해서 우리는 작은 모텔을 하나 구매했다.

에스콘디도에 구입한 그 모텔은 무척 싼값이었다. 70개의 객실이었는데 당시 현지인들은 이 모텔을 'Crystal Hotel'로 불렀다. 나는 그게 무슨 뜻인지 몰랐다. 알고 보니 마약 호텔이란 뜻이었다. 시에서는 이미 이 모텔을 마약상의 거점으로 여기고 모텔 영업 정지를 고려하고 있었는데 나는 그것도 모르고 십만 불이 넘는 전 재산을 털어 구입한 것이다. 지인으로부터 빌린 돈까지 포함해서 말이다.

길 건너편에는 커다란 낡은 집이 한 채 있었는데, 그곳엔 이상한 사람들이 모여 살고 있었다. 문신으로 얼룩진 사람들과 험상궂은 사람들이었다. 그들은 수시로 우리 호텔을 들락거리고 있었다. 그제야 나는 문제의 심각성을 알게 되었다. 우리 가족은 이 모텔에서 살았는데, 달리 돈이 없었기 때문이다. 경찰서에 가서 무슨 해결책이 없겠느냐고 물었더니 그들이 내어놓은 해결책은 위험하니 우리가 이곳을 떠나라고 했다.

웃기는 해결책이었다.

나는 가족을 위해서 목숨을 건 한판승의 게임을 하지 않을 수가 없었다.

무려 열 개의 방을 마약상이 차지하고 일 년 동안이나 방세를 내지 않고 있었다. 지역 마약상들은 거칠기도 하지만 지능적이고도 법을 최대한 이용하는 약삭빠른 놈들이었다. 무기는 일체 소유하지 않았고 공갈과 협박이 그들의 무기였다. 그들은 결코 물러날 뜻이 없었다.

내가 그들에게 전쟁을 선포하자 그들은 시큰둥했다. 비웃는 듯도 했다.

미국은 호텔이라도 일 년 이상 거주한 장기 투숙자는 주민으로 간주하여 경찰이 간여하지 못한다. 그들은 이 법을 이용했다. 약은 놈들이었다.

동양인 주인을 업신여기며 오히려 싱글대며 웃었다.

그들은 열 개나 되는 모든 방의 수도꼭지를 틀어놓고 이렇게 말했다.

"주인 너, 이 달에 물값 좀 나올 거다."

캘리포니아는 특히 물이 귀한 곳이다. 어떤 때는 잔디에도 물 주기가 제한이 된다. 그런데 계량기의 계량침이 삼 일째 팽이처럼 돌아가고 있었다.

미국에 뜬 달

그렇다고 물을 잠글 수도 없었다.

무엇보다 그들은 동양인 주인을 무시했다. 그들은 나를 '칭키'로 불렀다. 나쁜 말임에는 틀림이 없었다.

밤마다 나는 전등을 들고 밖에서 밤새도록 모텔을 지켰다. 다른 마약상의 출입을 차단하기 위함이었다. 자정이 넘은 시간이었다. 길쭉한 주차장 끝에서 헬멧을 쓴 자가 오토바이를 탄 채 나를 노려보고 있었다. 내가 가까이 다가가자 그자는 엔진음을 높이더니 순식간에 돌진해 왔다. 나를 노린 것이다. 다행히 충돌은 피했다. 나는 전속력으로 놈의 뒤를 따랐지만 놓치고 말았다.

그러한 사건은 하루가 멀다 하고 계속 이어졌다. 지역 마약상들을 물리치지 않으면 안 되었다.

어떤 모텔의 주인들은 숫제 그들과 협상을 하는 모양이었다.

그러나 나의 생각은 달랐다. 그들과 협상하는 것은 패배주의 의식이라 생각되었다.

나는 정면 돌파를 하기로 했다.

나는 첫 번째 놈을 찾아가서 정중히 제의했다. 그놈이 가장 떡 벌어진 체격이었기 때문이다.

"비겁한 짓 그만하고 네가 사나이라면 남자답게 한판 어떠냐?"

나를 찬찬히 훑어보던 놈의 입술 언저리에 야릇한 미소가 번졌다.

"나를 한번 이겨보겠다… 이거지?"

"내가 이긴다면 네놈들은 무조건 여기를 떠나는 조건이야."

"네가 진다면? 그러면 우리가 이 모텔을 접수하는 것이고?"

"그런 일은 없을 것이야. 네놈들이 사람을 잘못 보았다는 것을 알게 될 거야."

놈은 전혀 망설이지 않았다. 그리고 명쾌히 나의 제의를 받아들였다.

"Why not?"

그들은 유도술이 무엇인지 몰랐다. 놈들은 주로 상대의 몸집을 보고 가늠하는 듯했다. 시합은 당일 자정 주차장에서 하기로 했다. 모든 조건은 내게 유리했다.

놈은 안경을 낀 채 어리석게도 슬리퍼를 신고 나왔다. 여전히 싱글거리면서 가로등 아래에 서 있는 내게로 다가왔다.

그리고는 다짜고짜 와락 나를 덮치는 순간, 놈의 몸은 이미 나의 메치기에 걸려들었다. 육중한 몸무게를 느낄 수가 있었다. 상대의 머리가 지면에 닿지 않도록 하기 위해선 바짝 파고들어야 했다. 최대한 왼쪽 다리를 높은 축으로 만들어주되 왼쪽 팔을 강하게 끌어당겨 주지 않으면 안 된다. 그리고 나의 체중을 함께 실어주는 것이 효과적일 것이다. 충격이 크더라도 그래야 상대는 오히려 안전해진다. 머리를 다친다면 사태가 심각해질 뿐만 아니라 그 후한이 여간 복잡해지는 게 아니다.

쿵!

떨어지는 진동음에 의하면 성공적이란 생각이 들었다. 머리가 지면에 부딪치는 소리는 들리지 않았다. 그 정도의 몸무게면 사실 컨트롤이 어렵다. 어쨌든 그것으로 전쟁은 끝이었다. 시멘트 바닥에서의 비행기 타기란 결코 예사로운 게 아니다.

온몸의 뼈가 통곡을 해댈 정도의 고통이 따른다. 그리고 충격을 받은 신장과 괄약근이 부어 족히 열흘은 소변을 질질거릴 것이다.

떨어질 때의 상황을 본다면 놈은 메치기에 너무 깊숙이 걸려서 골반 쪽이 지면을 강타한 듯했다. 놈은 널브러져 있었고, 나는 서서 내려다보고 있었다.

가로등이 이 장면을 조명이라도 하는 듯 나의 짙은 그림자는 지면에 모로 누워 있었다.

오 분이 지나고 십 분이 경과할 즈음에야 놈은 겨우 안경을 찾아서 눈에 걸쳤다.

슬리퍼 한 짝은 꽤 멀리 날아가 있었다. 나는 슬리퍼를 집어 와서 놈의 발 쪽으로 던져 주었다. 그리고 일으켜 주려고 손을 내밀었지만, 놈이 나의 손을 뿌리쳤다.

"넌 다치지 않았어. 그러니 가서 물을 잠가라. 알겠지? 나는 지금 너를 공격할 수도 있지만 참기로 했다."

그는 슬리퍼를 질질 끌면서 힘겹게 방 쪽으로 걸어갔다. 한동안 통증에 시달릴 것이다. 몇몇 방에서는 커튼 사이로 이 장면을 유심히 보았을 것이다. 나는 팔짱을 끼고 십 분 정도 서 있다가 계량기 쪽으로 걸어갔다. 뚜껑을 열었더니 계량침은 여전히 빠르게 돌고 있었다. 나는 천천히 놈의 방 쪽으로 걸어갔다.

아주 천천히 무거운 걸음으로 한 발 한 발 다가갔다. 그리고 놈의 방을 노크했다. 하얗게 질린 놈의 얼굴이 나타냈다. 그러면서 그는 싱크대를 가리켰다. 수도꼭지는 잠가져 있었다.

"다른 방들은?"

그는 연이어 고개를 끄덕였다. 조치를 하겠다는 신호이다.

"캘리포니아는 물이 귀해. 그렇지 않니?"

"그렇고말고. 확실해."

놈은 더듬거리면서 기가 죽은 음성으로 대답했다.

나는 다시 계량기 쪽으로 걸어갔다. 그리고 약 십 분이 경과한 후 계량침은 비로소 천천히, 아주 천천히 돌고 있었다. 사무실로 돌아와서 나는 놈의 방에 전화를 걸었다.

"계량침이 이제야 정상이더군. 충격에 대한 해독제는 없

미국에
뜬 달

다. 오직 시간이 약이니 참고 지나면 저절로 나을 거야."

전화기 저편에서 아무 대답이 없었다. 전화를 끊었다. 그로부터 삼 일 후 놈은 몸을 추슬렀는지 흔적도 없이 사라져버렸다.

며칠 후에 나는 두 번째 놈을 찾아갔다. 놈은 흑인이었고, 방에는 그의 친구가 와 있었다. 몸은 후리후리하고 목이 길었다.

"들어가도 되겠니?"

"오, 마스터 조. 들어오십쇼. 여기는 내 친구인데……."

"장사가 그렇게 잘되어 보이는데 말이야, 너도 일 년 동안 방세를 내지 않았다면서? 난 비겁한 거 싫어해. 남자답게 하는 거 좋아한다구. 오케이?"

나는 문을 걸어 잠그고 반쯤 열린 커튼을 닫았다.

"난 네놈들이 마약상이란 거 다 알고 있어. 왜 하필이면 내 모텔에서 그러니? 네놈들 때문에 우리 가족이 너무 힘들거든. 밖에 나갈 것도 없겠군. 난 좁은 장소가 좋아. 미리 말하지만, 네놈들 목이 부러질 수가 있어."

비장한 결심을 하고 나는 놈들을 공격할 자세를 취했다.

마약상과 시민의 결투가 아닌가? 법정에서 내가 굳이 불리할 것도 없었다.

순간 분위기는 얼어붙었다. 마치 시간이 정지한 듯했다.

그때 목이 긴 놈이 벌떡 자리에서 일어났다. 그리고는 두 손을 앞으로 뻗으면서 흔들어대었다.

"노노노노, 노노."

놈은 상아처럼 하얀 이빨을 드러내 보이며 웃었다. 잇몸은 검었다.

몇 초 후면 와르르 무너질 뻔했던 그의 목이 운이 좋았던 것이다. 첫 번째 당한 놈과는 친구라고 했다. 그는 웃으면서 너스레를 떨었다. 친구는 아직도 오줌 줄기가 시원찮은데 언제쯤이면 괜찮아지겠느냐고 물었다. 그러면서 한국의 태권도가 굉장하다면서 나를 태권도 마스터로 여기는 듯했다.

악수를 청했다. 나쁜 사인은 아닌 셈이다. 나는 놈의 손을 잡고 힘을 주었다.

이튿날 저녁 무렵에 그는 떠났다. 그 후로부터 분위기는 달라졌다.

몇몇 사소한 사건이 있기는 했지만, 그들은 모두 인근의 다른 모텔로 옮겨갔다.

그렇게 해서 모텔은 살아났다. 그 대신 인근의 다른 모텔은 그다음 해에 영업 정지 처분을 받고 문을 닫았다.

†   †   †

20세기 말엽, 미국은 마약과의 전쟁이 실로 심각했던 것이다. 그런데 그 마약 세계의 활동 장소가 주로 모텔이었다. 그들은 모텔을 장악하려 했고, 장악된 모텔들은 시에서 문을 닫았다. 큰 호텔들은 문제 될 게 없었다. 자체 시큐리티시스템이 튼튼했다. 규모가 작은 모텔들은 힘겹게 그들과 싸워야 했다.

나의 싸움도 그것으로 끝이 아니었다. 길 건너의 낡은 집이 문제였다. 대낮에 그들 중 한 명이 우리 모텔 방에서 청소하는 메이드를 구타하고 텔레비전을 떼어다가 어깨에 메고 유유히 그 집으로 들어간 것이었다. 20대 초반으로 보이는 몸이 날렵해 보이는 남자였다. 메이드의 입술에서 피가 흘렀고, 그녀는 울고 있었다. 뒤따라가려는 나를 아내는 말렸다.

"그 안에 무서운 사람들이 많아요. 가지 마세요."

"그럴 수 없다는 거 잘 알잖아? 놈들은 우리를 시험하는 거야."

"하지만 여보, 까짓 텔레비전 한 개잖아요."

"만약에 내가 30분 동안 나오지 못하면 경찰에 연락해. 알겠지?"

그 집에는 적어도 사오십 명이 우글거릴 것이다. 나는 전투화를 신으며 대충 작전을 머리에 그렸다. 그리고 양 손가락 끝에 면 반창고로 붕대를 했다. 허리에는 스펀 복대를 단단히 잡아매고 그 아래에 복부 보호용 굴절 목판을 넣었다. 놈들이 칼을 사용했을 때를 대비해서다. 물론 전투복을 입는 것도 잊지 않았다. 그들이 총을 쓰지 않는다면 적어도 열 명 정도는 목이 부러질 것이다. 어쩌면 그 이상이 될지도 모른다. 놈들은 지금 프로를 시험하는 것이다. 비비 교관을 말이다.

문은 열려 있었다. 실내는 컴컴했고, 역한 냄새가 났다. 마리화나 냄새로 찌든 듯했다. 나는 큰 소리로 말했다.

"헤이, 가이! 방금 티브이 가져온 놈 빨리 나오기 바란다!"

실내는 깊었다. 여기저기서 몇 명씩 모여 있었는데 그들은 내 소리에 별로 관심을 두지 않는 듯했다.

"헬로우, 마스터 조! 여기 웬일입니까?"

목이 긴 흑인이었다. 초록색 추리닝을 입은 그가 내게로 다가왔다.

"나를 시험하려는 자가 있어서 온 거야. 그놈, 지금 나오지 않으면 내가 찾아낼 거야. 난 지금 티브이를 찾아야 해."

"헤이, 헤이, 그렇다면 경찰에 신고하면 될 것 아니오. 안 그래?"

"왜 내가 경찰 신세를 져. 이건 내 문제야. 알겠어? 이 집 책임자, 지금 나와야 할걸. 안 그러면 내가 뒈질 거니까. 마약이 나오면 물론 가져가서 신고도 할 거고 말이야. 그럼 시작할까?"

그때 머리를 박박 밀어붙인 스킨헤드의 멕시칸이 나왔다. 꽤 몸집이 있어 보였다.

"내가 이 집 주인인데, 왜 그러시지?"

"네가 주인이다 이거지? 네가 우리 티브이를 훔쳐 오라고 시킨 모양이구나. 그렇지? 네놈 집에 도둑놈이 있다는 거 알고 있니?"

"난 그런 것 시킨 적 없소. 당신이 마스터라면 점잖게 하시오."

"그렇지 않아도 네놈들 때문에 장사에 지장이 많아서 벼르고 있었거든. 이 기회를 놓치고 싶지 않아. 난 준비되었어. 여기에 날 상대할 놈 있으면 몇 명이든 지금 나오라고 해. 없으면 네놈이 대표로 하든가."

놈들은 생각 외로 비겁했다. 어떤 자는 전혀 못 들은 척하고 있었고 또 어떤 자는 나설 것인지 말 것인지 쭈뼛거리고 있었다. 그중 한 놈을 지적했다.

"네놈이 나설 모양이면 남자답게 나오지 왜 그리 망설이니?"

나는 그놈에게 다가갔다. 그리고 놈의 허리를 낚아채어서 중앙으로 끌고 왔지만, 놈은 허약했다. 그래서 나는 칼집을 던지듯이 놈을 강하게 밀어버렸다. 땅 바닥에 쓰러진 놈은 거미처럼 기어서 어디론가 사라졌다. 상대할 대상이 아니었다. 시범을 보일 대상을 찾기가 쉽지 않았다. 아무래도 주인이란 작자 외에는 몸이 단단히 보이는 자가 없어 보였다. 그래서 그에게 말했다.

"너 외에 시범을 보일 놈이 없어서 말이야, 아무래도 네놈이 좀 스파링 파트너가 돼줘야겠다."

나는 놈을 공격하기로 하고 놈의 허리띠를 낚아채었다. 그러나 놈은 전혀 반응이 없었다. 주눅이 든 표시가 역력했다. 그때였다. 목이 긴 흑인이 티브이를 안고 나왔다.

"마스터 조, 여기 티브이 찾았습니다."

"난 놈이 필요하지 그게 필요한 게 아니야."

목이 긴 그자는 안쪽을 향해서 소리쳤다.

"어이, 로베르토! 빨리 이리 와봐!"

그제야 놈이 나왔다. 범 무서운 줄 모르는 하룻강아지였다.

"헤이, 칭키, 고 홈."

놈이 다가와서 다짜고짜로 주먹을 날리다가 나의 오른손에 잡혔다. 아직 여린 손이었다. 순간적으로 놈은 뒤로 벌렁 자빠졌다. 안다리 걸기에 걸린 것이다. 머리가 땅에 닿는 소리가 제법 경쾌하게 들렸다.

일어서려는 순간 나의 왼팔이 놈의 목을 감았다. 얼굴이 무서울 정도로 붉어져 가고 있었다. 눈알이 충혈되어 금방 튀어나올 듯했다. 그는 절망하고 있었고, 나는 그 자세에서 주위의 놈들을 둘러보았다. 그들은 멍하니 쳐다보고만 있었다. 한 놈도 용감하게 나서질 않았다. 나는 실망했다. 비겁한 놈들이었다.

나는 놈을 풀어줬다. 제대로 된 조르기는 40초를 경과해서는 안 되기 때문이다.

나는 놈에게 부드럽게 말했다.

"로베르토라고 했지?"

그의 말문은 열리지 못했을 것이다. 그 대신에 고개를 겨우 끄덕였다. 눈에는 두려움이 가득 담겨 있었다.

"티브이를 돌려놓을 거지?"

그는 연신 고개를 끄덕이는 시늉을 했다. 아직 목이 자유롭지 못하기 때문일 것이다.

나는 주인에게 말했다.

"너는 이사를 가야겠다. 아무래도 말이야."

주위를 돌아보았다. 눈을 마주치려는 자가 한 명도 없었다. 인원도 생각보다 그리 많지 않았다. 몸이 마른 자들과 노인들이 대부분이었다.

목이 긴 흑인의 말에 의하면 스킨헤드는 나에게 혼이 난 떡 벌어진 놈의 동생이었다. 그러고 보니 결국 떡 벌어진 그놈이 이 구역의 보스였던 셈이다.

험상궂게 생긴 놈들은 이곳에 상주하는 게 아니라 비즈니스 차 다니러 온 자들이었다고 했다. 그들은 다른 지역을 관장한다는 설명도 목이 긴 흑인이 친절하게 해주며 자꾸 가까이 다가왔다. 나는 놈이 가까이 올수록 뒤로 물러섰다. 그의 입에서 쉴 새 없이 하얀 포말성 침이 튀어나왔기 때문이다.

로베르토가 벽에 기대서 두 발을 뻗고 고개를 숙이고 있었는데 우는 듯했다.

이런 자들 때문에 그동안 이 주위가 벌벌 떨었단 말인가?

"이봐, 스킨헤드!"

나는 은근히 부아가 났다.

"너는 로베르토보다도 용기가 없구나. 네 형은 그래도 용감했다."

"나는 평화주의자니까."

"넌 마약상이야!"

"난 마약과 상관이 없어. 인력 비즈니스를 한다구."

나는 로베르토의 머리를 쓰다듬어 주었다. 뒤통수가 부풀어 오르고 있었다.

"널 다치게 할 마음은 없었어. 얼음찜질을 하는 게 좋을 거야. 알겠어?"

겁먹은 눈으로 놈은 연신 고개를 끄덕였다.

"당분간은 옆으로 누워서 자거라. 엎드리고 자든가."

그 집을 나오는데 경찰차 두 대가 도착했다.

"이 집에 혼자서 들어갔습니까?"

"그렇소."

그들이 놀라는 시늉을 하면서도 어이없다는 듯이 웃었다.

"머지않아 스왓 팀에서 작업을 할 거니까 앞으로는 들어가지 마십시오."

"그야… 그들이 우리 티브이를 가져가지 않았을 경우지요."

"마스터 조, 소문은 우리도 들어서 압니다. 그렇지만 그들은 위험합니다."

"나는 비즈니스를 잃는 게 더 무섭습니다. 우리 가족이 갈 데가 없어요."

그로부터 2개월 후, 경찰 스왓 팀이 대규모로 투입되어 그 낡은 집 내부를 샅샅이 뒤졌고, 무려 열 명 이상을 체포했다. 대부분이 불법 체류자들이었다. 그 후에 그 집은 불도저로 밀어버리고 새 건물이 들어섰다. 카펫을 판매하는 리테일 숍이 들어선 것이다. 낡은 집이 있었던 흔적은 어디에도 없었다.

시에서는 그 이듬해 나에게 표창을 했고, 20분 동안 연설의 기회도 주었다. 그러나 나는 짧게 마쳤다. 표창을 해줘서 고맙기는 하지만 나는 어디까지나 우리 가족을 위해서였지 사실상 시를 위해서 한 게 아니었다고 말했다. 그래서 이런 것을 받는 게 왠지 불편하게 느껴진다고도 말했다. 1분이 채 경과되지 않아 연설을 마친 것은 달리 더 할 말이 없었기 때문이기도 했다.

마약상들이 물러간 후 모텔은 급격히 달라졌다. 이름 있는 프랜차이즈도 달았다.

손님의 질이 달라졌다. 마약상은 우리 모텔에 얼씬도 하지 않았고 창녀도 더 이상 보이지 않았다. 다음 해에는 은행에서 큰돈을 융자 받아서 모레노 밸리란 시에 있는 규모가 꽤 큰 호텔을 구매할 수 있었다. 많은 경찰이 나를 알아보았고, 그들은 나를 '마스터 조'로 불렀다.

세 번째로 구매한 호텔은 LA 공항에 있는 것이었으며, 네 번째 호텔은 동부에 있는 것이었다. 그 호텔도 규모가 컸고 직원도 많았다. 그 후 중부 지역에 세 개의 호텔들을 더 구매하였다. 투자자들이 몰려왔기 때문이다.

구매한 호텔들은 미국의 전문 매니지먼트 회사들에 맡겨서 경영하게 했다. 이민을 온 지 십수 년 만에야 나의 꿈은 드디어 가시화되는 듯했다.

헬로우~ 헬로우~

　호텔 사업은 부동산의 호황에 힘입어서 순조로웠다.

　그때부터 나의 무한 질주는 시작되었고, 은행마다 우호적이었다.

　그렇게 십오 년 동안 나의 인생은 마치 우주 공간을 달리는 우주선처럼 앞만 보고 달려갔던 것이다. 나만이 느낄 수 있는 카이로스 시간 속에 존재한 것이었다.

　어느 날, 좀 엉뚱한 데가 있는 본인은 우연히 Bird shop에 들렀다가 새를 한 마리 사게 된다.

　몸집이 꽤 큰 편이었던 연한 핑크색의 앵무새였는데, 희귀하기도 했지만 비싼 종이었다.

이름을 핑키로 지었다. 영리한 새였을 뿐 아니라 아름다운 새였다.

당시 우리 집 사정으로는 새를 키울 입장이 못 되었다. 아이들은 학업에 바쁠 때였으며 우리 부부는 늘어난 호텔들로 인하여 바쁠 때였다.

주말 외에는 새를 돌볼 시간도 없었다. 그래서 말을 가르치지도 못했다.

핑키가 할 수 있는 말은 유일하게 '헬로우'였다. 우리 집에 온 지 일 년이 지났는데도 말이다.

우리는 주말이 되어야 겨우 새를 볼 수가 있었다. 그때마다 커다란 새장 속에서 고개를 갸우뚱거리면서 핑키는 우리를 쳐다보며 헬로우를 연발했다.

가끔 새장에서 나와서 우리 뒤를 졸졸 따라다닌 적도 몇 번 있던 것 같다.

무척 성깔도 있었지만 귀여운 구석이 있는 녀석이었다.

지금 생각해 보니 아이들이 학교에서 돌아올 때까지는 언제나 핑키 혼자서 큰집을 지키고 있었던 셈이다.

언젠가 하루는 내가 우연히 집에 들른 일이 있었다. 물론 그때도 집은 비어 있었고, 빈집에는 정적만이 감돌고 있었다.

텅 빈 집이 주는 공허한 느낌의 끝자락은 우주의 광활한 어느 부분과 맞닿아 있는 듯했다.

그때 소리가 들려왔다.

미국에 뜬 달

헬로우~ 헬로우~

핑키가 내는 소리였다. 녀석은 매일 같이 우주와 맞닿은 텅빈 공간 속에서 혼자서 헬로우를 외치고 있었다.

대충 삼십 분 간격으로 그 소리는 들려왔는데, 만약에 이 공간이 정말로 우주의 공허한 공간과 연결되어 있었다면 그 소리는 필경 온 우주로 울려 퍼졌을 것이다.

고요하고도 적막하기 짝이 없을 우주에 말이다.

헬로우~ 헬로우~

그 후에 우리는 핑키를 잘 돌보아줄 사람에게 그 녀석을 양도하고 이사를 했다.

호텔 사업은 호황이었기 때문에 우리는 산 위에 위치한 더 큰 집으로 이사를 가게 되었다. 산 위에 세워진 집이라 주위에는 다른 집들이 별로 없었다.

그해 여름에 나를 제외한 우리 집 식구들은 한 달 가까이 유럽으로 여행을 떠난 적이 있다.

집에 혼자 남은 나는 정말이지 적적했다. 산꼭대기에 세워진 이 집이야말로 한적하기 짝이 없었을 뿐 아니라 마치 침묵하는 거대한 우주로 통하는 지름길에 위치한 것 같기도 했다. 밤이 되면 그 적막함의 정도는 한층 더 고조되었다.

2층 베란다에서 본 우주는 실로 크고도 공허해 보였다.

그런 우주를 향해서 우리가 할 수 있는 말이 있다면 어떤 것일까?

나 같은 경우는 이런 말이었다.

"헬로우~ 아— 아— 헬로우~"

핑키가 그 적막한 광속에서 침묵의 공간에 외쳐대었던 소리처럼 말이다.

사람이나 새나 미지의 시간 앞에서는 저절로 겸손해지나 보다.

그렇다면 핑키는 매우 철학적인 새였을 것이다. 꼭 필요한 말만 익힌 셈이니까.

요즈음도 가끔 그 새를 생각하면 그립기도 하지만 무척 미안하기도 하다.

언젠가 꿈속에서 그 새를 본 적이 있다. 끝없이 펼쳐진 평원에 나무 한 그루가 높이 서 있었는데 핑키가 침묵으로 그곳에 앉아 있었다.

반가운 마음에 핑키를 불렀다. 그러나 아무리 불러도 도무지 내 쪽으로 쳐다보지를 않았다.

나는 안타까웠다. 그러나 포기하지 않고 계속해서 핑키를 불렀다.

마치 옛날에 핑키가 우리 식구를 간절히 불렀던 것처럼 말이다.

"헬로우~ 헬로우~"

핑키는 여전히 들은 척도 하지 않았고, 나는 끊임없이 불러 대었다. 지극히 애절하게 말이다.

"헬로우~ 헬로우~"

불행한 이민자들

어느 날 회사 전화기에 낯선 문자 메시지가 있었다.

김진덕입니다. 기억하시겠습니까? 이민 동기생. 한번 만나고 싶습니다. 미국에 다시 왔습니다.

이민을 온 지 십오 년이 되었으니 이민 동기란 말은 십오 년 전에 만난 사람일 것이다. 그런데 '미국에 다시 왔습니다'라는 구절에서 얼핏 생각이 나는 사람이 있었다. 키가 훤칠하고 세 명의 딸을 둔 김씨일 것이다.

당시에 우리는 교회에서 만났는데, 미국에 온 시기가 같았다. 그 가족을 생각하는 순간 나는 느닷없이 그 부인의 모습이 생생하게 떠오름을 부정할 수가 없었다. 물론 거기에는 이유가 있었다. 가장 근원적인 이유는 이민자들에게 일어날 수 있는 비극적인 요소에 대한 사례에 해당했기 때문이다.

김씨네 가족은 나무랄 수 없을 정도로 유리한 이민 조건을 갖추고 온 이민 가족이었다. 일단 이민 정착금이 우리의 일곱 배 정도로 많았을 뿐 아니라 그녀의 친척들이 미국에 살고 있어서 정착하기에도 유리한 점이 많았다.

그 부인은 똑똑해 보였다. 언어의 사용도 그랬지만 행동 또한 절도가 있었다. 단호하고도 분명했다. 외관상 보기에도 그랬다. 눈은 유난히 동그란 편이었는데 그 동그란 눈으로 상대를 볼 때는 마치 올빼미가 눈을 부릅뜨고 참새를 쏘아보는 듯했다. 거기다가 꼭 다문 입술이 조금씩 움직일 때마다 짧고도 단호한 말들이 단발식 총알처럼 튀어나왔다. 세 딸은 김씨를 닮아서 또래의 나이보다 훨씬 컸으며 한국에서 조기 영어를 익혀서 올 만큼 빈틈없는 가족이었다.

우리 가족과는 비교할 수도 없었다.

우리 아이들은 영어를 못했다.

우리 아이들이 이곳에서 처음으로 학교에 간 날은 무슨 다른 행성을 간 느낌이었을 것이다. 다른 시각에서 본다면 어떨까? 미국 아이들이 보았을 때는 우리 아이들이 마치 딴 행성에서 온 것처럼 보였을 것이다.

첫날 학교에 다녀온 아이들은 아무 얘기도 하지 않았다. 며칠 후에 막내아들의 담임선생님이 우리를 불렀다. 선생님은 친절하고도 이성적으로 보였다.

"댁의 아들이 계단에서 학생을 밀었답니다."

"죄송합니다. 그런데 무슨 이유가 있었지 않을까요, 선생님? 이유 없이 그럴 아이가 아닙니다."

선생님은 여전히 친절했다. 그러면서도 자신이 하고 싶은 내용은 에누리없이 전달했다.

"이유는 중요하지 않습니다. 리액션이 문제지요. 리액션은 안 됩니다."

"죄송합니다. 정말 죄송합니다."

아내는 두 번이고 세 번이고 고개를 숙여서 절을 했다. 미국에서는 절을 할 필요가 없는데도 아내는 절을 했다. 미국 아이에 대한 우리 아이의 행동은 사실상 리액션으로만 볼 수가 없을지도 모른다. 그것은 오히려 행성과 행성 간의 메시지일 수도 있다. 언어가 통하지 않는 관계에서는 모든 행동이 언어일 것이다. 밀치는 것도 그렇고 폭력을 쓰는 것도 그럴 것이다. 그것은 일종의 소통적 행위에 속할 것이다.

김씨네는 우리보다 훨씬 일찍 비즈니스를 시작했다. 일식집이었다. 그때 우리는 천 불을 받고 청소를 하는 입장이었고, 사람들이 모두 우리를 불쌍히 여길 때였다.

나는 그 후 김씨를 길에서도 만났고 은행에서도 만났다.

미국에
뜬 달

"그래, 비즈니스는 잘 됩니까?"

김씨는 나의 질문에 마지못해 대답을 하는 듯했다.

"잘 되지 않습니다. 매월 까먹고 있습니다."

"위치가 나빠 보이지 않는데 왜 그렇지요?"

"스시맨 다루기가 여간 힘들지 않아요. 하지만 내가 스시맨 역할을 못하니……."

은행에서 그는 잔돈을 바꾸어 가는 길이었다.

그 일식집을 가본 적이 있는데 규모가 큰 것은 아니었지만 그렇다고 그다지 작은 편도 아니었다.

스시맨은 키가 작고 콧수염이 있었으며 머리에는 붉은 띠를 두르고 있었다.

띠가 없었다면 이마와 머리의 경계가 모호했을 것이다. 시간이 어정쩡해서 그랬는지 손님은 없었다. 스시맨은 두 팔을 가슴에 착 붙인 채 팔짱을 끼고 있었고 작은 눈을 깜박이며 골똘히 무언가를 생각하는 듯했다.

김씨 부부에 대한 이야기는 그로부터 2년 후에나 들었다. 내가 그 소문을 들었을 때는 이미 오래된 소문이라 소문이랄 것도 없었다.

전해주는 사람도 시큰둥하게 말했다.

김씨가 한국을 잠시 다니러 간 사이에 부인은 스시맨과 담판을 지을 양으로 저녁 일찍 일식집 문을 닫아버리고 단호한 마음으로 스시맨과 마주했다고 한다. 감정이 격해진 부인은 술을 많이 마셨고, 그리고 취했던 모양이다. 아침에 깨어보니 호텔이었고, 스시맨이 함께 있었다는 통속적인 얘기였다.

그 후 부인은 집에 돌아가질 못했고, 김씨는 아이들을 데리고 한국으로 다시 가버렸다는 얘기가 내가 들은 내용의 전부다. 이민자의 삶 중에서 더러 발생할 수 있는 일이다. 그 똑 부러지는 듯한 부인의 단호함은 결국 자신의 단호한 성격 때문에 무너진 것이다. 그것을 그녀 자신은 알고 있는 것일까?

그러니까 햇수로는 15년 만에 김씨를 만난 셈이다.

내가 먼저 약속 장소에 도착했다. 잠시 뒤에 그는 여전히 시원스런 걸음으로 실내에 들어온 후 두리번거렸다. 내가 손을 들어 신호를 보내자 그는 성큼성큼 걸어와서 맞은편에 앉았다.

"아휴, 조 회장님, 오랜만입니다."

"그래요. 세월이 얼마나 빠른지……."

그는 꽤 늙어 있었다. 머리는 반백이었고 이민 올 때의 기백은 어디에도 보이질 않았다.

나는 먼저 세 딸의 안부를 물었다.

"그중 두 놈은 벌써 대학을 마쳤습니다."

"그래요? 하기야 우리 애들도 모두 대학교를 졸업했으니까."

"아, 예, 그랬군요."

"그래, 김씨는⋯ 한국에 돌아가서 그동안 어떻게 지냈습니까? 결혼은 하셨습니까?"

그는 멋쩍게 웃었다. 인고의 세월이 그의 얼굴에 화석처럼 각인되어 있었다.

그때 나는 무슨 고고학자나 된 듯이 그의 얼굴을 찬찬히 살펴보고 있었다.

"한국 가서도 도무지 풀리는 게 없었습니다. 그 후에⋯ 결혼은 하지 못했습니다."

나는 그의 말 중에서 그 후에란 말이 예사롭게 들리지 않았다. 그가 굳이 그 후에란 말을 덧붙인 데는 그때의 상황이 도저히 잊을 수 없는 시간이었음을 명징하게 보여주는 화석의 진골 같은 것이었기 때문이다. 그래서 나는 그 화석의 진골을 조심스럽게 캐기 시작했다.

"그래, 부인 소식은 들었습니까?"

"애들 엄마 말입니까? 그 후 몇 차례 만났지요."

"그럼 아직도 그 스시맨하고⋯ 같이 살고 있나요?"

그는 나의 질문이 못마땅했는지 헛기침을 했다.

"그놈하고는 헤어진 지 오랩니다. 다른 스시맨하고 살다가 지금은 라스베이거스에서 삽니다."

"라스베이거스요? 왜 그곳에⋯⋯."

"닥치는 대로 살아가는 거지요, 뭐. 나도 그 여자 만나려면 말입니다⋯ 그냥은 안 됩니다."

그는 멋쩍게 웃었다.

그의 눈에는 모든 것에 대한 체념이 서려 있었다. 아무 일이라도 좋으니 일거리를 좀 달라는 것이었고, 시큐리티 같은 일이 있으면 좋겠다고 했다. 그러면서 그는 이런 말을 남겼다.

"아메리칸 드림 좋아하다가 쪽박 찬 놈들이 어디 나쁜이겠습니까? 이 미국이란 나라가 말입니다, 그렇게 호락호락하지 않더라고요. 그래서 더 매력이 있는지도 모르지요."

그는 마치 낮술에 취한 사람처럼 말했다.

망자의 딸

김씨와의 만남이 나의 삶에 잔잔한 변화를 주었다. 그리고 미국 경제의 경기상승 효과에 힘입어 호텔 사업은 여전히 호황이었다.

"회장님, 샌디에이고에 계시지요? 이번 주말에 바쁘십니까? 혹시 시간이 나신다면 꼭 좀 모시고 싶은 곳이 있어서요."

신문사의 김 국장이 전화를 걸어왔다.

"글쎄요, 요즈음의 내 스케줄이 워낙 일정치 못해놔서요."

"회장님께서는 예술 분야에 조예가 깊지 않으십니까? 그리고 지역의 명사시니까 여기는 꼭 좀 참석해 주셨으면… 하고요."

"그래, 거기가 어딥니까?"

"라호야에서 미술 개인전이 이번 주 토요일부터 일주일 동안 있습니다. 회장님께서 개막식 테이프를 작가와 함께 커팅을 좀 해주셨으면 하는 부탁이 있어서요. 물론 우리도 추천을 했습니다만……."

"제가요? 저는 미술 분야에 대해서는 아는 게 없습니다. 워낙 그 계통에 대해선 문외한이라… 사양하겠습니다."

"아, 예, 신 교수가 실망을 할 겁니다만, 회장님 뜻을 전하도록 하겠습니다."

"그래요. 전부터 내가 아는 분도 아니고 해서. 그런데 나도 한 번쯤은 관람을 해보겠습니다."

"그렇게 해주시면 고마워할 겁니다."

그리고 나는 전시회에 대해서는 잊어버렸다. 이런저런 일들로 인하여 그다음 주는 바빴다.

주말에 김 국장으로부터 다시 전화가 왔다.

"많이 바쁘셨던 모양입니다, 회장님. 전시회에는 못 다녀오신 모양이더군요."

"죄송합니다. 그렇게 되었습니다. 그래, 전시회는 성황리에 잘 끝이 났습니까?"

"예, 그런대로 괜찮았던 모양입디다. 오늘이 마지막이니까… 내일 철수를 한다고 들었습니다."

"그래요? 아직 끝난 게 아니군요. 멀지 않으니까 지금 잠시 들러볼까요?"

"맘대로 하십시오. 유능한 화가임에는 틀림이 없는 것 같아요. 그림들이 상당히 특이했습니다. 재미 동포 중에 이런 분이 있었나 싶었습니다. 저도 대충 정리하고 가보도록 하겠습니다."

"좋도록 하십시오."

전시장은 불과 삼십 분 거리였다. 라호야는 바닷가라서 언제나 사람들로 붐비는 곳인데 그날은 의외로 조용했다. 전시장은 그다지 넓지 않았다. 중간 중간 벽을 만들어서 공간을 효율적으로 사용한 듯했다.

그러자니 그림들을 가까이에서 볼 수밖에 없었다. 미로처럼 꼬불꼬불한 길을 따라가면서 그림들을 감상하다 보면 어떤 곳에서는 갑자기 커다란 공간이 나타나기도 했다. 이 지역은 비싼 곳이라 이 정도의 아트홀을 빌리는 데도 결코 만만한 사용료가 들지 않았을 것이다.

마지막 날이라 그런지 사람은 별로 없었다. 화보집 표면에는 화가의 이름이 있었는데 '제니퍼 신'으로 명기되어 있었다.

김 국장 말대로 그림들은 특이했다. 나의 안목으로는 이 그림들을 보고 유능한 화가인지 아닌지를 구별할 수가 없었다.

마치 퍼즐 같은 그림이란 느낌이 들었다. 장미 한 송이가 수백 개로 해체가 된 듯 화폭 가득히 조각이 되어서 널려 있었다. 해체된 형태를 자세히 관찰해 보았지만 그것을 구상으로 보아야 할지 비구상으로 보아야 할지 그 경계가 모호하기만 했다.

조각난 개체들은 해체된 자유를 꿈꾸는 듯싶었으나 독립적이었기에 오히려 불안해 보였다. 배경에는 은은한 색깔로 희미하게 어떤 형상이 보였는데 그것은 해체된 조각들을 합쳐 놓았을 때의 모습을 상징하는 장미 그림이 꺼져 가는 연기처럼 위태롭게 형상화되어 있었다. 바다도 그렇게 해체가 되었고 산도, 그리고 나무들도 그랬다.

모든 그림은 제목이 있었는데, 어느 그림 앞에서 나는 얼어붙은 듯이 발걸음을 떼지 못했다. 그림에 붙은 제목 때문이었다.

꽃동산과 B.B 교관.

이 그림에만 유독 한글로 쓰여 있었다.

나는 곧바로 전시관 안내 쪽으로 갔다. 단정하게 단발머리를 한 동양 여인이 웃으면서 다가왔다.

"신 교수님이십니까?"

"네."

"한국말을 잘하시는군요."

"네."

"혹시 아버님께서… 신중건 씨?"

여인은 놀라는 듯 나를 빤히 쳐다보았다."

"그런데 어떻게 아세요? 혹시 한국 국방부에서 오셨나요?"

"아닙니다. 저는 샌디에이고에 삽니다."

"그런데 어떻게 제 아버지를 아세요?"

여인의 질문은 집요했다. 나는 은근히 후회스런 감정이 밀려왔다.

"그냥… 좀 아는 사이라서요."

엉거주춤 인사를 하고 뒷걸음을 치면서 그곳을 빠져나왔다. 그리고는 한 번 더 그 그림을 확인하고 싶었다. 그림 속에는 흐릿하게 꽃들이 배경을 이루고 있는데 커다란 말벌 한 마리가 몸의 절반만 해체가 된 채로 관객을 향해 바라보고 있는 듯했다. 벌이 온전히 해체되지 못한 이유는 무엇일까?

전시관을 빠져나오는데 누군가가 내 옷을 잡아채었다.

"여보세요! 잠깐만요!"

조금 전에 만난 그 동양 여인, 신 교수였다.

"아, 예……."

"그냥 가시면 어떡해요?"

"그럼… 어떻게 합니까?"

"제가 신중건 씨의 딸인 줄을 어떻게 아셨느냐고요?"

"저도 몰랐습니다. 여기 와서 알았습니다."

"예? 여기 와서요?"

"그렇습니다. 그림에 제목이 있더군요. 제가 B.B 교관이었습니다. 아무래도… 그것은 고유명사였으니까 제가 유일한 존재라 할 수가 있지요."

"네에?"

어리둥절한 표정이 여인의 얼굴에 역력했다.

"잠깐만 사무실로요. 제가 확인할 게 있어서요."

"그래요. 그럽시다."

사무실에서 여인은 망태처럼 커다란 핸드백 속의 수첩을 꺼내 열었다. 그리고는 사진을 한 장 끄집어내었는데, 내가 제대하는 날 중대장님과 함께 찍은 사진이었다.

"이 사진, 기억이 납니다. 제대하는 날 중대장님과 찍었습니다."

여인은 금방이라도 울 듯한 기세였다.

"아버지… 돌아가셨어요……."

"네에? 그랬군요."

"자살하셨어요. 벌써 오래전에요."

신 교수는 오래전에 아버지를 만나려고 한국에 다녀온 적이 있었다고 했다. 그때 아버지로부터 이 사진을 받았다고 그녀는 설명했다.

미국에 뜬 달

"아버지의 사진이 달리 있질 못해놔서요."

그녀는 묻지도 않았는데 그렇게 말했다. 그리고 이런 말도 해주었다.

"아버지가 교관님 얘기를 해주었는데요, 굉장한 사람이라고 했어요. 말벌 같다고 했어요."

나는 얼른 화제를 돌렸다.

"아버님이 왜 돌아가셨다고 생각하십니까?"

"아버지는… 원래 우울증이 있으셨어요."

"그렇습니까?"

"네."

비록 교수라 할지라도 이 세상의 모든 딸은 저토록 단순한 모양이란 생각이 들자 빨리 이곳을 나가고 싶어졌다. 가급적이면 김 국장이 오기 전에 떠나는 게 나을 성싶었다.

"신 교수라고 했지요?"

"네."

"신 교수에게 하고 싶은 얘기가 있습니다."

"네, 하세요."

"우울증에 걸린다고 사람은 모두 죽지 않습니다."

"그거야 그렇지요."

"알고 보면 말입니다, 인간은 누구나 다 우울증이 있습니다. 그래서 말인데요, 아버님께서 우울증으로 돌아가셨다고 규정지을 수는 없을 것 같습니다."

"그럼 제 아버지는 왜 돌아가셨지요?"

"그건 모릅니다."

"어쨌든 아버지는 자신을 파괴했어요. 엄마와 나에게 고통을 주기 위해서 우울증을 이용했는지도 모르죠."

여인의 시선이 나를 향했다고 생각지는 않았다. 그렇다고 나를 제외한 그 어떤 다른 대상을 향했다고 볼 수도 없었다. 그렇다면 자신을 향했을 수도 있지 않을까? 나는 충분히 그럴 수가 있다고 생각했다.

"그래서 해체 미학을 좋아하십니까? 내가 본 댁의 아버님은 가족을 무척 사랑하셨습니다. 말할 수 없이요. 캘리포니아의 오렌지 향기를 한국에서 느끼시려고 했을 정도입니다. 무슨 말인지 아시겠지요? 아마도 따님께서 편지로 그런 얘기를 쓰셨겠지요?"

"……."

"제가 영문학을 전공했다는 것만으로 미국으로 갈 거라고 생각하실 만큼 그분의 마음은 온통 미국에 있는 가족들 생각뿐이셨어요."

"……."

그녀의 얼굴이 잠시 복잡해지는 듯했다. 그렇다고 해서 나의 이야기를 어떻게 받아들여야 할지 고민을 하는 것도 아닌 듯싶었다. 그녀는 단지 자신의 아버지에 대한 인식을 관념적으로 정리하고 있는 것 같았고 나는 계속해서 말했다.

"나는 신 교수 집안에 대해선 아는 게 없어요. 다만 한때 아버님의 부하였고, 그분은 나의 존경의 대상이었습니다. 당시에 나는 조국을 위해서 목숨을 내놓기로 서명을 했는데 말입니다. 왠지 아십니까? 아버님 같은 분이 상사로 계셨기 때문입니다. 그런 분이 우울증으로 돌아가셨다면 도대체 나는 뭡니까? 그렇지 않습니까?"

"……."

"아까 본 그림 말입니다. 그 말벌은 왜 절반만 해체되었는지 모르겠지만… 그런다고 우리의 본질이 소멸한다고 생각지는 않습니다. 아버지에 대한 인식이 언젠가는 달라지시기를 바랍니다."

어정쩡하게 선 채로 우리는 너무 많은 말을 한 게 아닌가 싶었다.

여인이 말했다.

"교관님은 운동을 하신 분이라서 공간 예술에 대한 비평을 기대하지 않았는데 제 그림에 대해서 가장 정확하게 보신 셈이네요."

"그렇습니까?"

"놀랍게도 그렇습니다. 저는 인간에게 주어진 운명 같은 그런 본질성이 싫었습니다. 그래서 그림을 통해서 그것들을 소멸시키는 작업을 꾸준히 해왔던 것입니다. 어리석지요?"

"운명에 대한 일종의 도전이시군요. 흠, 흥미롭습니다."

"참, 교관님을 상징하는 말벌에 대한 작품 말이에요. 아버지의 얘기에서 영향을 받은 것 같아요. 강한 사람에 대한 해체성 말인데요, 굳이 제가 다 할 필요가 없다고 생각했어요. 그래서 절반에서 그친 거예요. 그 그림 속에서 언젠가는 스스로가 나머지를 해체하게 될 거라는 생각을 관람객에게 불러일으키고 싶었던 것입니다."

자신의 그림에 대한 신 교수의 설명은 명징했다. 그녀의 얼굴은 처음보다 훨씬 진지하고도 밝아 보였다. 그녀 안에서는 그렇다면 무엇이 달라진 걸까? 나로서는 그것을 알 길이 없었다. 다만 자신의 아버지에 대한 그녀의 인식에 변화가 있기만을 기원할 뿐이었다.

김 국장이 지금쯤 이곳을 향해서 오고 있을 것이다. 지금 떠나지 않으면 그를 기어이 만나게 될 것이고, 그렇게 되면 이야기가 길어질 것이다.

나는 여인에게 만나서 반가웠노라며 악수를 청했다.

여인이 무언가 더 할 얘기가 있는 듯 머뭇거릴 즈음 나는 서둘러서 그곳을 나왔다.

문밖까지 따라나온 신 교수의 시선이 등판에 꽂혀 옴을 강하게 느꼈다. 그녀의 시선은 지금쯤 바쁘게 나의 뒷모습을 해체하고 있을지도 모른다. 그렇다면 이번에도 그녀의 작업은 절반 정도에서 그칠 것이다.

미국에
뜬 달

나머지에 대한 해체는 저절로 이루어지리라고 생각할진 몰라도 그녀가 모르는 게 있었다. 결코, 해체가 될 수 없는 존재성이 있다는 것을 말이다.

해체를 거부하는 존재가 아니라 해체가 이루어질 수 없는 존재성 말이다.

존재하지만 존재 그 자체를 스스로 인정하기를 거부하는 비 존재적 성향이란 게 있다. 어쩌면 내가 그런 존재인지도 모른다는 생각에 잠겨서 걷고 있을 때쯤 땅거미는 어느덧 거뭇하게 해안 쪽으로 몰려오고 있었다.

망자의 딸을 통해서 들은 중대장님의 자살 소식은 충분히 내게 충격적이었다. 그렇다면 신 교수의 그림처럼 중대장님의 존재성은 나의 관념 속에서도 이제 해체가 이루어질 것이다. 나는 그러한 사실이 슬펐다. 도대체 그는 왜 자살을 택한 것이었을까? 그는 어쩌면 스스로 존재성에 대한 의미를 상실했는지도 모른다.

아니면 모든 존재성에 대하여 강한 거부감을 느꼈는지도 모른다. 나는 어쨌든 그가 죽었다는 사실을 인식하자 다시 한 번 슬픈 감정이 일어났다. 그러나 오래는 아니었다. 겨우 신호등을 몇 개 정도 지날 때까지였다.

미국의 부동산은 최고의 호황을 누리고 있었다. 호텔 사업을 하는 우리에게도 그 영향은 컸다.

내가 호텔 사업에 성공을 했다는 소문이 나자 미주 한인들이 몰려오기 시작했다. 그들은 나를 만나기 위해서 교회로도 찾아왔고 작은 교회는 부흥을 했다.

나는 그들을 전도도 할 겸 해서 호텔리어의 길로 갈 수 있도록 도움을 주기로 했다. 일단 먼저 호텔 경영 과정을 가르친 후에 호텔을 구매토록 해주었는데 그 과정이 족히 일 년이 걸렸다.

대부분 그들은 영세한 업종의 사업을 하고 있었다. 주류 사회의 기업으로 나아가기에는 모든 것이 부족했다. 자금도 그렇고 정보도 없었다.

소자본으로 호텔 사업에 성공했다는 소문이 돌자, 그들이 몰려오기 시작한 것이었다.

나는 그들이 주류 사회의 기업으로 나갈 수 있도록 돕기로 했다. 그들이 영세한 업종에 매달리는 데에서 독립을 할 수가 있다면 그것이야말로 얼마나 멋진 일인가를 생각해 보았다. 나는 가슴이 뛰었다.

"장로님, 우리도 호텔리어의 길로 가기를 원합니다. 그렇지만 방법을 모르고 확신도 없습니다. 그러니 우리에게 배움을 주십시오."

"그래, 지금은 무얼 하고 계십니까?"

"세탁소를 하고 있는데 벌써 20년째입니다."

"힘든 일을 하고 계시군요."

"힘이 드는 건 괜찮습니다만, 너무 노동 집약적이라 별로 희망이 없습니다."

"그렇겠군요."

"저희도 호텔리어를 꿈꿀 수가 있을까요?"

"물론입니다."

그들은 나를 스승처럼 여겼으며, 그렇게 해서 배출된 호텔리어는 10년 동안 수십 명에 달했다.

그들은 C라는 호텔 협회를 만들어서 나를 영구 회장으로 삼았다. 그러니까 C라는 협회는 나를 통해서 배출된 호텔리어들로 구성된 호텔 협회였다.

당시 우리는 수십 개의 호텔을 소유한 협회로 성장하게 된 것이다.

그때부터 언론에서는 나를 호텔왕, 혹은 호텔업계의 대부로 불렀다.

C그룹은 그 후에 생겼는데 그룹에서는 대형 호텔만 구매하였다. 그룹에 속한 호텔들의 경영권은 내가 가지고 있었다. 그룹이 경영하는 호텔들은 미국의 여러 주에 산재해 있었으니 실로 비약적인 발전이었다.

투자자들은 끊임없이 몰려왔다.

미국의 한인들은 주류 사회 계통의 사업을 원했다. 그런데 이를 리드할 만한 중심적인 인물이 없었다.

사람들은 나를 리더로 여긴 모양이었다.

소문은 미국 전역으로 퍼졌다.

그즈음에 워싱턴에서의 세미나는 성공적이었다. 많은 한인이 참가해 주어서 세미나 현장은 입추의 여지가 없었고, 하루 저녁에 투자 신청 희망자만도 백 명에 가까웠으며, 투자 신청 금액도 많았다. 그러나 나는 그곳의 투자금을 받지 않았다. 당시의 호텔 값이 너무 비싸서 호텔 구매를 더 이상 할 수가 없었기 때문이다.

신문사로부터 연일 인터뷰 요청이 쇄도했다. 그들은 우리 회사의 비서진들을 통해서 간접 인터뷰 형식으로 취재를 했고, 기사는 신문사마다 그 내용이 달랐다.

호텔에 발령이 난 사장들도 취재의 대상이었다.

신문사들은 C그룹과 C호텔 협회를 구분하지 못한 채 성급한 보도를 하기도 했다.

그러나 그러한 보도조차도 호텔사업에 대한 한인들의 뜨거운 관심에 불을 지핀 격이 되었다. 결국은 호텔사업이 나로 인하여 붐을 일으켰다.

십오 년 동안 호텔은 최고의 호황을 누렸다. 호황기에 있었던 일이다.

C호텔 협회에서 어느 날 연회를 위한 모임이 있었다. 당시의 호텔리어들은 최고급 차종을 타는 전통이 있었고, 검은색을 선호하는 성향이 있었다. 연회장 주차장에 검은색의 고급 차량이 수십 대에 이르자 해당 경찰서에서 사태를 파악키 위해서 긴급히 출동한 해프닝이 있을 정도였다.

산꼭대기에 위치한 우리 집은 꽤 큰 저택이었다. 아래에는 까마득히 프리웨이가 보였고 차들은 마치 작은 장난감처럼 보였다. 산 아래가 보이는 쪽에 커다란 수영장이 있었는데 물이 항상 찰랑이며 넘쳐흘렀다.

프리웨이 건너편의 산마루 너머에는 태평양의 거대한 바

다가 짙푸른 색깔로 가득했으며, 멀리서 보이는 파도의 물결은 햇빛에 반사되어 작은 구슬처럼 반짝이곤 했다. 일 층엔 손님을 위한 독립된 방과 공간이 있어서 지인들이나 가끔은 유명인들이 와서 며칠씩 유하기도 했다.

한국의 호텔리어들도 가끔씩 오곤 했는데, G호텔의 사장이 왔을 때였다.

그는 내게 물었다.

"회장님은 그 많은 호텔을 어떻게 관리하십니까?"

"큰 호텔들은 매니지먼트 회사에 맡기고, 규모가 작은 것들은 그 호텔의 대지주가 직접 운영을 하게 하지요."

"한국에는 언제쯤 진출하실 예정입니까?"

"글쎄요… 한국은 워낙에 자본이 많이 들어놔서요. 경제성이 문젭니다."

"그래도 고국인데 한두 개 정도는 생각을 하실 게 아닙니까?"

"아직은 아닙니다. 하기야… 미래는 모르는 일이지요."

"저택이 아주 대단합니다. 이런 곳에서는 무엇을 생각하시는지 궁금합니다."

"엉뚱한 생각을 가끔 하게 됩니다."

"어떤 생각이지요?"

"여기가 아무래도 높으니까 말입니다. 가끔 뛰어내리고 싶어질 때가 있습니다."

미국에 뜬 달

"정상의 자리에 있는 모든 분에게 나타나는 현상인 것 같은데요. 그렇지 않을까요?"

"나는 정상의 자리에 있는 게 아닙니다. 그러니까… 문제지요."

G호텔 사장은 궁금한 게 부쩍 많았던 모양이었다. 그는 나에게 끊임없이 질문들을 해대기 시작했다.

"하지만 회장님만큼 많은 호텔을 소유하신 분도 드물지요. 한국의 대표적인 호텔 기업이라야 한두 군데의 대기업밖에 없지 않습니까? 그런데 회장님께서는 계속해서 호텔을 확장해 나가실 계획이신 것 같은데 그 이유를 물어봐도 될까요?"

"초반에 하신 말씀은 사실과는 다릅니다. 협회에서 소유하고 있는 호텔들은 제가 경영권을 가진 것도 아닐 뿐 아니라 그 소유권과는 거리가 멉니다. 말 그대로 저는 그 협회의 대표일 뿐입니다. 물론 그들이 저로 인하여 호텔들을 소유하게 되었지만 말입니다. 그리고 우리나라에서도 세계적인 호텔 기업이 한두 개는 나와야 하지 않겠습니까? 그 정도가 되려면 말이지요, 숫자나 범위에 대한 개념을 깨뜨려야 합니다. 몇십 개의 호텔로는 엄두도 낼 수가 없습니다. 우리 일 세대에서 이루지 못하면 다음 대에서 하면 되지요. 조국을 위해서라도 그런 기업을 하나 만들어보고 싶습니다."

"저는 호텔 하나를 가지고 삼십 년 동안 유지하고 있는데 오늘 도전을 많이 받았습니다."

"우리… 호텔 말고 다른 얘기 합시다."

"아, 예, 그러지요."

G호텔 사장은 지성파였다. 박식하기도 했지만, 음악과 예술 분야에도 뛰어난 지식을 가지고 있었다. 그는 한국의 대중음악에 관해서도 이야기했고 영화에 관한 이야기도 했다. 그러나 정치에 대해선 단 한 마디도 꺼내지 않았다.

호텔리어들은 주로 호텔에서 대부분의 행사를 치렀다. 그러나 일 년에 몇 차례는 우리 집에서 파티를 했는데 우리는 그것을 'C' 파티로 명명했다. 파티에 초청을 받은 호텔리어들은 미국 각지에서 날아왔다. 빠지는 일은 거의 없었다.

나와의 만남을 그들은 그만큼 소중하게 여겼던 것이다.

하지만 호텔왕이라 불린 나로서도 전혀 예상치 못했던 거대한 재앙이 서서히 다가오고 있었다. 그것은 부동산의 가치를 폭락시키면서 투자자들의 심리를 절망스럽게 만들었다. 날이 갈수록 상황은 더욱 심해졌다. 어떤 투자자는 거의 패닉 상태가 되었다. 중대장님이 경험했을 절망의 상태란 게 바로 이런 것이었을까? 나의 노력과 의지로는 어쩔 수 없는 불가항력적인 힘이 우리를 덮쳐왔다.

인간 상실의 시대

어둠의 시간

글로벌 경제 위기가 해일처럼 덮쳐왔다. 오바마 대통령의 대국민 연설이 있었다.

"국민 여러분, 대공황 이후 최대의 금융 위기에 우린 봉착하게 된 것입니다."

그의 굵은 음성이 섬유질 형 유리의 파열음을 내면서 무겁게 울려 퍼졌고, 그날 나스닥은 대책 없이 추락했다.

호텔마다 매상이 격감했을 뿐 아니라 은행 문은 굳게 닫혔다. 투자자들이 술렁이기 시작할 즈음에 '저승사자' 란 사탄이 그 모습을 드러내며 회사를 도탄에 빠지게 만들었다. 나는 이 땅에서 활동하는 사탄의 모습을 명징하게 볼 수가 있었다.

투자자의 일원이요, 사람의 형상을 한 사탄은 그 음성이 소름 끼칠 정도로 저속하고 음험스러웠다.

그는 일단 투자자들과 나와의 사이를 이간질하는 분리의 영으로 역사했다. 그러면서 스스로 '저승사자'로 명명하며 자신의 정체를 밝히는 대담함을 보였다. 그러면서 전형적인 사탄의 속성을 드러내기 시작했다. 먼저 나의 약점을 조사하여 공개하는 수법으로 언론을 이용했다. 그리하여 이십 년을 쌓아올린 나의 명성을 파괴하는 작업을 수행했다.

가장 자신과 유사한 무리를 모으는 작업은 그 다음에 진행이 되었다. 소위 동조자 모임인 셈이었다. 그 후에 그들은 나에 대하여 무차별적 공격을 해대기 시작하였다.

우리는 '저승사자'를 저승자라 불렀다.

저승자는 외부 세력도 끌어들였다. D는 나를 통하여 호텔리어가 된 인물이었다. 한때는 나를 은인으로 여기던 그는 호텔리어로선 성공한 인물이었다. 그런 그가 저승자와 손을 잡고 나를 공격하기 시작했다. 놀라운 일이었다. 알고 보니 그는 호텔왕이란 칭호를 원했던 것이다. 그리고 저승자가 원한 것은 나의 지위였다.

그렇게 하여 저승자와 합류한 D와 나의 전쟁은 시작된 것이었다.

호텔 산업은 십오 년 동안 호황을 누리다가 미국의 서브 프라임 현상을 기점으로 하여 무섭게 추락하였다.

미국에 뜬 달

매월 적자의 폭은 커져 갔다. 경영을 맡았던 미국계 매니지먼트 회사들은 그 손실을 주인 측에 떠넘겼다. 하기야 그들인들 어쩌겠는가?

상황은 좋아지지 않았고, 경기 침체의 늪은 점점 더 깊어만 갔다.

비축해 두었던 자금은 일 년을 지나지 못하고 바닥이 났다. 그만큼 호텔들의 규모가 작지 않았던 것이다.

호텔 신축은 중단되었다. 신문에는 은행으로 넘어가는 호텔들에 관한 기사가 매일같이 보도되고 있었다.

나는 호텔에서 호텔로 떠돌아다니는 신세가 되었다. 호텔을 잃지 않기 위해서는 직접 돌아보지 않을 수가 없었다. 그러자니 공항에서 공항으로 일정하게 움직이는 여객선처럼 나의 삶도 그랬다.

나는 가장 심각한 호텔부터 감원을 하기 시작했다. 그 호텔이 살아남기 위해선 인원을 감원하지 않을 수 없는 절박한 상황이었다.

그곳에 도착한 나는 30명에게 해직 통고를 했다.

직원들의 눈에는 내가 커다란 칼을 든 망나니로 보였을 것이다. 사실 이 사람들, 여기서 밀리면 생계가 막막하다는 것 모를 리가 없다. 이곳에서 20년을 일한 늙수그레한 여성도 마지막 봉급을 손에 들고 나갔다. 나는 그 장면을 잊을 수가 없다. 그녀의 무거운 몸이 흔들거리며 천천히 문쪽으로 걸어갔고, 그녀는 연신 뒤를 돌아보았다. 그러면서 눈물을 닦아내고 있었다. 그녀는 울었다. 그러면서도 활짝 웃었다.

하얀 이빨이 보였다.

그날 저녁 나는 맨정신으로 있기가 싫었다. 그래서 늦은 밤에 호텔 바로 내려갔다.

주중이라 그런지 손님은 별로 없었다. 바텐더는 나를 알아보는 눈치였다.

비가 와서 그런지 실내는 좀 어둑했다.

"Sir, 맥주로 하시겠습니까?"

흐릿한 불빛 아래서 바텐더가 물었다.

"맥주는 좀 그렇고… 칵테일 중에서 좀 강한 게 있을까?"

바텐더는 주저하지 않고 말했다.

"롱 아일랜드는 어떨까요?"

"그래요. 그걸로 해봅시다."

알고 보니 그녀도 오늘이 마지막 근무였다. 그녀는 분주히 여러 가지 술병을 차례로 끄집어내어 커다란 컵에 조금씩 부어 넣고 있었다. 칵테일이란 게 원래 그렇다. 모종의 음모를 꾸미듯 비밀스레 이것저것 섞어대는 것 아닌가?

잔은 크고도 무거웠다. 마셔보니 부드럽고 갈증까지 가시는 듯해서 연거푸 몇 모금을 마셨는데 신 듯한 것 이외에는 괜찮은 편이었다. 바텐더가 땅콩이며 견과류를 가져왔을 때 내 앞의 커다란 컵 속에는 이미 얼음만 남아 있었다.

여자가 흠칫 놀라는 표정이었음을 공기를 통한 느낌만으로도 알 수 있었다.

"하나 더 부탁해도 될까요?"

그렇게 해서 두 잔의 롱 아일랜드는 흔적도 없이 사라졌다. 여인이 컴컴한 공간 저편에서 가끔 내 쪽으로 시선을 돌리는 듯했지만 기실 나를 쳐다보지는 않았다.

나는 더 이상 앉아 있을 이유도 없고 해서 방으로 돌아가기로 했다. 2층으로 올라가는 난간을 잡았을 때, 호텔은 벌써 유람선 같은 배로 변해 있었다. 파도가 있는지 제법 울렁거리기도 했다. 나는 바다에 빠지지 않으려고 안간힘을 쓰면서 겨우 객실을 찾아갔다.

그다음부터는 뒤죽박죽이었다. 깊고 깊은 한밤중에 태풍이 한바탕 휘몰아쳐 대었고 우주와 사막이 뒤바뀌기도 했다. 밤은 자꾸만 깊어져서 아득하게 느껴졌다. 그러나 끝내 롱 아일랜드 같은 것은 보이지 않았다. 다만 그다지 커 보이지 않는 구명보트 한 척이 어렴풋한 잠결 속에서 표류하는 게 보였는데, 얼핏 보기에도 족히 서른 명은 되어 보이는 승객이 빽빽이 타고 있었다. 그런데 그들이 일제히 나를 쳐다보는 듯해서 섬뜩하기까지 했다. 그들의 얼굴은 아무런 형태 없이 텅 비어 있었다.

다만 무슨 부호를 떠올리게 했는데, 그것은 아마 의문 부호였을 것이다.

그들은 왜 자신들이 그 배를 타야 했는지에 대하여 강한 의문을 품은 듯했다.

그러나 나 또한 그들을 멀뚱히 바라보기만 했다. 달리 무슨 할 말이 없었기 때문이다. 얼굴 없는 사람들이 탄 배는 꿈속에선지 환각 속에선지는 몰라도 유령선처럼 소리 없이 어디론가 흘러가고 있었다.

어둠에 싸인 방은 벽과 천장이 사라진 채 끝없이 넓게 펼쳐진 밤의 광장으로 변했다. 그런 광장의 한가운데에서 나는 그때 우두커니 홀로 남아 있었다.

†   †   †

밤늦게 P 사장으로부터 전화가 왔다.

"조 회장, 놀라지 말고 들으쇼. 조금 전에 말이요… 송 사장이 죽었소."

그의 목소리는 다급했다. 나쁜 메시지를 전하는 입장이라 더 그랬을 것이다.

"송 사장이 말입니까? 그럴 리가? 오늘 오후에도 통화를 했는데요?"

"자살인 것 같소. 권총으로 말이요. 부인도 함께 죽었어
요."

"…호텔 사정이 그 정도로 어려웠습니까?"

"그랬던 것 같아요."

조금 전이라면 저녁 9시 정도일 것이다. 오후 3시경에 전
화를 했으니까 그렇다면 그는 죽기 여섯 시간 전에 나에게 전
화를 한 셈이다.

점심을 먹고 피트니스에서 운동 중에 그에게서 전화가 왔
다.

"뭐하십니까?"

그는 이렇게 물었다.

"운동합니다."

"하, 운동을요? 이 어중간한 시간에 말이지요?"

"점심 먹고 시간이 좀 나서요. 송 사장님은 요즘 운동 안
하십니까?"

"전 운동 안 합니다."

"그래도 이젠 연세도 있으시고 하니까… 운동을 하셔야 할
텐데요."

"글쎄요… 운동을 하면이야 좋겠지요. 하지만 난 말이요,
혈압도 있고 해놔서……."

죽음을 앞둔 그는 나에게 전화를 걸었고, 우리는 운동에 관
한 얘기만 한 것이다.

만약에 내가 골프장에 있었더라면 우리는 골프에 대한 얘기를 했을 것이다.

송 사장의 죽음은 이튿날 신문에 크게 보도되었다.

불경기 여파로 한인 호텔 사장 비관 자살.

저녁에 한인 호텔리어들이 죽은 송 사장의 호텔 식당에 모여서 치킨 샌드위치를 시켜서 먹었다.

샌드위치를 먹으면서 사람들의 의견은 분분했다. 주로 경기 회복에 관한 얘기였는데, 어떤 사람은 2년 후에나 풀릴 것이라고 했고 또 다른 사람은 아마 5년은 족히 걸릴 거라고 했지만 결국은 아무도 모를 일이라는 쪽으로 결론이 난 듯했다.

그런데 그날 저녁에 정작 죽은 송 사장에 관한 얘기는 아무도 하지 않았다. 치킨 샌드위치 값은 호텔 측에서 내었다.

미국에
뜬달

죽어가는
호텔리어들

새벽녘에 뉴욕에서 전화가 왔다. 너무 이른 시간에 전화가 온 것은 필경 좋은 소식이 아닐 게다. 제발 나의 이런 추측이 틀리기를 바랐지만, 맞기를 원했을 때 틀림이 오듯이 틀리기를 원했기에 맞음이 작용하는 배신의 법칙이 여지없이 작용했다. 수화기 속에서는 폭풍을 뚫고 달려온 듯한 음성이 바람 같은 긴 여운을 남겼다.

"회장님, 어제는 한숨도 못 잤습니다. 아내와 상의를 했습니다. 아무래도 호텔을 은행에 넘기는 게……. 더 끌어봤자……."

음성은 무거웠다. 그리고 느리고도 다급했다. 너무 무거워서 자꾸만 깊은 수면 속으로 가라앉는 듯하더니 신호음만 길게 나다가 불통이 되었다.

그러니 더 이상의 상황은 알 길이 없다. 그는 좋은 사람이었다. 열심히 했지만, 상황을 이겨낼 수 없었을 것이다. 경영은 그의 몫이고 권리였으며 대부분의 지분도 그의 것이었다.

나는 소량의 지분밖에 없기 때문에 소유주라 할 것도 없었다.

그가 받은 상처에 비하면 나는 혈당을 체크하기 위해 손가락 끝에서 핏방울을 채취하는 정도일 것이다. 통화가 끊긴 이후로 내 쪽에서 다시 걸지는 않았다.

다시 연결을 한들 달리 할 말이 없었기 때문이다.

내가 소량의 지분을 가진 호텔들이 여러 곳에 산재해 있지만, 그 금액이 적을 뿐 아니라 처음부터 자의로 투자한 것이 아니다. 그들이 호텔을 구매할 때에 다운 페이먼트가 모자라서 빌려간 것들이다. 그들은 모두가 나의 영향을 받고 호텔리어의 길을 선택한, 한마디로 말해서 나의 제자 같은 사람들이다.

C호텔 협회에 속한 그들은 불경기 여파로 호텔들을 하나씩 포기하고 있는 것이었다. 가뭄이 오면 어린 나무들이 먼저 시드는 현상과 같은 것일까?

일찍이 경험해 보지 않았기에 이런 현상에 대한 나의 견해는 없다.

미국에 뜬 달

이것은 다만 슬픈 소식에 불과할 뿐일 것이다. 좋은 소식과 슬픈 소식 중에서 말이다.

피닉스와 덴버, 플로리다, 그리고 애틀랜타…….

이런 곳에서 호텔문을 먼저 닫았다. 모두가 작은 호텔들이었다.

엄밀히 말해서 C그룹에 속한 호텔들은 아니고 C협회에 속한 호텔인 셈이다.

그런데 가슴은 더욱 쓰리다.

애틀랜타의 김 사장은 끝까지 매달려 살려보려고 하지 않았던가?

그곳에는 나의 지분도 없었고 아예 살 때도 나와 상의하지 않은 호텔인데도 그는 오랫동안 질기게 전화를 놓지 않았다

"회장님께서는 그래도 형편이 좀 더 나으실 게 아닙니까? 무슨 대책이 없을까요? 회장님은 호텔업계의 대부시잖습니까?"

그의 목소리는 다급했다. 마치 죽을병에 걸려서 슬피 부르짖는 여인 같았다.

길고도 질기게 우는 여인처럼 말이다. 전화를 받는 내내 나는 대책없이 난감했다.

끝으로 그는 은행을 원망했고, 텍스를 낮춰주지 않은 주정부를 원망했다.

세계 경제를 원망했고, 그리고 마지막엔 자신의 운명을 원

망했다.

그러나 끝내 도움을 주지 못한 나에 대한 원망은 공백으로 남겨두고 그는 그렇게 전화를 끊었다. 질긴 여인의 울음이 그치듯이 말이다.

그날 나는 하루 종일 그가 남긴 공백 속에서 원망에 대한 것들을 생각했다.

당시의 호텔들은 불황이란 길고도 추운 겨울을 지나고 이제는 다가올 봄을 기다리는 중이다. 연약한 자들에겐 가장 어려운 시기다. 봄을 목전에 두고 말이다.

그래서 노인들에게 초봄의 꽃샘추위를 조심하라고 했지 않은가?

많은 노인이 그때에 죽음을 맞게 되는데, 그 이유가 있다. 또 한 번의 겨울을 잘 넘겼나 보다 하며 다시 맞을 여름을 꿈꿀 때 죽음은 느닷없이 찾아오는 것이다. 죽음의 철학이 거기에 있다. 우리의 예상은 일생 동안 빗나감의 연속일 뿐 아니라 인생은 결코 장담할 수 없는 것임을 비웃으며 춤추는 'Last tango of death', 이것이 인생이 아닐까 한다.

인생이란 참으로 모를 일이다. 그래서 삶은 더욱 경건해지는가 보다.

R호텔에는 밤늦게 도착했다.

포브스 지에 의하면 이 도시는 200개의 우수한 도시 중 비즈니스가 잘되는 5위권에 선정이 될 만큼 불황을 모르는 도시였다.

이 호텔은 이 도시에서도 가장 노른자위에 해당하는 곳에 위치하고 있어서 불경기에도 매년 흑자를 기록하는 경이적인 호텔이었다.

이런 호텔은 미국에서도 극히 드문 케이스다.

그런데 나는 이 호텔에 올 때마다 오히려 우울했다.

나의 이런 기색을 살피는 미국인 매니저는 의아해했다. 그는 언제나 이 호텔의 비즈니스 상황에 자부심을 느끼는 데 반하여 나는 그렇지 못해 보이니까 말이다.

하기야 서양인이 동양의 정서를 어찌 이해하겠는가?

우산 장수 아들과 짚신 장수 아들을 둔 아비의 심정을 비유한 동양의 이야기를 그들이 알 수가 있을까?

비가 오는 날에는 우산 장수 아들 때문에 기뻐하며 맑은 날에는 짚신 장수 아들 때문에 기뻐한다는 것이 서양의 사고라면 동양은 그 반대일 것이다.

어느 것이 올바른 개념일까? 정답은 없을 성싶다.

캘리포니아가 호텔 비즈니스가 어려운 데 비해서 중부 지역은 그래도 좀 나은 편이었다.

총 매니저와 세일즈 매니저가 내년도에 대한 시장성과 경쟁 호텔들의 동향에 대해서 장황하게 설명을 하고 있는 시간에도 나의 귀에는 그들의 소리가 먼바다에서 들려오는 파도

소리처럼 울려올 뿐이었다.

잘되는 호텔은 그것만으로도 그만인 것이다. 더 잘되기 위해서 어쩌고 하는 따위의 소리는 들려오지 않았다.

그때 내 머릿속에는 어려움에 처한 호텔들 생각뿐이었다.

우리가 소유한 호텔들은 각기 사정이 다 달랐다. 어느 아버지에게 여러 명의 아들이 있다면, 그 아들들의 살아가는 형편은 다 다를 것이다.

우리의 입장도 그랬다. 형편이 좀 나은 호텔이 있었고 그렇지 못한 호텔이 있을 뿐이다

그 다음 날은 S호텔로 갈 예정이었다. 그곳도 좀 나아지고 있는 중이라니 빨리 가서 보고 싶은 마음이었다.

옛날도 아주 옛날에 보릿고개를 지랄고개라고 했다. 그 고개를 넘기며 자식을 하나둘 잃었을 때 아비들의 심정을 대신하여 뻐꾸기가 목 놓아 울어주었다고 한다.

미국에도 과연 이 새가 존재하는 걸까?

비즈니스가 잘되는 호텔에서 오히려 우울해지는 나는 정녕 어떤 존재란 말인가?

미국에
뜬 달

자멸의 길과
자생의 길

회사의 법률 고문인 E 변호사로부터 전화가 왔다.

"미스터 조, 동부에 있는 C호텔 멤버들로부터의 긴급회의 요청이 있었습니다. 회의 소집에 응하실 겁니까?"

"그렇게 합시다."

"내일 오후입니다. 분위기가 좋지 않은 것 같습니다."

회의는 LA에 있는 호텔 회의장이었다. 약 20명의 멤버가 참가했다. 전해져 오는 분위기가 살벌함을 직감적으로 느낄 수가 있었다.

중년의 여성 멤버가 날카로운 음성으로 물어왔다.

"회장님, 우리는 말이지요, 오직 회장님만 믿고 투자를 했는데 지금 경영 상태가 어렵다고 들었습니다. 그래, 어떻게 하실 작정이세요?"

"어떻게 하다니요?"

음성이 굵직한 남자가 말했다.

"이렇게 가다간 파산하는 것 아닙니까?"

"파산을 하다니요? 회사란 게 그렇게 쉽게 파산되지 않습니다."

"그럼 그동안에 발생한 부채는 어떻게 하실 겁니까?"

"부채 발생은 외부적 요인입니다. 지금 같은 불경기에는 대부분의 호텔이 그렇습니다. 이러한 것들은 향후 경영자와 은행 간의 협상으로 해결이 가능할 수 있습니다. 그러니 기다려 주십시오. 이는 어디까지나 경영권에서 해결을 할 문제입니다."

"무슨 얼어 죽을 놈의 해결, 부채를 숨겨왔으면서."

장내가 소란스러워지기 시작했다. 선동하는 무리가 있는 듯했다. 보나 마나 저승자 일행의 소행일 것이다. 그들은 어떻게든지 붕괴를 시키는 게 목적인 것이다. 아무것도 모르는 이 호텔의 투자자들은 자멸을 하는 줄도 모르고 저승자가 원하는 대로 행동을 했다. 질서가 무너지면 혼돈이 오는 법이다.

나는 분위기를 안정시키고 분명한 어조로 말했다.

"여러분은 투자자이십니다. 경영의 내부적인 사안들을 일

미국에
뜬 달

일이 말씀드릴 수가 없습니다. 지금 같은 특수한 상황에선 오직 경영자들만이 풀어낼 수가 있습니다. 그러니 우리를 믿으시고 상황을 지켜봐 주시기 바랍니다. 지금 요동하면 안 됩니다. 은행에서 우리를 주시하고 있습니다."

부동산 가치의 하락으로 인하여 우리는 이미 은행과 리벨류에이션에 대한 협상이 진행되고 있었던 것이다. 부동산과 비즈니스의 가치에 대한 재평가가 이루어진 후면 그만큼 은행에 대한 부채가 삭감될 수가 있다.

발생한 부채를 사유로 무려 수백만 불에 상당하는 금액을 삭감 받을 수도 있는 것이다. 그래서 위기가 곧 기회란 말이 있지 않은가? 그런데 투자자들은 그런 것을 몰랐다. 그들은 경영에 대한 지식이 전무한 상태였다.

그들은 당일로 나를 최고 경영자에서 해임하려 했다. 어리석은 일이었다.

난감해진 나는 묻지 않을 수 없었다.

"정말 후회를 안 하실 겁니까?"

"후회를 하긴요? 당신이야말로 물러나지 않으면 법적 대응으로 물러나게 할 겁니다."

"그래요? 그럼 좋습니다. 여러분이 정히 그렇게 원한다면 내가 물러나겠습니다."

사실상 그들이 창업자인 나를 해임할 수는 없었다. 내가 스스로 물러나지 않는 한은 말이다. 그들은 알지도 못하면서 고

집을 부렸다.

나는 물러날 것을 결심했다.

그리고 그것으로 끝이었다.

은행에서는 전혀 투자자들을 신뢰하지 않았다.

사실 은행에서는 나의 인지도와 오랜 호텔 경력을 보고 론을 해준 것이다.

내가 해임이 되자 곧바로 은행에서는 전문 경영인의 부재를 우려하여 호텔을 다른 회사에 넘겨 버렸다. 그렇게 해서 그 호텔은 날아가 버렸다.

물론 그 배후에는 한 사악한 존재와 그 무리들의 역할이 있었는데, 나는 그것이 사탄의 소행임을 분명히 알 수가 있었다. 언젠가는 결단코 그 사탄의 정체를 밝혀서 내 손으로, 아니, 비비 교관의 손으로 반드시 버릇을 고쳐 줄 것임을 다짐하였다.

그룹 차원에서도 엄청난 손실인 셈이었다.

보편적으로 무지의 특징은 상황을 극단으로 치닫게 하는 경향이 있다는 것도 알았다.

비록 잃어버렸지만 아름다운 호텔이었다. 그 호텔을 구매하기 위해서 나는 무려 일 년을 꼬박 애썼지 않았는가 말이다.

호텔의 십일 층에서 바라본 전경을 잊을 수가 없다. 동서로 뻗은 프리웨이 건너편에는 커다란 강이 있으며 언제나 강물이 도도하게 흐르고 있었다. 노을이 질 무렵에는 붉은 햇살이 강물 위로 번쩍이면서 신비한 느낌마저 들게 했는데 가끔 이름 모를 오리 떼가 무리 지어 그곳을 날아오르곤 했다.

✝   ✝   ✝

C호텔 외의 모든 호텔은 대대적인 구조조정에 들어갔다. 은행과의 협상은 물론이고 그렇지 못한 곳은 법률적인 조치를 하기에 이르렀다. 심지어는 우리 스스로 호텔문을 닫겠다는 통보를 은행 측에 하기도 했다. 나는 은행의 행장을 비롯하여 이사진들을 찾아다녔다.

"이보세요, 행장님. 이 기업이 어떤 의도로 시작되었는지 잘 아시지 않습니까? 이 척박한 이민 세계에서 한인들의 꿈을 이루자는 뜻에서 시작한 기업입니다. 만약 은행에서 외면한다면 말입니다, 두고두고 가슴이 아플 것입니다. 아시겠습니까?"

"압니다. 아, 안다니까요? 누구보다도 회장님의 마음을 잘 알지만… 우리도 눈치를 봐야 할 곳이 있어서 맘대로 하지 못한다 이 말입니다."

"그게 어디입니까? 감독국을 말한다면 제가 가서 그들을 설득하겠습니다. 나 말입니다, 장로 된 입장이지만 오죽하면 분신까지 각오를 했겠습니까? 이사진들에게 나의 뜻을 알려

드려도 괜찮을 듯도 합니다. 하여튼 우리가 제의한 사항을 검토해 주시기 바랍니다."

"조 회장님의 뜻이야 충분히 알지만… 하지만 향후의 상황들이 워낙 예측하기가 어려워서……. 불경기도 그렇지만 또 얼마 전에 있었던 C호텔 사건도 있었고 말입니다."

"C호텔 일은 말입니다, 우리 멤버들이 워낙에 경영에 대해서 몰라서 일어난 사건 아닙니까? 게다가 선동하는 무리가 있었고요. 이제는 그 사건을 계기로 멤버들이 모두 인지를 했습니다. 그러니 다시는 그런 일이 일어나지 않을 겁니다. 제가 그토록 리더십이 없는 것도 아니고……. 그러니까 행장님께서 우리의 조건을 검토해 보시고 소신 있게 이사님들을 설득해 주십시오. 잘 아시잖습니까? 'C그룹'은 이민자들의 대표적인 기업이라는 점 말입니다."

나의 이러한 절박한 심정이 그들에게 전달이 안 될 리가 없다. 호텔들은 이렇게 하나씩 은행과의 협상이 이루어져 갔고, 마침내 대부분의 호텔은 최종적으로 은행과의 협상을 마쳤다. 그러자 은행의 부채와 모기지가 절반 이상의 수준으로 떨어졌고, 모든 고정비가 놀랄 만큼 줄어들었다.

비로소 호텔들은 안정권으로 들어서기 시작했다. 물론 잘되는 호텔은 그럴 필요성도 없었지만 말이다.

C그룹은 이제 진화를 한 것이다. 어려운 환경에서 우리는 변화를 시도했고, 그렇게 해서 어려움을 이겨내는 방법을 터

득한 것이다.

어차피 진화하지 않는다면 도태되고 말 것이다. 진화든 변화든 간에 나는 몸부림을 치지 않을 수가 없었다.

그리고 불경기라는 보이지 않는 거대한 적과 사투를 벌이며 호텔들을 지키기 위해서 나는 홀로 전력을 다해서 매달렸던 것이다. 낮과 밤의 구분도 없었다.

저승자는 끊임없이 나를 괴롭혔다. 우리 회사를 다단계 사기회사니 무슨 폰지 사기회사니 하는 루머들을 수없이 뿌려대고 있었다. D도 협공을 해대었다. 남자다운 방법이 아니었다. 그들은 여론을 일으키는 수법을 이용하기도 했고 투자자들의 마음에 의심을 불러일으키는 일들도 꾸며대었다. 그렇게 해서 그는 나를 마녀 사냥 놀이로 몰아가고 있었다.

그러나 나는 결코 패배주의적 생각에 잡혀본 적이 없었다. 나는 누군가? 비비 교관이 아닌가? 내 인생의 청춘시절에도 나는 조국과 정의를 위하여 목숨을 기꺼이 내어놓겠다며 '생명 포기 각서'에 주저함 없이 사인을 하지 않았었는가? 그런 내가 이까짓 얄팍한 협박에 물러설 수는 없는 것이다. 나는 그 어떤 불법에도 응하지 않을 것이다. 사탄을 돕는 악한 힘이 있다면 나를 도와주는 선한 힘도 분명히 있을 것이다.

당시에 나는 사람들이 필요했다. 믿을 만한 전문 경영인들이 절실히 필요했다.

희미한 옛 시절의
그림자들

아들이 이메일을 보내왔다.

아버지, 계속해서 연락 오는 이메일이 하나 있습니다. 정태구란 분
을 아십니까? 아신다면 한번 연락을 해보심이 어떠실지요? 전화번호
도 남겼습니다. '어르신'이라면 더 잘 기억이 날지도 모른다고 했고
요. 하여튼 그렇습니다, 아버지.

어르신이라면? 그 오래된 옛적에 만난 그분을 말하는 걸
까?

한국은 지금 몇 시인가? 오전 중이니까, 그래, 한번 연락을

해보는 거다.

나는 전화를 걸었다. 신호음이 가더니 어떤 여성 분이 전화를 받았다.

"저… 여기는 캘리포니아입니다. 실례지만 거기에 정 선생님 계십니까?"

좀 기다리라는 소리가 있고 난 한참 후에야 음성이 들려왔다. 카랑한 노인의 음성이었다.

"정태구올시다. 미국에서 전화를 하셨다고요? 그래, 누구십니까?"

"어르신, 어르신이 맞으시군요. 저는 조 과장입니다. 그 사이에 삼십 년이 지났습니다. 기억하시겠습니까? 제 연락처를 어떻게 아셨습니까?"

"하하, 조 과장은 옛날의 인물이고… 지금이야 그룹의 회장님이시겠지. 유명인이 되셨어, 유명인이. 내 그때부터 알아보았지. 그동안 늘 궁금하기도 했고. 내가 말이요, 아직도 살아 있었다고는 생각을 못 했을 거요. 끈질긴 게 목숨이라고 말이야."

사람은 음성도 함께 늙어가는가? 카랑한 음성이긴 했지만 분명 음성도 늙어 있었다.

"요즈음이야 백 세까지는 다들 산다고 하지 않습니까. 세상이 그만큼 변했습니다."

"내가 이제 그 백 세를 바라보게 됐네. 그건 그렇고, 그래,

사업은? 요즘 미국 경기가 많이 어려운가? 말로는 그렇다더군."

"어디 미국만 그렇겠습니까? 모두가 어려운 건 같습니다. 어르신, 그래, 몸은 건강하십니까?"

"그 어르신이란 얘기 차암 오랜만에 들어보는군. 몸이야 나이가 이만큼 들었으니 성할 리가 있겠는가. 가끔 자네가 생각나더군. 그래, 슬하에 자식은 몇인가?"

"딸 둘에 아들이 하나 있습니다. 그런데 큰딸은 출가를 했습니다."

"다복하군그래. 사람은 자식이 있어야 하네. 나는 말이야, 자식 복이 없어서 무자식일세. 그래서 조카를 자식으로 삼았지."

"예, 그랬군요. 그런데 어르신, 저를 어떻게 찾으셨습니까?"

"이 사람아, 지금이 어느 땐가. 자네 같은 유명인을 못 찾는다는 게 말이나 돼? 언론에 온통 자네 얘기던데 말일세. 그런데 회사를 하다 보면 그… 억지 쓰는 인간들이 많을 걸세. 그런 것 다 신경 쓰면 사업 못하네. 자네야 남자 중의 남자가 아닌가."

"어르신, 말씀만 들어도 저에겐 힘이 됩니다. 제가 사람을 보는 눈이 없어서 당한 일이었습니다."

"그래서 하는 말인데, 내가 괜찮은 사람을 한 사람 자네에게 천거할까 하네. 내가 이력서를 보낼 테니 한번 살펴보게. 믿을 만할 걸세. 그리고 그 친구가 웬만한 자네의 문제는 대충 해결해 낼 걸세. 그 대신에 너무 오래 붙잡아 두진 말게나."

어르신은 연세가 있어서 그런지 통화 중에도 가끔 마른기침을 했다.

"내가 해소기가 좀 있다네."

"그래도 어르신은 무척 건강하신 것 같습니다. 말씀에도 억양이 그대로 살아 있으십니다."

"하긴 내 나이에 아직 귀 안 먹고 이 정도 들리는 것만도 어딘가? 그런데 자네는 무도인이라 얼마나 건강이 좋겠는가? 다행히 내가 아직은 치매기가 없어."

"다행이십니다. 그리고 그 보내주시겠다는 사람에 대해서는 검토 후에 조속히 연락을 드리도록 하겠습니다. 지금 저는 사람이 어찌나 필요한지 모릅니다."

"그럴 걸세. 이 사람아, 언론을 보고 바로 알았네. 그 사람이 연줄도 좋고… 하여간에 자네한테는 큰 도움이 될 걸세."

"어르신께서 아직 저를 기억해 주시는 것만도 감동입니다. 저… 정말 놀랬습니다."

"사실 말이지, 나 그동안에 자네 많이 찾았네. 미국에 갔을 줄은 꿈에도 몰랐어. 하여간 지금이라도 음성을 들었으니 반소원은 풀었네. 왠지 자네가 잘 잊히지 않더구먼."

어르신은 다시 잔기침을 했다.

"우리 같은 노인한테는 이 기침이 여간 성가신 게 아니야. 이력서 보고 내일쯤 연락을 하게. 아무래도 내가 지금 해소기가 발작을 하는 모양일세. 이만 끊음세."

"어르신, 몸조리하십시오."

오래된 기억의 나라에서 끈질기게 살아남은 어르신에 대한 기억의 생명력은 분명히 놀라웠다. 어르신과의 몇십 년 만의 통화는 그렇게 끊어졌다. 그러나 그 여운과 감동은 길었다. 그분이 아직 생존해 계시다니… 그리고 나를 기억하고 있었단 말인가?

그로부터 한 달 뒤에 어르신이 파견시켜 주신 강 사장은 수하인 두 사람을 데리고 미국으로 들어왔다. 그는 유능할 뿐 아니라 신뢰가 가고도 남음이 있었다. 나 대신에 웬만한 일들은 통째로 맡겨도 될 성싶었다. 그가 오고 난 서너 달 만에 회사는 점차 안정되어 가고 있었다. 새로운 경영진은 한국에서 영입해서 회사로 속속 들어오고 있었고, 그들은 주주들 중에서 불순한 목적으로 들어온 자들의 명단을 파악하고 저승자와 D에 대한 조사에 들어가고 있었다.

어르신의 배려는 생각 외로 깊었다. 회사의 재정 상태도 급격히 나아지고 있었다.

"그래, 강 사장은 어르신과 얼마 동안 일을 했는가?"

"오래되었습니다. 한… 20년 정도는 될 겁니다. 저보다도 십 년이나 더 오래 일을 한 사람들도 있습니다."

"그랬었군. 나는 그분을 뵌 지가 30년은 될 거야. 지금 내가 그분의 도움을 받으리라고 어떻게 상상이나 했겠나? 그래서 사람 일이란 알 수가 없다는 거야."

"그분께서는 회장님 말씀을 여러 차례 하셨습니다. 그래서 오랫동안 제가 회장님을 찾는 일을 맡았다가 얼마 전에야 알게 되었습니다. 그런데 미국은 생각하지 못했지요. 참, 그리고 저승자란 인물에 관한 조사인데 말입니다. 그자는 너무 질이 좋지 않은 문제성이 다분한 사람 같습니다. 심지어는 그의 가족 모두가 그에게 법으로 접근 금지 명령을 신청한 상태였습니다. 그자의 친아들과 딸들까지도 말입니다. 그러니 인격에 일단 심각한 문제가 있는 것 같습니다."

"흠, 그랬었군."

강 사장은 들고 있던 서류들을 뒤적이며 무엇인가를 찾고 있었다. 그러다가 어떤 서류를 들여다보더니 계속해서 말을 이었다.

"D도 사실상 재정 상태가 심각한 것 같습니다."

"그렇다면 얼마 전에 일간지 신문사에서 대대적으로 그를 인터뷰한 내용은 무엇인가?"

"허장성세였습니다. 지금은 은행에도 그렇고 밀린 부채가 너무 많습니다."

"허, 참으로 알 수가 없는 게 사람의 마음이군."

"저승자에 대한 명예훼손 재판도 우리 쪽의 승소가 확실합니다. 그런데 형사 문제로 진행을 하실 것인지……. 그 문제는 어떻게 하시겠습니까?"

"그까짓 것 해서 뭘 하겠는가?"

"그렇습니까? 하지만 회장님께 협박을 한 내용 중에는 너무 심각한 것들이 있었습니다."

"그게 뭐 그리 심각한가?"

나는 강 사장을 바라보며 나의 느낌을 전했다. 그러자 강 사장의 반응은 의외로 완강했다.

"분명히 심각한 내용이었습니다. 특히 심각한 것은 돈을 요구한 내용이었는데, 처음에는 백만 불을 요구했다가 나중에는 오십만 불을 요구하였더군요."

"아마 그랬을 거야. 하지만 그런다고 내가 그런 얘기를 귀담아듣겠는가? 웃고 말았지. 그자는 좀 개그맨 같은 친구였어."

"그야… 회장님이시니까 그렇게 생각하셨지, 일반인들은 그런 협박을 당하면 심각해집니다."

"그런가?"

"하여튼 보통 사람은 아닌 것 같습니다. 하지만 워낙에 강한 분을 만나서 먹혀들지 않았던 것뿐입니다."

"하하하, 그랬는지도 모르지. 그자가 한 얘기가 있어. 자신은 독사 같은 존재라고 한 적이 있지. 그러면서 나를 능구렁이라고 했던가? 하여튼 그런 표현을 쓴 적이 있었어. 그래서 내가 물었지. 왜 하필이면 그런 징그러운 표현을 쓰느냐고 말이야. 그랬더니 그자는 이렇게 말했지. 웬만한 사람들은 자신이 한번 물면 바로 항복을 하는데 나는 그게 통하지 않는다고 했어. 그러더니 언젠가는 자신이 오히려 내게 잡아먹힐 거라나? 도대체 그게 무슨 소린지……. 그런 황당한 소리를 한 적도 있어. 그때도 웃고 말았지만 말이야. 하하."

"무슨 말인지 알 것도 같습니다."

"재미난 친구였어. 하지만 저질이었음에는 분명해."

"그리고 멤버 분들에게도 협박을 한 사실이 있습니다. 여성 분이었는데 그분은 일 년 가까이 밤마다 불을 켜지 못하고 지냈다고 합니다."

"그런 일도 있었는가?"

"그렇습니다. 그 여성 멤버 분은 내부 감사에 참가해서 그자의 비리를 밝혀내신 분입니다."

"흠, 그랬군. 생각 같아서는 그 친구가 혼이 나야 할 일이지만, 자네도 알다시피 우리는 기독교 기업이 아닌가? 그자를 형사 처벌할 수가 없네."

"예, 알겠습니다, 회장님."

그즈음에 또 하나의 옛 그림자가 겹쳐왔다.

바람이 몹시도 불었던 어느 밤이었다.

우리 집은 산꼭대기에 위치하고 있어서 그 영향력이 더 컸던 것이다.

그러나 아침에는 잠잠했으며 하늘은 맑았다. 수영장에서 떨어진 나뭇잎을 걷어 올리고 있는데 딸아이가 2층 베란다에서 소리를 쳤다.

"아빠, 전화 한번 받아보세요! 한국 분이신데 자꾸 비비 교관을 찾으세요! 아빠가 비비 교관이야?"

"그래? 좀 기다리라고 해라. 내가 올라갈 테니까."

나는 대충 정리를 마치고 얼른 2층으로 향했다. 딸에게서 건네받은 수화기를 들고 나는 나직이 말했다.

"실례지만 누구십니까?"

"비비 교관님? 비비 교관님이 맞으시지요?"

"예, 오래전에… 그러니까……. 그런데 누구십니까?"

수화기 저편에서 시끄러운 소리가 들려왔다.

"찾았어! 찾았다구! 비비 교관님! 우리 말입니다, 화원에서 왔지라! 나 말이요, 도라지요, 도라지! 시방 기억이 안 나시요? 화원… 아, 꽃동산 말이여! 워메, 환장해 부러라이! 음성은 맞는디 말이여!"

"그렇다면… 혹시 그… 알파 부대?"

"그렇지라! 그렇지라! 오메, 드디어 찾아부렀네! 찾아부렀어! 잠깐만요! 잠깐만……."

다른 음성이 들려왔다.

"아이고, 비비 교관님! 살아 계셨군요. 어떤 호랑말코 같은 짜슥이 말임다, 교관님 돌아가셨다고 해놔서… 우리는 또 그런 줄 알고 말임다. 아니, 그렇게 개나발 부는데 안 속을 놈 어디 있습니까? 아참, 교관님, 나 말임다, 할미꽃입니다. 교관님이 맨날 할매 할매 하던 그 할미꽃! 아, 그런데 교관님 도대체 지금 어디 계십니까? 그래, 날 기억하시겠습니까?"

"압니다, 압니다. 암, 기억하고말고요."

"하여튼 반갑습다. 잠깐만요. 여기 특상께서도 같이 계십니다. 잠깐만요."

특상이라면 그 마음씨 좋은 특무상사를 말하는 것일 게다. 나는 가슴이 설레었다.

그들은 어떻게 이 미국 땅에 오게 되었으며 도대체 나를 어떻게 찾았단 말인가?

"아, 비비 교관, 오랜만입니다. 날 기억하시겠습니까?"

"물론이지요. 특무상사님을 어찌 잊겠습니까? 세월이 많이 지났지만요. 그런데 도대체 어쩐 일이십니까? 저를 어떻게 찾으셨습니까?"

"그야 맘먹기에 달린 것 아니겠습니까? 이번에 정부에서 우리를 위해서 신경 좀 썼지요. 이렇게 미국까지 바람도 쐬게 해주고 말입니다. 그리고 우리가 정부에 요청했지요. 비비 교관을 좀 찾아주십사 하고요. 그건 그렇고, 우리 어떻게 만나지요? 설마 바쁘다고 안 만나주시는 건 아니겠지요?"

"그럴 리가 있습니까. 제가 바로 가겠습니다."

그래서 우리는 만났다. 무려 삼십 년 만의 해후다.

모두 스무 명 남짓했는데 그들은 무척 늙어 보였다. 진달래, 안개꽃, 달리아, 에델바이스, 아카시아, 무궁화, 들국화, 그리고 모르는 꽃들이 보였다.

한식을 파는 곳을 점령한 우리는 초저녁부터 시작해서 밤늦게까지 그야말로 그곳을 사수하다시피 했다.

"교관님, 미국 와서 호텔왕이 되셨다면서요?"

달리아가 종이 팩의 소주를 따라 주면서 말했다.

"말도 마십시오. 한동안 그 호텔 나라 때문에 얼마나 힘이 들었는지 모릅니다."

"하긴 미국 경제가 한때 말이 아니었다는 소리는 들었습니다."

"가뜩이나 어려운데 어떤 고약한 작자가 말썽을 부려서 더 어려웠습니다."

"아니, 교관님한테 시비 건 놈도 있습니까? 그 자식, 대단한 놈인데요. 미국서 한가락 한다는 마피아 아닙니까? 그런 놈들이라면 우리가 전문 아닙니까?"

이번에는 들국화가 젓가락으로 고기를 집으면서 말했다.

특무상사는 대머리가 되어 있었는데 불빛을 받아서 유난히 반들거렸다. 마치 왁스가 잘 입혀진 밤 갈색의 장롱을 연상케 했다. 몸은 뚱뚱했으며 유난히 배가 많이 나와 있었다. 그는 이미 취기가 있었다.

"비비는 아직도 몸이 그대로입니다? 계속해서 운동을 하신 모양이지요?"

"못했습니다. 미국 생활이란 게 여간 힘들지 않아요. 참, 중대장님 소식은 우연히 들은 바가 있습니다."

특상이 잔에 소주를 따르며 말했다.

"그분 오래전에 작고하셨지요."

"글쎄 말입니다."

"자살하실 분은 아니라고 생각했는데……."

특상이 그 말을 할 때는 목이 메였는지 말의 끝자락이 풀려 버린 듯했다. 나는 침묵으로 일관하며 잔을 건넸다. 그리고 굳이 그분의 딸을 만났다는 얘기는 하지 않았다.

며느리밥풀은 행방불명이 되었고, 채송화는 그 후 사고로 죽었고, 패랭이꽃은 무슨 암으로 죽었다고 했다. 꽃동산으로 불렸던 특수부대는 그 후 해체되어 버렸지만, 그들은 흩어지지 않고 끈질기게 상호 간에 연락을 취하고 정기적으로 만나 왔다는 것이다.

아카시아는 시골의 할아버지처럼 변했다. 가끔 웃을 때는 이빨도 몇 개가 보이지 않았다. 내가 술을 권하자 그는 쑥스러워하면서 잔을 내밀었는데 손은 마치 야구 글러브를 낀 듯이 컸다. 그는 농부가 된 것이다. 에델바이스는 청과물 시장에서 오래 일을 했다는데 구체적으로 무슨 일을 했는지 밝히기를 꺼렸다.

도라지가 내 잔에 술을 따라주었다. 나는 웃으며 말했다.

"사회에서 만나면 맞짱 한번 뜨자던 얘기 아직 유효합니까?"

그는 손사래를 치면서 손가락으로 자신의 입을 쳐대었다. 그는 폭격기 같은 사나이였다. 움직이면서 은폐된 적을 사살하는 데는 아무도 그를 따를 자가 없었다. 어쩌면 벌새 같다는 표현이 더 적절한지도 모른다.

진달래는 총기류의 대가였다. 무슨 총기류든지 즉각 사용법을 알았는데, 그는 사회에 나와서 고물상이 된 모양이었다.

자정이 넘어가자 술은 거나해졌고 우리는 모두가 혀가 꼬부라져 들기 시작했다.

"무장이 해제되면 말이야, 그때부턴 비비 세상이 된다 이 말이야. 누가 비비를 이길 수 있어? 안 그래? 여기서 솔직히 비비한테 비행기 안 타본 인간 어딨어? 나도 한번 신나게 탔지. 아찔하게 말이야."

나는 갑자기 생각이 난 듯 질문 하나를 던졌다.

"며느리밥풀이 그 뒤로 돌아왔습니까?"

이번에는 무궁화가 대답을 했다.

"그러니까 교관님이 제대를 하시고 난 뒤에 말입니다, 임무 수행을 마치고 귀대를 하긴 했는데… 뼈만 남은 사람이 되어서 왔지 뭡니까? 처음에 우리는 못 알아봤다니까요?'

제비꽃이 거들었다.

"그때 귀대한 전사는 그 친구뿐이었습니다. 그런데 그 친구, 그다음 차 작전에 굳이 참가할 이유가 없는데도 참가를 했다 이겁니다. 하기야… 그 친구, 코스모스와는 친했지 않습니까? 그전 차에 코스모스가 실종됐으니까 그랬겠지만… 어쨌든 그때 다시 떠나고는 돌아오지 못했습니다."

종이 팩 소주도 이제 거덜이 났다. 그때 특상이 남은 술잔을 비우고 손으로 입 주위를 닦으면서 덤덤한 어조로 말했다.

"며느리밥풀에 관한 얘긴데… 사실 그 친구 실종이 된 게 아니었어. 다른 기관에 차출이 된 거지. 들린 바에 의하면 굉장한 실세가 데려갔다더군. 그러니까 그곳이 꼭 정부기관이랄 수만은 없어. 아무튼, 그 친구는 인생이 잘 풀린 셈이야. 하기야 실력이 워낙에 짱짱했으니까…….."

그 얘기를 듣는 순간 나는 마치 숨이 멎는 듯했다. 그래서 다급하게 물었다.

"그래, 그게 언제쯤이었습니까?"

"언제냐 하면… 자네가 제대하고 그다지 오래되지 않았을 거야. 아마 그랬을걸?"

"그래, 그 기관이라는 데의 이름 같은 거 혹시 기억이 나지 않으십니까?"

"글쎄… 그게 하도 오래된 일이라서 말일세."

제비꽃도 남은 잔을 비운 후에 혀가 꼬부라진 음성으로 말했다.

"교관님, 미국에 가셨다는 소식 말입니다, 우린 오래전에 들었습니다."

"우리는 미국 정부에서 차출해 간 줄로 알았습니다."

"돌아가셨다는 얘기도 있었습니다. 교관님, 장수하실 겁니다. 어떤 호랑말코가 그런 얘기를 했는지 만나면 병마개 한번 따십죠, 교관님."

모두가 한마디씩 날렸다. 나도 웃으면서 마지막 남은 소주를 비웠다. 김치가 탔는지 시큼한 냄새와 매캐한 냄새가 동시에 났다. 술이 다 떨어지고 취기가 오른 우리는 유행가를 불렀다.

"혹시 부산 갈매기란 노래 아십니까?"

내가 묻자 모두가 웃으면서 말했다.

"그 노래 모르는 사람이 어디 있습니까?"

모두가 큰 소리로 부산 갈매기를 불렀다. 그리고 우리는 어깨동무를 하고 빙 둘러서서 아리랑도 불렀고, 마지막으로는 흐트러진 자세를 바로 하고 애국가를 불렀다. 꽃동산에서 하루의 일과가 끝나면 매일같이 부르던 그 애국가를 미국의 어느 식당에서 부른 것이었다.

그리고 호텔로 돌아가서 그날 밤 우리는 한 방에서 엉켜서

미국에
뜬 달

잤다.

이른 새벽 나는 그들이 깨어나기 전에 살며시 그곳을 빠져 나와 집으로 향했다.

샌디에이고로 내려가는 5번 프리웨이 주변에는 이제 오렌지 나무가 없다.

내가 처음 이민을 왔던 20년 전만 하더라도 말할 수 없이 감미로운 오렌지 꽃 향기가 바람에 섞여서 차창 안으로 밀려들어 왔지만, 지금은 딸기밭이나 다른 농작물 밭으로 바뀌어버렸다.

중대장의 가족들도 더 이상 오렌지 향기를 맡을 수가 없을 것이다.

"자네도 어쩌면 미국에 가서 살게 될지 모르겠군."

내가 제대할 때 중대장은 그렇게 중얼대지 않았던가? 그때 나는 그의 눈길이 먼 허공을 향하고 있었음을 보았다. 그는 허공 속에서 무엇을 보았던 것일까?

어쩌면 허공 속에서나마 가족의 흔적들을 찾으려 했을지도 모른다. 아니면 그토록 갈망했던 미국의 어느 공간을 잠시나마 느껴보기 위한 시도였을 수도 있다. 그렇다면 지금 내가 응시하고 있는 저 푸른 공간 속에도 그때 그가 흘려보낸 그리움에 대한 시선들이 남아서 바람처럼 이리저리 떠돌고 있을지도 모르지 않는가?

제대를 할 때 중대장님이 말한 대로 나는 지금 미국에서 살고 있다. 그는 과연 나의 미래를 예지라도 한 것일까? 그렇다면 그는 왜 자신의 삶에는 그 예지를 적용하지 못했을까? 그날 샌디에이고에 도착할 때까지 나는 이런저런 상념에 잡혀 있었다.

이튿날 오전에 나는 강 사장을 내 방에 불렀다.

"혹시 강 사장, 며느리밥풀이란 사람을 아는가? 본명은 최진우고 말일세."

강 사장은 답변에 신중을 기하는 듯했다. 그리고 조심스럽게 말했다.

"우리는 회사 내에서 다른 이름을 씁니다. 보안을 위해서지요. 회사란 의미가 광범위하듯이 우리 회사도 그렇습니다. 일반 회사와는 그 성격이 조금 다르지요. 제가 알기에는 검찰 같은 조직도 그들끼리는 회사로 부른다고 합니다. 그래서 저의 답변은 그런 사람을 모른다고 말할 수밖에 없습니다."

"음… 그렇군. 이제서야 어르신이 어떤 분이신지 이해가 가는군."

"그러니까 우리 회사는 한국 정부를 포함해서 세계 정부들을 위해서 일하는 조직이랄 수 있습니다. 세상이 자꾸 글로벌

화 되니까 우리 같은 조직이 필요한 것 같습니다."

"무슨 말인지 알겠네."

"그래서 드리는 말인데요… 회장님께서 찾고 계시는 그분이 제가 알고 있던 분과 일치한다면, 한때 제가 모셨던 분이십니다. 그런데 꽤 오래전에 조직을 떠나셨고 지금은 야인이 되셨습니다. 저와는 지금도 연락을 하고 있는 관계입니다. 그분… 지금도 홀로 사시는데… 정말이지 바람 같은 분이지요."

"……."

나는 속으로 외쳤다.

"며느리밥풀!"

존재하지 않는
시간 속으로

아침에 나는 모닝 뉴스를 보았다. 쓰나미로 인한 일본의 피해 상황과 원자로에서 새어 나오는 방사능에 대한 보도가 있었다. 일본 근해에서 잡힌 까나리가 방사능 오염으로 인하여 세슘이 검출되었다고 앵커는 보도했다. 경제 불황에 대한 뉴스는 짤막하게 보도했다.

여자 아나운서도 함께 있었는데, 그녀의 콧날은 높고도 날카로웠으며, 뉴스는 자막 형식으로 끊임없이 흘러나오고 있었다. 옆에서 본 그녀의 콧날은 가파르다 못해 위태로울 지경이었다. 재스민 혁명에 대한 보도도 있었다. 리비아 반정부 시민들의 어설픈 무장 모습도 보였는데 그들은 쓸데없이 하늘을 향해 자동 소총을 쏘아대고 있었다.

　아침 10시를 좀 넘어서야 나는 법원에 도착했다. 104호 법정 앞에는 사람들이 두 줄로 서 있었다. 한 줄은 길고도 선이 또렷해서 마치 실로 꿴 구슬들을 보는 듯했지만 다른 줄은 짧고도 산만했다. 중간 중간에 빈 공간이 있어서 선을 이탈한 흔적이 보였지만 그 빈 공간에서 실 같은 것은 보이지 않았다. 굳이 형상화해서 표현한다면 짧은 선은 실로 꿰어진 구슬의 형태가 아닌 셈이다. 카키 복장을 한 셰리프가 말했다.

　"Sir, 피해자 쪽입니까, 가해자 쪽입니까?"

　나는 선뜻 대답을 하지 못하고 망설였다. 선이 또렷한 편에 선 사람들이 일제히 나를 쳐다보는 듯했다. 나는 '글쎄요'를 연발하면서, 난처한 기색을 감추지 못한 채 두 개의 줄 사이에 어정쩡하게 서 있었다. 나로 인하여 세 개의 줄이 생긴 셈이다. 선이 또렷하고도 긴 편의 사람들이 일제히 웃었다. 짧은 편에 선 사람들은 웃지 않았다. 그들은 관심 분야에서도 통일된 기색이 없었다. 그들은 산만했고 연합성이 없어 보였다. 셰리프가 다시 물었다.

　"Sir, 여기에는 피해자와 가해자 두 종류밖에 없습니다."

　선이 짧은 편에 선 한 젊은이가 주머니에 손을 찔러 넣은 채 말했다.

　"그러니까 동성애를 지지하느냐 안 하느냐, 이거 아닙니까?"

그의 말이 틀린 것 같지는 않았다. 동성애자들이 그들을 차별한 업체들을 법원에 고소한 것이다.

우리 호텔에서도 분명한 지침서를 제시하지 못하여 그들로부터 소송을 당했다.

원리의 둑이 무너져 내리는 순간 새로운 권리가 무서운 기세로 달려오는 듯했다.

갑자기 참담한 생각이 들었지만 나는 마음속으로 괜찮아, 괜찮아를 연발하는 순간 정말 괜찮아지는 느낌을 받았다. 그러자 굳이 내가 여기에 있을 필요성을 부인하고 싶은 충동을 받았다. 나의 발길은 어느덧 외부로 향하고 있었고, 나는 그들을 뒤로하고 어기적대며 기어가는 악어처럼 천천히, 그리고 아주 침착하게 복도를 빠져나갔다.

선이 또렷한 쪽의 사람들이 나의 뒷모습을 바라보며 이렇게들 말했을 것이다.

"우리 쪽이 아닌 것이 확실해. 아무래도 그는 우리 쪽 사람이 아니라고."

건물 밖으로 나오니 캘리포니아 특유의 햇살이 눈을 찌르듯이 달려들었다. 그때 허벅지 부분에서 진동이 울려대고 있었다. 아내로부터 온 전화다.

"응, 지금 법원에서 나오고 있는 중이야."

"어제저녁에 이곳에서는 특별 기도회를 가졌어요."

미국에
뜬 달

계단을 내려오다 하마터면 넘어질 뻔했다. 맞은편에서 깨끗하게 차려입은 백인 여성 노인분이 놀라는 시늉을 하면서 환하게 웃었다. 조심하라는 메시지를 보낸 것이다.

나는 손을 들어 보이며 노인을 향해 주억거리듯 고개를 두어 번 숙여 보였다. 그리고 다시 아내에게 말했다.

"신경 쓸 것 없어. 신경 쓴다고 해결될 문제가 아니야."

"그래도 어떻게 신경이 안 쓰이겠어요. 참, 아침은 드셨어요?"

"대충 먹었어. 둘째가 차려놨길래……."

"참, 오늘 아침 큐티 말씀 보셨어요? 안 보셨으면 집에 돌아가서 꼭 보세요. 하나님께서 우리와 함께하신댔어요. 이보다 더 큰 힘이 어디 있겠어요."

"여보, 나 지금 운전해야 돼. 알았으니 나중에 집에 가서 볼게."

그리고 전화를 끊었다. 오늘 큐티 말씀은 신명기 17장 어디쯤일 것이다. 신명기는 이스라엘 백성이 40년 동안 광야 생활을 하던 때를 배경으로 하고 있는 대목이다. 성경 말씀이니 이의를 제기하거나 의구심을 가져서는 안 될 것이다. 아내와 달리 나는 늘 믿음이 부족함을 나 스스로 알고 있다. 믿음만큼 불가해한 신념도 없을 것이다.

신명기는 34장에서 끝이 난다. 그렇다면 과거의 이스라엘 백성은 지금쯤 광야 생활의 절반 정도에 이르렀을 것이고, 그중에서 대부분은 뫼비우스의 고리 같은 사막을 헤매다가 죽을 것이다. 모세도 결국 가나안 땅에 들어가지 못한다고 성경은 말한다. 그토록 갈망하던 미지의 땅을 바라보면서 모세는 과연 무슨 상념에 잡혀 있었을까?

하나님께서 과연 인간의 관념 밖에 존재하신다면 그분의 뜻을 알려는 것 그 자체가 인간에겐 무리가 아닐까?

아내가 나의 이러한 생각을 안다면 또다시 실망할 것이다.

"당신은 아직 성령님을 영접지 못해서 그래요."

아내는 필경 이렇게 얘기하면서 나를 물끄러미 쳐다볼 것이다. 아내는 늘 내 영혼이 한없이 불쌍해 보인다고 했다. 그렇다면 아내의 눈에 보인 내 영혼은 도대체 어떤 모습이란 말인가?

갈매기 한 마리가 작열하는 햇살 사이로 유유히 날아가고 있었다. 그러나 일순간 햇살의 파동에 휘말리듯 시야에서 갑자기 사라져 버린다. 눈을 깊이 감은 뒤에 다시 보려 했으나 갈매기는 이미 어디에도 없었다.

5월의 햇살에도 충분히 우리의 눈은 유린당할 수 있음을 의식하면서 나는 천천히 자동차 안으로 들어갔다. 이번에는 가슴 부근에서 진동이 왔다. 다시 아내였다.

"여보, 운전 중이세요?"

"아니. 아직 출발하지 않았어. 이제 갈 거야."

미국에
뜬 달

"오늘 말씀 중에서 왕들에 관한 얘기가 나오는데… 당신도 왕이잖아요?"

"내가 무슨 왕? 언론에서 보도한 호텔왕? 하지만 그것도 다 옛날 얘기야. 어떤 작자는 날 보고 사기왕이라고 했지, 아마?"

"그런 말에 너무 신경 쓰지 말아요. 하나님이 보시기엔 인간 모두가 사기꾼일 거예요. 누가 뭐래도 당신은 리더예요. 차차 알게 될 거예요."

나는 아내가 말하는 그 차차 알게 될 거라는 말에는 의미를 두지 않기로 했다. 차차 알게 된들 무슨 소용이 있겠나 싶기도 했지만, 그 차차란 기간이 얼마간의 기간을 의미하는지도 모를 일이었기 때문이다.

"여보, 나 지금 가야 해."

"그래요. 전화 끊을게요."

전화기 모니터에 빨간 불이 들어오면서 아내 전화의 폴더가 닫혔음을 알려줬다.

시간은 아직 오전 중에 머물러 있다.

저승자로부터 전화가 온 건 바로 그때였다.

"오, 존경하는 회장님, 저올시다. 저승사자 말입니다."

"자네가 웬일인가? 전화를 다 하고. 요즈음 저승은 한가한 모양이지?"

"아, 왜 또 이러십니까? 그건 그렇고, 만나서 긴히 할 얘기가 좀 있습니다. 설마 나 같은 놈을 무서워해서 못 오신다는 말씀은 안 하시겠지요? 제가 껄렁한 출신이라 주먹은 좀 씁니다만 점잖은 회장님들한테야 그러겠습니까? 그러니 안심하고 오셔도 됩니다. 조용한 곳에서 둘이서만 만나고 싶습니다."

속이 좀 거북스러웠다.

"자네가 주먹이라도 쓴다면 나 같은 사람이야 낭패 아닌가. 하지만 용기를 내어볼 테니 장소를 말해보게. 마침 지금 시간도 있고 하니 말일세."

"역시 회장님은 다르십니다. 웬만한 인간들은 말입니다, 그럴 용기를 못 가지지요. 내 같은 놈은 말입니다, 주먹 하나 믿는 것밖에 더 있습니까?"

"그 쓸데없는 개소리 그만하고 장소나 말해봐."

"어라? 세게 나오시는데, 좋습니다. 전에 함께 가본 적 있는 온천장을 기억하시지요? 산길이 좀 꼬불꼬불한 곳 말입니다. 별로 멀지도 않고 하니 거기서 그럼 세 시간 후에 만납시다. 나도 준비할 게 좀 있어서 말입니다."

그리고 그는 전화를 끊었다.

나는 강 사장에게 전화를 걸어서 놈을 만나려고 한다는 말을 했다. 그는 불길하다면서 혼자서 가는 것을 반대했다. 일단 장소라도 말을 해달라고 해서 알려주었다. 그러나 신경 쓸

일이 아니니 안심하라고 한 후 전화를 끊었다.

에스칸디도에 있는 호텔에 들러서 이런저런 일들을 정리하고 한 시간을 남겨놓고 그곳으로 떠났다.

산길을 따라서 올라가는데 어떤 곳은 까마득한 낭떠러지가 있는 곳도 있었다. 일단 만나보자. 이놈이 깡패 짓을 한다면 버릇을 톡톡히 고쳐 놓을 것이다.

길이 좁은 곳이 많았다. 코너를 도는 순간이었다. 맞은편에서 트럭 한 대가 불쑥 나타났다 싶은 순간, 온몸이 허공 속으로 걷잡을 수 없이 빨려 가는 듯했다. 그다음에는 무슨 일이 일어났는지 아무것도 기억을 할 수가 없었다.

차가 공중에서 떨어져 내렸다는 것 외에는 말이다. 나는 차와 함께 깊은 계곡으로 추락을 한 것이었다.

영화의 화면이 갑자기 정지하듯이 모든 현상이 일순간 사라져 버린 것이다.

노련한 선수에게 아차 하는 순간 메치기에 걸려서 한 판을 내어줄 때처럼 모든 것은 찰나에 지나지 않았다. 섬광처럼 짧은 기억의 마지막 자락이 있었다면 이런 것이었다.

그때, 오후의 햇살이 눈부시게 쏟아져 내리고 있었고, 죽음을 의식하며 잠시 하늘을 본 순간 번쩍이는 황금빛이 소멸하고 있는 나의 시각을 일시에 유린해 버리고 말았던 것이다. 그리고는 아무것도 볼 수가 없었다.

미국에 뜬 달

미국에 뜬 달

강에는 맑은 물이 가득했는데, 물살이 꽤 빠르게 흐르고 있었다. 나는 그 강을 건넌 듯 맞은편의 강둑으로 올라가고 있었다.

"여보, 여보, 이제 정신이 좀 드세요?

빛을 잃은 빛이 희미하게 느껴졌다. 순간 나는 다시 중력의 무게에 짓눌리는 듯했다.

그렇다면 나는 죽은 게 아니란 말이지?

"아빠."

벽 쪽에 서서 울고 있는 딸아이의 모습이 시야에 들어왔다. 아내는 필경 기도에 매달렸을 것이다.

얼마나 시간이 흐른 걸까?

"일주일 동안이었어요. 당신 일주일 만에 깨어나신 거라고요."

아내가 내 마음을 용케도 알아맞혔다. 일주일이었단 말이지? 고작 일주일? 나는 아내의 말이 도무지 믿기지 않았다. 그렇다면 나는 길고도 긴 꿈을 꾸다가 깨어난 것일까? 그 꿈은 길어서… 흡사 또 한 번의 인생을 산 듯했다. 똑같은 인생을 두 번씩이나 말이다.

그때였다. 의사와 간호사들이 왔다.

"미스터 조, 웰컴 백."

의사가 웃으며 말했다.

그리고는 작은 손전등으로 나의 눈동자를 테스트하더니 몇 차례 '굿'을 외쳤다. 그리고 그는 간호사에게 알 수 없는 얘기들을 쏟아놓고는 내 어깨를 두드렸다.

"미스터 조, 당분간은 기억이 좀 왔다 갔다 할 거예요. 충격 때문입니다. 일시적인 현상입니다. 아시겠어요? 너무 걱정하지 않아도 됩니다. 굿 럭."

그리고 황망히 사라졌다.

아내가 울먹이며 말했다.

"당신, 하나님께서 다시 살려주셨어."

"하나님께서… 왜?"

입을 통해서 언어가 된 게 아니라 나 자신 속에서 머문 생각일 뿐이었다.

언어가 된다 한들 의미가 없을 것이다. 아내가 묻는 말들은 대략적으로 아내가 그 해답을 가지고 있다. 아내는 언제나 자신이 가진 것과 일치되는 해답이 나오기만을 기다렸다. 그런 면에선 어머니와 같았다.

그런데도 정형화된 그런 뻔한 말들과 해답들이 지금까지 우리 가정을 용케도 지켜왔다.

'물을 많이 먹어라, 일찍 자거라, 오늘 성경 보았니? 얘들아, 예배드리자.'

강의 물살이 예사롭질 않았다. 어디서 맑은 물이 저토록 많이 흘러오는 것일까?

"아빠, 바보같이 왜 그랬어?"

딸아이가 눈물을 그렁그렁한 채 따질 기세였다.

"우린 아빠가 죽는 줄 알았어. 쟌이 울면서 아빠 묘지 사러 다닌 거 알아?"

딸아이는 갑자기 슬피 울었다.

그러다가 어디선가 전화가 왔는지 그 애가 나가는 소리가 들렸다.

"여보, 이해하세요. 우리 식구들이 제정신이 아니었어요. 그런데 그동안 뭐 생각나는 거 없어요?"

그때 간호사가 아내의 질문을 제지하는 듯했다. 그러자 아내도, 그리고 간호사도 병실을 나가고 나는 혼자 남았다.

강을 건너는 장면이 다시 떠올랐다. 정확히 말한다면 강을 다 건너서 맞은편으로 올라가고 있었다.

아내의 말에 의하면 나는 일주일 동안 의식이 없었다는 얘긴데, 그렇다면 나는 그동안 어디에 존재했었단 말인가?

잠을 자듯이 그냥 무의식의 상태가 지속하였단 말인가?

간간이 보였던 의식은 그럼 무엇이란 말인가?

육신이 살아 있는 한은 새로운 세계로의 진입이 불가능한, 관념 밖의 불가해한 법이 존재한다는 것일까?

갑자기 혼돈의 시간이 난기류처럼 흘렀다. 시간의 흐름이 엉키는 듯하더니 엉뚱한 시간대가 나타났다. 어떤 도로를 따라서 내가 자동차를 타고 가는 장면이 보이는가 싶더니 그 자동차가 수직으로 절벽을 떨어져 내리고 있었다. 현기증이 일어났다. 그러나 금방 엉뚱한 시간대는 아무 일도 없었다는 듯이 또 다른 공간으로 나를 이동시켰다. 다시 병원이었고 안도의 숨을 쉬게 되었다.

그건 그렇고, 이제 사람들은 물을 것이다. 일주일 동안 혹시 무언가를 보았다든지 체험을 한 게 있다면 말해보라고 말이다. 그러면 나는 뭐라고 할 것인가?

도대체 내가 체험을 한 것이 있기나 한 건가? 체험이라고 했던가? 이 단어의 적절성에 대해서는 나중에 다시 생각해 보기로 했다.

그때 문이 살며시 열리더니 딸아이가 마치 도둑고양이처럼 들어왔다.

"아빠, 나야. 아무도 모르게 들어왔거든. 난 아빠가 날 몰라볼까 봐 걱정했어. 아빠가 큰 수술 받은 거 엄마는 잘 몰라. 그냥 수술받은 줄 알아."

나는 고개를 끄덕이었다.

"의사 말에 의하면 아빠가 기억을 잃어버릴 수도 있대. 그럼 어때? 아빠는 일기를 써둔 게 있잖아."

강을 건너는 장면이 다시 오버랩되어 오고 있었다. 물결은 여전히 거세었다. 나는 겨우 강 건너편으로 올라가면서 미지의 세계를 바라보고 있었다. 사물들이 점차 명확해져 왔다. 정오의 시간인지 햇빛은 더욱 밝았다.

"아빠, 내 말 듣고 있어?"

딸의 음성이 점차 멀어지는 듯하면서 산만했다. 나는 다급하게 딸의 이름을 불렀다.

"레이첼, 지금이 낮이니?"

"무슨 소리야, 아빠. 지금 밤이야, 밤. 바깥에는 보름달이 훤하게 떠 있어."

미지의 세계로 걸어가는 나의 발길은 가벼웠다. 무거웠던 중력을 다시 벗어난 느낌이다.

햇살이 점차 더 눈부시게 밝아오는 듯한 순간, 나는 마치

통신사처럼 강한 의무감 같은 것을 느꼈다.

강 저편에 대한 미련이 순간 깃털처럼 스치자 기억에 대한 마지막 자락이 다시 한 번 잡혀 왔다.

"레이첼, 지금 거기는 어디지?"

"어디긴 어디야, 미국이지. 그런데 아빠가 이상해. 왜 그래, 아빠? 아빠."

나는 마치 부드럽게 흐르는 물결에 끌려가듯이 새로운 시간 속으로 이끌림을 받고 있었다. 두 개의 엇갈린 시간이 교차하는 듯했다. 그중에 하나는 쇠락하는 시간일 것이다. 나는 그 쇠락하고 있는 기억의 나라를 놓지 않으려고 몸부림을 치면서 외쳤다. 헛소리를 질러댄 것이리라.

"미국에는 지금 달이 떴다… 이거지? 미국에 뜬… 달이라…….."

미지의 시간은 오월의 정오처럼 밝게 다가오는데,

아내와 딸이 있는 기억의 나라, 그 쇠락의 시간에는 지금 달이 뜬 것이다.

미국에 뜬 **달**

새로운
시간 속에서

　의사의 말처럼 기억의 시간들과 현실의 시간들이 한동안
은 뒤죽박죽이었다.

　한 달이 지나고 나서야 비로소 상황은 좋아졌다. 건강이 서
서히 회복이 되고, 가족들의 얼굴에도 웃음이 돌아왔다. 아직
은 안정이 더 필요할 때였다.

　시간이 지루하게 느껴질 때쯤, 아들은 연인을 데리고 병실
로 왔다.

　"아빠한테 소개해 드리려고 함께 왔어요."

　"하마터면 못 볼 뻔했구나. 그래, 이름이 무엇이니?"

　"미쉘입니다."

"와주어서 고맙다."

아들의 연인은 수줍게 웃었다. 그러나 금방 심각해진 표정으로 말했다.

"사고가 난 곳을 가보았습니다."

"그래서 목숨이란 하늘에 달렸다고 하는가 봐. 퇴원하면 이제 내가 좋아하는 것 할 거야. 그래, 미쉘의 아버님은 무얼 좋아하시니?"

"우리 아버지는요, 낚시를 좋아하십니다. 가끔 우리 가족은 아빠를 따라서 낚시를 며칠씩 갔다 오곤 했습니다."

"가족이 모두 함께 갔다 온다 이거지?"

"네, 그렇습니다."

"좋은 가족이구나."

미쉘이 물었다.

"혹시 낚시 좋아하세요?"

"나는 낚시를 가본 적이 없어. 시간도 없고 해서. 그 대신에 잠깐씩 용을 잡으러 가지."

"용을… 요?"

"그래. 여기서 멀지 않은 곳에 카지노가 있지."

"아, 네. 그런 데도 가세요?"

"왜, 나쁜 곳이라고?"

"좋은 곳이라고는 여겨지지 않아서요."

"이 땅에는 말이야, 좋은 곳도 없지만, 또 나쁜 곳도 없는 법이야. 마음먹기에 달렸지. 미쉘이 보기엔 어떤 곳이 좋은 곳 같아 보이니?"

"회장님께서는 장로님이시잖아요. 저는 교회는 좋은 곳이라고 생각해요."

"교회의 본질은 좋은 곳이지. 그런데 역사를 보면 꼭 그렇지도 않아. 교권주의란 게 있었는데 말이야, 언제나 세상을 지배하려고 했지. 그 얘기는 바로 개인도 지배의 대상이었다 이거야. 신을 말하려는 게 아니라 과거의 종교 지도자들이 그랬다는 거야."

미쉘은 영리해 보였다. 아내는 늘 며느릿감은 지혜로워야 한다고 말했다.

그렇다면 지혜로운 것과 영리함은 표현의 차이일 것이다.

"하지만 교회는 있어야 하지 않을까요?"

"그렇지. 교회는 세상에 절대적으로 존재하여야 해. 인간들을 위한 구원의 처소니까. 그런데 종교 지도자들이 그런 상황을 이용한 거지. 종교를 자신의 도구로 삼았다 이거야. 즉, 지배 의식이 생긴 거지. 교회의 본질적 의미와는 완전히 달라진 셈인데… 다시 말한다면 변질이 된 것이지."

옆에 있던 아들이 물었다.

"아빠, 그렇다면 교회의 본질에 대한 규정은 무엇을 근거로 삼지요?"

"그야… 예수님이시지. 그분은 공생애 기간 동안 많은 기적과 이적을 보이셨지만 통치적 개념의 흔적이 전무하셨어. 오히려 무리가 왕으로 삼고자 했을 때 그곳을 피하신 분이지. 그분의 관심은 전적으로 인류의 구원 사역이었어. 그런데 그 후의 종교 지도자들에겐 그 반대 현상이 두드러졌지. 구원 사역보다도 통치적 의식이 앞섰던 거야. 역사적인 현상에 의하면 그랬다는 거지. 사실 그들은 아무런 이적이나 힘도 보일 수가 없었으면서 말이야."

미쉘은 호기심이 가득한 눈으로 말했다.

"그런데… 용을 어떻게 잡는지 얘기해 주세요."

"응, 얘기가 빗나갔나? 용을 잡는 게임이 있지. 미끼가 필요한데… 그렇다고 매번 용이 나온다는 법은 없어. 언제 나올지도 몰라. 어떤 때는 수십 번이 지나도록 한 번도 나오지 않을 때도 있지만, 또 어떤 때는 자주 나올 때도 있고 해서 종잡을 수가 없어. 재밌는 것은 큰 미끼를 쓰면 큰놈이 걸린다는 거야. 하하!"

미쉘은 잘 이해가 가지 않는 듯 눈을 말똥이 뜨고서 나를 쳐다보았다.

"미쉘 아버님은 건전한 낚시를 하시는 편이고, 나는 위험한 낚시를 하는 편이야. 자칫하면 용을 잡으러 갔다가 되레 잡혀먹힐 수도 있으니 사람들은 그곳을 위험하게 생각하지. 그래서 그곳을 금지의 장소로 여기는 데는 일리가 있어."

"그런 곳이면 가지 마세요."

"그런데… 문제는 실제로는 잡혀먹히지 않는다는 점이야. 잡혀먹히는 것과 같을 정도라는 것이지. 어떤 때는 말이야, 잡아먹든지 아니면 잡혀먹히든지 하고 싶을 때가 종종 있거든. 그럴 때는 굳이 그런 곳이 나쁘게만 여겨지지도 않아. 용에게라도 잡혀먹히고 싶을 때 말이야. 하하!"

"비즈니스를 하시다 보니 스트레스를 많이 받으세요?"

"그것도 그렇고… 어찌 보면 삶의 방식인지도 몰라."

아들이 말했다.

"아빠는 가치관도 그렇지만 생각도 특이한 편이야. 하지만 우리는 이제 그 모든 것을 이해하게 되었어."

아들의 말을 자세히 들어보면 이렇다. 처음에는 부정적 요소가 있어 보인 듯하다가도 궁극적으로는 긍정적 요소가 다분한 편이다. 나는 그런 대화가 좋았다.

그 외에도 나는 미쉘이 일본 문학을 좋아한다는 것과 스포츠를 좋아한다는 것들을 알았다. 그 외의 사항들은 아들 몫이다. 젊은 사람들이 노년기에 관해서 관심이 없듯이 나 또한 젊음의 세계에 관한 관심이 점차 실종되어 가고 있었다. 더 정확히 표현을 한다면 모든 것에 관한 '관심도의 실종 현상'이 서서히 느껴져 왔던 것이다. 나는 빠르게 늙어가고 있었다. 마치 쇠잔해져 가는 달처럼 말이다.

아들은 돌아갈 시간이 가까워졌을 때쯤에야 내게 이렇게 말했다.

"참, 아빠가 의식을 잃고 있었을 때 말이죠, 어떤 한국 분이 다녀갔습니다. 검은색 양복을 입으셨는데, 아빠 곁에서 한동안 머물었습니다. 누구시냐고 물어보려다가 그만두었습니다. 괜히 가까이 가기가 좀… 그랬습니다. 마치 인조인간 같았다고 할까? 어쨌든 그분… 한마디도 하지 않으셨어요. 아빠를 잘 아시는 분 같았습니다. 가실 때 이걸 두고 가셨습니다."

아들이 내민 것은 하얀 봉투였다. 봉투 속의 종이를 펴 든 순간 나의 입에서는 얕은 비명 소리가 났다. 종이에 기록된 내용 때문이었다.

꽃들은 자신을 위해서 존재하지 않는다.
평화를 위해서 아름답게 피어날 뿐이다.

최진우… 며느리밥풀꽃이 다녀간 것이었다.

그다음 주말에 나는 퇴원을 했다.

아내는 다시 중부로 떠났고, 미쉘은 그다음 주말에도 내려왔다. 약간의 음식도 챙겨서 왔다.

거리가 꽤 먼 데도 그들에겐 그것이 문제 될 게 없는 듯했다.

그렇다고 어른들이 이들의 만남에 대해서 경제성이 어쩌고 운운한다면 그것도 일종의 패배주의 의식이라고 나는 말하고 싶다.

인류의 번영은 바로 여기에서부터 시작되는 게 아닐까?

창조주의 의식에서 열정이 빠져서는 안 된다. 사랑을 할 때 타오르는 감정이 없다면 그것은 시시하다. 어찌 보면 인류에겐 사랑만큼 창조적인 행위도 없을 것이다.

나는 긴 여정 후에 만나는 그들의 모습을 보면서 오히려 바다처럼 자유로움을 느꼈다.

그들은 마치 대양을 횡단하는 고래들 같았다.

회사 일을 마치고 내려왔다는 미쉘은 작은 고래처럼 씩씩했다.

"피곤하겠다, 미쉘. 그렇지 않니?"

"아뇨. 아무렇지도 않은걸요."

우리는 함께 식사를 했다. 미쉘은 우리를 위해서 카레라이스를 사 왔는데, 처음 보는 종류였다.

철이 아닌데도 나방 한 마리가 우리의 식사를 방해하길래 나는 파리채를 찾아서 기어이 나방을 때려잡았다.

내가 젊었을 때 아내와 함께 아버지를 찾아뵈었을 때도 아버지는 파리채를 들고 파리들을 때려잡고 계셨던 기억이 났다.

왜 나이가 들면 나방이고 파리고 간에 꼭 때려잡아야만 직성이 풀리는 걸까?

그때 아들이 불쑥 이런 말을 했다.

"아빠 입장에서 젊은 연인들에게 뭔가 해줄 얘기는 없으세요?"

"글쎄… 아빠 입장에서보다는 보편적으로 '짝'의 의미에 대해서 말해주고 싶어."

미쉘이 그때도 눈을 말똥이 뜨고서 나를 쳐다보며 말했다.

"해주세요."

"헤밍웨이 작품에 나오는 얘긴데 말이야, 나는 이 대목을 잊을 수가 없거든. '노인과 바다'에 잠깐 나오는 Marlin Fish 이야기지. 산티아고란 주인공이 평생 어부로 살아온 것은 잘 알 테고, 이 노인의 회고 중에서 말이야, Marlin Flsh 암컷을 잡았을 때가 가장 가슴 아팠다는 거야. 이 고기는 일생 동안 한 쌍으로 살아가거든. 수컷은 항상 암컷이 먼저 먹도록 배려해 주었는데 그때도 암컷이 미끼를 물었고, 공포에 질린 채 필사적으로 허둥대다가 결국엔 지쳐 버렸지만, 수컷은 암컷 곁에 있으면서 낚싯줄을 넘어다니며 주위를 감돌았다는 거야. 노인이 암놈을 갈고리로 찍어서 몽둥이로 후려갈기고, 정수리가 거의 거울 뒷면 같은 빛깔로 변할 때까지 후려치고 나서 배 위로 끌어올렸는데도 수컷은 배 가장자리에서 떠나지 않았다는군. 그리고 노인이 낚싯줄을 손질하고 작살을 준비하는 동안 수컷은 제 짝이 어디에 있나 알아보려고 배 옆 공중 높이 뛰어올랐다가 자줏빛 날개를 쫙 펴면서 물속 깊이 헤엄쳐 들어갔다고 했어."

조용히 듣고 있던 미쉘이 말했다.

"슬픈 얘기네요. 그래서 노인이 그 고기를 놓아주었나요? 주인공이니까 놓아주었겠지요?

"마지막 대목을 알고 싶겠군. 그렇지?"

"물론이지요."

나는 마지막 대사를 그들에게 들려주기 위해서 암송했다.

"무척 아름다운 놈이었지. 무던히도 따라왔어. 그러나 어쩌겠어, 나는 어부인걸. 암컷에게 용서를 빈 다음 즉시 고기를 처치해 버렸지."

미쉘의 눈빛이 슬프게 변했지만 나는 작품의 내용을 사실대로 알려주지 않을 수 없었다.

"짝에 대한 의미를 얘기해 주고 싶었거든. 그런 의미에서 본다면 짝은 곧 관심과 조화인 셈이야. 혼자서는 조화를 이룰 수가 없어."

그날 밤 미쉘은 늦게야 돌아갔다.

밖엔 안개가 짙었다.

어둠 속에서 차의 전조등이 안개를 가르며 천천히 나아가고 있었는데 마치 고래가 물살을 가르며 다시 대양을 향해 나아가는 듯했다.

대양에서 헤엄치는 고래는 지치지 않을 것이다.

그들은 그 속에서 오히려 자유로움을 느낄 것이다.

고래가 멀어지는 것을 아들이 바라보고 있을 때쯤 나는 이미 방에 와 있었다. 그러나 나는 씩씩한 고래가 멀어지는 것을 충분히 느낄 수 있었다. 마치 깊은 바닷속에서처럼 말이다.

언젠가는 아들을 데리고 고래를 보러 갈 것이다. 하늘처럼 펼쳐진 넓은 바다, 실제로 대양을 헤엄치는 고래를 보러 말이다. 등으로부터 뿜어져 나오는 물기둥을 보면서 우리는 마음껏 소리치며 환호성을 지를 것이다.

"고래다! 고래다! 고래!"

미국에
뜬 달

아들과 함께

　캘리포니아의 겨울은 예년보다도 온화했다. 나는 무척 오랜만에 아들과 함께 라호야의 해변을 걸었다. 사람들의 차림새는 마치 여름 같았다. 물개들이 해변에 나와서 떼를 지어 바위 위에 누워 있었고, 펠리컨은 길쭉한 주둥이로 자신들의 털을 손질하고 있었다. 어떤 펠리컨은 꼼짝도 하지 않고 앉아 있었는데 마치 뚜껑이 있는 납작한 항아리를 놓아둔 것 같았다

　"아빠, 부산에 있는 갈매기가 부산 갈매기라면 이곳의 갈매기는 그럼 샌디에이고 갈매기겠네요."

　"그런 셈이 되겠지. 그런데 왜 그런 생각이 갑자기 들었니?"

"그야 가끔 아빠가 부산 갈매기 노래를 부르셨으니까……."

"그래……? 내가 그랬단 말이지?"

그때 물개 한 마리가 워워 대면서 큰 소리로 울자 다른 물개들도 함께 따라 울었다.

관광객들에겐 신기하게 들렸는지 어떤 나그네는 그 소리가 들릴 때마다 걸음을 멈추고 귀를 기울이는 듯했다. 소리는 우렁찼으며 해안을 제법 쩌렁하게 울렸다.

우리는 미리 예약해 둔 식당으로 갔다.

지대가 높은 그곳에서는 바다가 더 넓게 보이는, 전망이 좋은 곳이었다.

시야가 탁 트인 그곳의 바다는 짙푸른 색이었고, 멀리 카약 몇 대가 보였는데 너무 작아서 몇 명이 노를 젓는지조차도 알 수가 없었다.

식당 오른쪽에는 벽돌로 된 높다란 빌딩의 벽면이 있었고, 거기엔 누군가가 구름 한 점을 그려 놓았는데 자세히 보았더니 인간의 뇌를 형상화하여서 그린 것이었다. 기발한 착상이었다.

식사를 하는 도중에도 바다는 마치 중력이 작용하는 것처럼 줄곧 나의 시선을 끌어당겼다. 바다는 엄청난 양의 물로 채워져 있었다. 저 물의 양은 도대체 얼마나 되는 것일까?

그때 아들이 말했다.

미국에 뜬 달

"옛날 사람들은 지구가 둥글다고 상상하기가 어려웠을 거야. 그렇죠, 아빠?"

"나는 지금도 둥글다는 것을 인식하기가 어려워. 공에 붙은 개미처럼 말이야."

"저 바닷속에는 도대체 얼마나 무수한 생물체가 살고 있을까요?"

"그렇고말고. 저 물이 없었다면 아마도 생명체는 지구에 존재하지 못했을 거야."

"그렇다면 아빠는 우주의 다른 행성에도 생명이 있을 거라고 생각하세요?"

아들은 느닷없이 엉뚱한 질문을 했지만, 우리 사이에서는 자주 있는 일이다.

"나는 그럴 수도 있다고 생각해."

갑자기 뜨악한 표정으로 나를 쳐다본 아들은 놀라는 기색이었다.

자신은 전혀 그렇게 생각을 해본 적이 없었던 모양이다.

"아빠가 그렇게 생각하셨다는 건 놀라운 일인데요?"

"왜? 창조설에 어긋나기 때문이니?"

"그것도 그렇고, 아빠가 그런 생각을 하실 수가 있었다는 게 어쨌든 놀라워요."

아들은 잠시 혼란에 빠진 듯했다. 부연 설명이 필요할 것 같아서 말했다.

"나는 말이야, 지구 외에 다른 생명체가 있다고 하더라도 그것이 하나님의 존재성과는 무관하다고 생각해."

"그렇다면 하나님께서는 우리 몰래 다른 세계에도 생명을 두셨다는 말인데, 그게 말이 될 수가 있을까요?"

"글쎄… 성서적 입장으로는 이해가 되지 않겠지. 나도 사실은 알 수가 없는 문제야. 내 얘기는 말이야, 그렇다 하더라도 하나님께서는 분명히 존재하신다는 것을 역설하고자 함에서야. 그러나 생명체가 진화론자들의 말처럼 자연 속에서 저절로 생겼다고는 도저히 생각할 수가 없어."

"그야 저도 마찬가지예요, 아빠. 창조론자들과 진화론자들은 워낙에 시각의 방향과 이론의 시작부터가 다른 것 같아요."

"그건 그래. 그리고 과학자들이 주장하는 이론들도 사실상 그것이 관념론에 바탕을 둔 이론인 셈이지. 그래서 언제나 틀릴 수가 있음을 가정하지 않을 수 없어. 그러나 우주의 생성 물질 중에서 최근에 밝혀진 새로운 입자들의 발견은 놀라운 일이야. 암흑 물질이라든지 반물질이나 중성미자란 입자, 혹은 힉스 같은 것들 말이야."

비둘기 한 마리가 날아와 식당 주위를 맴돌다가 다시 어디론가 날아갔다. 해안에는 펠리컨 몇 마리가 바다 위를 나지막하게 날더니 바위 위에 착륙을 시도했다.

"쟌."

미국에 뜬 달

"네, 아빠."

"넌 나중에 훌륭한 작가가 되어라. 엄마가 그랬는데 넌 꼭 그렇게 될 수가 있을 거라고 했어."

"그건… 저도 모르겠어요. 아빠가 저보다는 상상력도 뛰어나셨잖아요?"

"하지만 아빠는 아무래도 너무 늙어버린 것 같아."

"왜 그렇게 생각하세요, 아빠?"

"글쎄, 아빠는 그런 생각이 들거든. 하지만 아빠도 최선을 다할 거야, 쟌."

"아무래도 아빠는 지난 삼 년 동안 투자자들한테 너무 시달리신 것 같아요."

"넌 그렇게 생각하니? 그들이 실제로 아빠에게 영향을 미칠 수가 있었을까? 그렇다면 잘못 본 거야. 아무리 그들이 숫자가 많았다 하더라도 거기에 굴복할 아빠가 아니잖니?"

"물론 그야 그렇지만……."

"내가 늘 하는 말이지만, 인간은 어떤 경우에 처하더라도… 패배주의자가 되어서는 안 된다. 알겠니? 그러면 곧 자신을 상실하게 되는 거야. 그렇다고 거짓을 하거나 억지를 부려도 추악해진다. 그리고 인간관계에 있어선 절대로 배신하면 못쓴다. 배신을 당하는 건 괜찮아. 그 말은 말이야, 사람은 결국 순리대로 살아야 한다 이 말이야. 알겠지?"

"네, 아빠. 저는 무지한 사람들과는 거리를 두고 싶어요.

무지는 곧 죄악이라는 것을 너무도 잘 보았기 때문에요. 이성을 잃은 채 눈이 충혈된 인간들의 모습을 잊을 수가 없어요. 세계적인 불경기로 인한 불가항력적인 현상이었는데도 말이에요."

"네가 그동안 일세들에게서 상처를 많이 입었구나. 미안하다, 쟌."

"괜찮아요, 아빠. 하지만 인간들이 더럽다는 인식은 어쩔 수가 없을 거예요."

나도 아들의 그 말에는 동의하지 않을 수가 없었다. 나 자신부터가 그랬다.

나라는 자신을 과연 선하다고 할 수가 있을까?

이천 년 전 예수 앞에서 이스라엘 사람들은 간음한 여인에게 돌을 던지지 못했다.

예수께서 말씀하시길,

"죄 없는 자가 먼저 돌을 던지라."

그러나 먼저 돌을 던지는 자가 없었다. 그들의 양심이 살아 있었기 때문이다.

그런데 오늘날은 간음한 자들이 간음한 여인에게 돌을 던진다.

그리고 다수의 힘을 교묘히 조종하는 정치적 사고력도 가졌다. 악한 현상이다.

그들은 심판을 두려워하지 않았다. 오히려 진리를 바꾸어 보려고 했다.

생각이 행동의 지배를 받게 된다는 인지 부조화의 현상이 여실했다.

식당을 나와서 우리는 라호야의 갤러리에 들러서 청동 조각상과 크리스탈 조각상, 그리고 벽면에 붙은 그림들을 감상했다. 중대장의 딸이었던 신 교수가 개인전을 가졌던 바로 그 장소다.

조각은 대부분이 여인들의 나신 상이었는데 내 눈에는 마치 주술에 걸린 여인들이 돌 속에서 고통받고 있는 듯했다. 이번에는 시각적이라기보다는 제대로 된 관념적으로 보았기 때문일 것이다.

아들의 눈에는 어떻게 보였는지 물어보려다가 그만두기로 했다.

예전의 나의 시각은 단순했다. 보이는 현상대로만 평가했다. 그런 맥락으로 본다면 여인들의 나신 상은 단순히 외설적으로만 보였을 것이다. 그러나 인고의 시간을 지나고 난 지금의 시각엔 분명히 변화가 있었다.

아들은 아직 젊다. 그도 젊었을 때의 나처럼 이 투명한 돌들이 단순히 외설적으로만 보일 수가 있을 것이다. 아니면 나를 넘어선 새로운 관념적 시각으로 이미 볼지도 모른다.

아무튼, 나에겐 나에게 주어진 시간들이 있었듯이 아들에겐 그에게 주어진 시간들이 있을 것이다.

　그렇다면 지금은 나의 시간으로 돌아갈 때다. 아직 그 시간이 얼마나 남았을지 모를 일이지만.

뉴욕의 라일락

사고가 있은 지 일 년이 지났다.

회사에서는 조촐한 환영식이 있었다. 나의 귀환을 위한 것이다.

그동안에 많은 변화가 있었다. 새로운 경영팀이 자리를 잡았고, 경기는 조금씩 좋아지고 있다는 소식과 호텔들도 매상이 나아지고 있다는 등등의 보고들이었다.

강 사장이 보고한 또 다른 내용은 놀라웠다.

저승자와의 재판은 우리의 승소로 끝이 났다고 했다. 그리고 D의 호텔들은 결국 불경기를 넘기지 못하고 은행에 모두넘어갔다는 소식이었다.

"결국, 그자들은 그렇게 되었구나."

"회장님을 넘어뜨리려는 그들의 음모는 정말이지 집요했습니다."

"그랬을 거야, 아마."

"하지만 그들은 결국 자신들의 무덤을 스스로 판 격이었습니다."

"글쎄……. 궁금한 것은 무엇이 그들을 그렇게 만들었느냐는 것이야. 그것이 과연 사람의 마음이었을까?"

"회장님의 교통사고에 대한 의혹도 풀렸습니다. 보험회사의 조사로 고의적인 사건임이 밝혀졌습니다. 그날 트럭을 운전한 자는 다름 아닌 저승자였습니다. 지금 그자는 행불이 되었고 경찰이 찾고 있는 중입니다. 살인 미수가 적용이 됩니다. 머지않아 그자를 찾아내게 될 것입니다. 우리 쪽에서 어쩌면 먼저 찾게 될지도 모르겠습니다."

"그럴 필요가 없네. 내가 이렇게 멀쩡하면 되었지 그런데 시간을 보내서야 되겠는가?"

"정말 악한 자였습니다. 아무리 그래도 그렇지… 사람의 목숨을 노리다니 말입니다."

"그자는 능히 그러고도 남을 자일세. 왜냐하면, 그자의 마음을 다스리고 있는 것은 사람이 아니라 바로 악령이라서 그렇네. 그자가 스스로 자신을 저승사자로 밝힌 것만 봐도 알 수 있지 않은가?"

나를 그토록 괴롭혔던 D의 소식도 충격적이었다. 그자가 어쩌다가 그렇게 처참하게 몰락을 했단 말인가? 그리고 도대체 그자는 왜 그렇게 돌변을 했더란 말인가? 그자도 나를 처음 만났을 때는 얼마나 순진해 보였고 겸손했었는가? 그러나 나를 통해서 성공적인 호텔리어로 성장을 했고, 그의 삶의 질이 나아지니 딴생각이 든 모양이었다.

그가 나를 배신하고 저승자와 함께 뜻을 모은 것은 아무리 생각해도 잘못된 판단에 의해서가 아닐까 싶었다. 그리고 그가 몰락한 것도 이유가 있을 것이란 생각이 들었다. 그것은 아마도 순리를 거역한 결과일 것이다.

그로부터 몇 주가 지난 어느 날 늦은 밤이었다.

강 사장으로부터 전화가 왔다.

"회장님, 늦은 시간인 줄 알지만, 급히 드려야 할 보고가 있어서 전화를 올립니다."

"그래, 뭔가? 말하게."

"그… 저승자 사건 말입니다."

"그게 어쨌다는 건가?"

"좀 이상하게 결론이 난 것 같습니다."

"아니, 답답하네. 그래, 그게 어찌 되었단 말인가?"

그날은 전혀 강 사장답질 않았다. 그는 한참을 머뭇거리다가 말했다.

"저승자 말입니다. 지금 그자를 확인하고 오는 길입니다. 경찰에서 연락이 왔었습니다."

"그래, 그자를 만났단 말이지. 도대체 그자가 뭐라고 말하던가?"

"회장님… 그자가 죽었습니다."

"……."

"경찰은 자살이거나 병사로 보는 것 같았습니다. 타살의 흔적이 전혀 없을 뿐 아니라 죽은 지 며칠이 지난 후에 발견이 되었다고 합니다. 부검 결과도 나온 모양인데… 좀 이상한 게 있다면 있습니다."

"그래? 그게… 무언가?"

"직접적인 사인은 일반적으로 흔한 심장마비였습니다. 그런데 그 심장에 바늘이 있었답니다. 의사의 소견은 그런 이물질이 몸속에 들어가면 혈관을 따라가다 심장에 꽂힐 수가 있다고 합니다. 그자가 그것을 일부러 삼켰을까요? 하여튼 그렇습니다. 밤이 야심하니 그렇게 아시고 편히 주무십시오, 회장님."

보고를 마친 강 사장도 한참 동안 전화를 끊지 않고 있었다. 수화기 저편에서 한동안 침묵이 흘렀다.

"강 사장, 듣고 있는가?"

"…예, 회장님."

"자네, 꽃동산에 관한 얘기를 들어본 적이 있는가?"

미국에 뜬 달

"물론입니다."

"전설적인 부대였지……."

"저도 그 부대에 대한 전설적인 문장 하나는 알고 있습니다."

"어디 한번 들어봐도 되겠는가?"

"꽃들은 자신을 위해서 존재하지 않는다. 평화를 위해서 아름답게 피어날 뿐이다. 이런 내용입니다."

우린 오래도록 침묵을 지켰다. 한참 후 난 짤막하게 입을 뗐다.

"밤이 늦었네. 자네도 이제 그만 쉬도록 하게."

"회장님께서도 편한 밤이 되십시오."

†　　　†　　　†

회사에서는 새로운 호텔을 구매할 것을 모색하고 있었다.

R호텔의 옆 부지에는 새로 지을 호텔의 조감도가 완성되었고, 시로부터 건축 허가가 나왔다는 보고도 있었다.

강 사장이 자신의 전화기를 가져오면서 받아보라고 했다.

"회장님, 한국에서 온 전화입니다."

"여보세요. 여보세요."

수화기 저편에서 카랑카랑한 음성이 울려왔다.

"조 회장, 이 사람아, 날세. 그래, 큰일 날 뻔하지 않았는가.

자네가 나보다 먼저 간대서야 말이 되는가?"

"아, 어르신. 심려를 끼쳐서 죄송합니다."

"강 군한테 모든 얘기를 다 들었어. 고약한 친구들이 있었더구먼. 그놈들이 조 회장을 몰라보았던 모양이야. 그리고 그 D라는 작자 말일세, 어찌 그리 배은망덕하게 은인에게 그럴 수가 있는가 말이야. 눈이 뒤집혀서 그래, 눈이."

"신경 쓰시게 해 드려서 죄송합니다, 어르신."

"강 군하고 그 팀이 알아서 잘할 걸세. 자네 사람들로 채워질 때까지는 거기에서 제대로 역할을 할 거야. 굳이 자네 손이 갈 것도 없을 거고. 참, 자네 부인이 보내준 약을 먹고 난 이후 해소기가 좋아졌네."

"아, 그렇습니까? 알겠습니다."

"그럼 이만 끊겠네."

어르신은 여전히 정정해 보였다. 걱정을 끼쳐 드렸다는 생각에 괜스레 미안한 마음이 들었다.

전화기를 받으면서 강 사장이 말했다.

"회장님, 뉴욕 신문사에서 연락이 왔는데 삼 년 전에 그곳에서 2세들을 대상으로 집회가 있었습니까?"

"음, 있었지. 엠파이어 스테이트 빌딩이었지, 아마."

그 사람들이 다시 회장님을 만나보고 싶어한답니다. 가실 의향이 있으신지요?"

"그 사람들은 모두가 2세들이지. 그래, 간다고 하게. 그렇지 않아도 그곳에 갈 일이 있네. 다음 주에는 가능할 거야.

"예, 알겠습니다."

나는 그 제의를 수락하고 뉴욕으로 갔다. 엠파이어 스테이트 빌딩의 지하 2층에는 200명 정도의 청년이 모여 있었다. 그들 중 설반은 아이비리그 출신일 것이다. 3년 전의 모임 때도 그랬으니까.

간단한 인사 후에 나는 그들의 질문을 받기로 했다. 전에도 그들과의 미팅은 그런 형식으로 이루어졌고, 그때도 대화의 내용은 비교적 진지했던 기억이 났다.

여학생이 먼저 질문을 했다.

"회장님은 그때나 지금이나 그다지 변해 보이지 않습니다."

그녀의 질문을 듣고 나는 웃었다.

"그런데 여러분의 질문은 변했군요."

그들도 웃었다.

"C그룹도 이제 경영이 정상화로 돌아섰다고 들었습니다. 지난 3년 동안은 격변기였을 줄로 압니다. 지난번에 만났을 때와 지금의 만남엔 어떤 차이가 있습니까?"

"지난번에 여러분을 만났을 때는 아무래도 내 기세가 등등했겠지요. 그런데 지금은 풀이 죽어 있을 테고. 아마 그 차이가 아닐까 합니다. 지금은 기업인에게 'Ugly Time'입니다."

"C그룹은 우리 이민자들의 이상적인 기업의 롤 모델로 인식되어 왔습니다. 그런데 이번 불황 기간 중에 가장 먼저 내부적으로 분열 현상이 있었다고 들었습니다. 그것도 크리스천들이 모인 곳에서요. 회장님은 그러한 현상을 어떻게 보십니까? 회장님은 리더십이 강하신 분이잖습니까?"

"그런 일이 있었음은 부인하지 않겠습니다. 그런데 그런 일은 어디에도 있을 수 있는 보편적인 현상이었습니다. 그리고 문제를 일으킨 것도 결국 한 사람이었습니다. 그래서 이 사건을 내부 분열로만 보기에는 어렵습니다. 나는 이것을 일종의 'Accident'로 봅니다."

한 청년이 굳이 손을 들고 발언권을 얻으려 했기에 나는 그에게 말했다.

"그냥 앉은 채로 얘기하십시다."

"사람들이 모이면 자연히 분열 현상이 생기는데, C그룹 사건도 그런 게 아니었습니까?"

"일부에서 그런 면이 보이긴 했지만, 전체적인 현상은 아니었습니다."

처음에 질문했던 여학생이 다시 질문을 했다.

"지난번에 회장님께서는 이 거대한 미국에 새로운 비전을 제시할 필요성을 강조하셨고, 우리 소수 민족이 그 사명감을 느껴야 한다고 하셨는데 아직도 그 생각에는 변함이 없으십니까?"

"우리의 환경이 어려워졌다고 해서 그런 생각이 변한다면

미국에 뜬 달

그것이 바로 패배주의 의식이라고 생각합니다."

"하지만 우리 같은 소수 민족은 현실적으로 이곳에서 적응하기도 힘이 드는데 그런 의식을 가진다는 게 타당성이 있을까요?"

"나는 그런 생각도 패배주의적인 발상이라고 생각합니다. 비전과 꿈이 없다면 우리 앞에 놓인 현실은 너무 무거운 짐일 것입니다. 나도 때로는 현실이 너무 버겁게 느껴질 때가 있었습니다. 종종 내 영혼도 어떤 정신 나간 속삭임을 들을 때가 있었습니다. '만약에 죽어버린다면? 이 모든 것은 상관이 없어지고 홀가분해질 수도 있지 않을까?' 하는 따위의 소리를 말입니다. 그러나 내가 꿈꿔왔던 그 모든 것을 포기할 수 없다는 것을 재빨리 상기시킴으로써 그러한 유혹을 물리칠 수가 있었습니다. 그리고 사회에 기여를 해야 한다는 개인적 사명 의식을 망각하는 것은 부끄러운 일임을 자신에게 일깨워주곤 했습니다. 성취 여부와 상관없이 이러한 의식을 갖는다는 것은 중요한 문제인 줄로 압니다."

그날도 질문은 많았다. 두 시간에 걸친 이런저런 질문의 끝자락이었다.

가장 앞줄에 앉아서 한 번도 발언을 하지 않은 여학생이 손을 들었다.

"회장님께서는 젊었던 시절에 혹시 임자도란 섬에 가본 적이 있으신지요? 한국에 있는 섬인데요."

"그러니까… 전라도에 있는 그 커다란 섬… 말입니까? 거기라면 가본 적이 있긴 합니다만… 그걸 어떻게 아십니까?"

나의 물음에 여학생은 머뭇거렸다. 그러나 그녀의 무언의 눈길에서 나는 많은 것들을 읽어낸 후라 이렇게 말했다.

"그럼 그 얘기는 이따가 마치고 하기로 하지요."

대표자가 감사의 뜻을 전하면서 모임은 마감이 되었다. 나는 대표자와 인사를 나누고 회장을 나왔다.

여학생이 복도에서 기다렸다가 인사를 했다. 검정 옷 속의 하얀 블라우스가 유난히 깨끗해 보였다.

"학생은 이름이……? 혹시 나를 아는지요?"

"아, 네. 저는 이제 학생은 아니고요. 참, 제 이름은 김지숙입니다. 회장님께서… 제가 알고 있는 그분이 맞는지 알고 싶어서요."

"그래요. 얘기를 나눌 만한 곳을 찾도록 합시다."

가까운 곳에 베이커리 숍이 있었다. 훤칠한 키의 지숙이 나를 앉아 있게 한 후 빵과 음료를 사 들고 왔다.

"제가 그런 갑작스런 질문을 해서 당황하지 않으셨어요?"

"그보다도 궁금증이 앞섰습니다. 제주도라면 모를까, 내가 그 섬에 간 것을 어떻게 아셨지요? 사실 딱 한 번 가본 섬인데 말입니다. 게다가 까맣게 오래된 일인데요."

지숙이란 여인의 얼굴은 왠지 낯설지가 않았다. 나보다 커

보이는 지숙은 나를 찬찬히 내려다보면서 웃었다.

"회장님이 임자도에 가셨을 때 저는 아마 네 살이었을 겁니다. 엄마가 이모 대신에 회장님을 만난 얘기는 다 큰 후에 들었고요."

하마터면 나는 그때 비명을 지를 뻔했다. 나행히 입술 사이로 한숨만이 태풍처럼 빠져나갔다.

지숙은 M의 언니의 딸이었다. 그때 M은 언니에게 딸이 있었다는 얘기를 해주지 않았던 것이다.

"그래요. 그런 적이 있지요. 그런데 딸이 있었다는 얘기는 못 들어놔서……."

커피를 마시면서 지숙은 웃고 있었다.

"그러니까… 저는 유복녀인 셈이었지요. 아버지를 본 적이 없습니다. 그리고 엄마는 저 때문에 결혼도 못하셨고요."

"하, 그랬군요."

"신문을 통해서 회장님이 그분이었음을 알게 되었지요. 유명인이 되셨길래… 그래서 그냥 확인을 해보고 싶었습니다. 회장님 집회에도 여러 번 참석했었습니다. 다른 뜻은 없었습니다. 엄마가 알면 난리를 치실 걸요."

"오래된 일인데 뭐 어떻겠습니까? 그래, 어머님은 잘 계십니까?"

"예. 저만 바라보고 사셨지요. 그런데 회장님은 이모 소식이 궁금하시지 않으세요?"

나는 웃었다. 그리고 빵을 자르다 말고 오른손을 들어서 질문을 막았다.

그러자 지숙이 겁먹은 눈으로 다시 커피를 마셨다.

"그래, 미국 생활이 어떻습니까? 유학을 오신 모양인데… 전공은 무얼 하셨지요?"

"인테리어 디자인 쪽입니다."

"그러니까, 산업 미술 계통이네요?"

"네."

"나에 관한 얘기는 어머님에게 들었습니까?"

"네. 회장님이 임자도로 이모를 찾아왔을 때 엄마는 무척 가슴이 아팠다고 했어요. 그 얘기를 들은 저도 그랬고요. 참, 그날 밤은 해변에서 주무셨다면서요? 그 얘기 듣고 전… 멋있다고 생각했습니다. 사실 엄마는 그때 한숨도 못 주무셨다고 했어요. 걱정이 되어서요."

"나는 그때 잘 잔 것 같은데요. 하하! 그건 그렇고, 그 후 임자도엔 다리가 놓였습니까?"

"아뇨. 아직요. 나라에서 다리를 놓긴 놓으려나 봐요."

"어머님은 아직도 그 집에서 사십니까?"

"물론이지요. 할아버지가 남기신 그 섬의 땅을 지키시면서요. 그곳에는 대파 농사가 잘됩니다. 다음 달엔 한번 다녀올 예정이에요. 사실은 잠시도 그곳을 잊을 수가 없었답니다. 저는 시골이 좋은가 봐요."

미국에 뜬 달

"그곳의 명사십리는 저한테도 좋아 보였습니다."

지숙은 무척 밝은 표정으로 나를 빤히 쳐다보며 말했다.

"그렇지요? 어머, 정말 그렇지요? 회장님, 한국에 나오시면 한번 놀러 오세요. 제가 세발낙지를 잡아 드릴게요."

"세발낙지란 게 있습니까?"

"펄 속에 사는데요, 제가 그걸 잡을 줄 알아요. 물에 살짝 데쳐서 먹으면 싱싱하고 맛있어요."

"흠, 그렇겠네요. 임자도라……. 무척 오래된 기억이지만 제겐 아직도 생생합니다. 아니, 엊그제 일 같습니다."

지숙이 나를 보면서 갑자기 진지해졌다.

"이모를 위해서 제가 저녁을 대접해도 될까요? 단골집이 있는데요, 거기에는 한국산 막걸리도 있어요. 파 부침도 있고요."

"그러지, 뭐, 이왕이면 나는 '임자도를 위해서'라고 하고 싶은데."

"그건 맘대로 하세요."

뉴욕의 거리는 어두워지고 있었다. 찬바람이 몰려와 빌딩 사이의 도로를 따라서 달음박질치듯이 한 방향으로 달려가고 있었다.

뜻밖의 만남으로 인하여 예정에 없던 시간 속에 나는 그때 머물게 된 것이었다.

어찌 보면 그것은 마치 시간이 만들어낸 한 편의 각본 같기도 했다.

뉴욕의 골목길에 한국의 토속집이 있었다. 안으로 들어가니 넓기도 하거니와 젊은 사람들이 군데군데 모여 있었다.

코너의 빈 테이블에 자리를 잡은 후 지숙은 이것저것 주문한 후에 내게 기다려 달라며 전화기를 가리켰다. 그녀는 종종걸음으로 어디론가 사라졌다. 급히 전화를 해야 할 상황이 생긴 모양이다.

막걸리가 나오고 이어서 한국 토속 음식들이 이것저것 나올 동안까지도 지숙은 보이지 않았다.

나는 혼자서 먼저 막걸리부터 마셨다. 음식을 덩그러니 올려놓고 그냥 있는 것도 어색한 일이었기 때문이다. 무척 오랜만에 마셔보는 막걸리였다.

그때, 지숙이 돌아왔다.

"미안합니다, 회장님."

"아니, 그럴 것 없어요. 내가 먼저 시작을 하였지."

"잘하셨어요. 그 대신에 지금부터 저에게 경어를 안 쓰셔도 되심을 허락하겠습니다."

"그래? 그럼 그러지, 뭐."

나는 지숙에게 막걸리 한잔을 따라주었고, 그녀는 거침없이 받아 마셨다.

큰 눈언저리 부위가 M이나 M의 언니를 닮은 듯했다.

"그러고 보니 지숙은 엄마를 닮은 것 같구먼. 그리고 말야,

이제 생각해 보니 그때 내가 지숙이를 본 기억이 있어."

"어머, 저를요?"

"그럼. 그때 내가 마당에 들어섰을 때 지숙이가 장독대 쪽에서 흙장난을 하고 있었어. 윗도리만 입고 말이야. 그때 나는 지숙이가 일하는 아주머니의 딸인 줄 알았지."

"그래요? 정말 기억력이 좋으신가 봐요. 아이, 어떡해. 아랫도리를 벗고 있었나 보죠?"

지숙은 정말로 부끄러움을 느끼는 듯했다. 어둑한 불빛 아래서도 그녀의 얼굴이 붉어짐을 나는 볼 수가 있었다.

"음, 그랬어. 워낙 어렸으니까."

파 부침을 찢어서 안주로 먹으며 지숙은 말했다.

"이모부님은 오래전에 돌아가셨어요. 뇌종양으로 말이에요. 회장님께서도 아시는 분이지요?"

하마터면 '박 대리가?' 하면서 소리를 지를 뻔했다.

나는 머리를 끄덕이며 마음을 진정시켰다. 그 박 대리가 세상을 떠났다니, 세상일이란 참으로 알 수가 없는 노릇이다.

"이모 딸이 지금 나랑 함께 있어요. 이모네도 딸만 달랑 하나뿐이에요. 지혜 말이에요. 지난번에 회장님께서 뉴욕 집회 하실 때 우린 함께 갔었어요."

"아, 그랬구나."

"그때 사모님이랑 따님을 보았어요. 사모님이 굉장히 미인이시던 걸요. 따님도요."

"그래, 고마워. 내겐 언제나 과분한 가족이지."

가족에 관한 얘기가 나올 때면 나는 항상 죄인의 입장이 된다. 가족에 대해서라면 나는 언제나 면목이 없기 때문이었다.

"회장님에 대한 기사는 늘 읽고 있었어요. 가끔 이모님과 통화를 할 때, 회장님 기사에 대해서도 말씀을 드렸지요. 그런데 왜 이모님에 대해서는 아무것도 물어보지 않으세요?"

"글쎄… 물어볼 말이 없으니까."

"세월이 지나면 다 그렇게 되나 보죠?"

"그렇다고 할 수가 있겠지. 아무래도 말이야, 가치관이란 것도 시간에 따라서 달라질 수 있다고 생각해."

지숙이 갑자기 신중해졌다. 스스로 막걸리를 사발에 가득히 채우더니 시골 농부처럼 마셨다.

"엄마가요, 회장님 앞에서는 특히 조심하라 했는데… 그게 아무래도 좀 어려울 것 같네요."

"아무럼 어때. 난 자연스러운 게 좋아."

"그렇지요?"

"그럼."

사람들이 자꾸 몰려오는 듯했다. 옆 테이블에도 젊은이들로 채워지자 와자지껄하고도 부산했다. 그중에 지숙이를 아는 사람이 있는 듯 서로가 목례를 나누는 것 같았다.

"회장님은 사업을 하셔서 그런지 이성적이고도 냉정하신 같아요. 제가 보기엔요."

미국에
뜬 달

"그래?"

"네, 그래요. 어떻게 과거에 대해서 그렇게 단절을 할 수가 있지요?"

"그건 어디까지나 과거니까. 삶엔 질서가 있어야지 그렇지 않으면 혼란스러워져. 그리고 삶은 각자의 영역이 정해져 있는 법이거든. 거기엔 시간도 포함되어 있고 말이야."

"그럼 과거는 아무런 가치가 없다는 말씀이세요?"

"삶에는 현재의 상황이 우선이란 이야기지 과거가 전혀 쓸데없다는 건 아니야."

"회장님께서도 한때는 이모님을 사랑하셨기에 임자도를 찾아가셨겠지요?"

"물론 그땐 그랬지. 그런데 그 사랑이란 감정도 시간이 지남에 따라서 변하게 마련이야. 예를 들어서 불이란 것도 말이야, 같은 성격이라고 해서 모든 게 같다고만 할 수가 없지. 질량에 따라서 확연히 다를 수 있다는 거야. 촛불도 불이긴 하지만 그런 불로는 생명에 영향을 줄 수가 없어. 그러나 태양은 다르지 그 강력한 불로 인하여 모든 생명체가 살아갈 수가 있지. 가령… 식물들이 광합성 작용을 하기도 하고 말이야."

말을 하는 도중에 어떤 느낌이 왔다. 어? 이것은 좀 오버하는데… 하는 그런 느낌이었다. 그러나 지숙은 아랑곳하지 않는 듯 내게 질문을 했다.

"그럼 이성 간의 사랑도 그런가요? 과거의 사랑은 촛불 같다는 말이시네요. 그렇지요?"

"글쎄… 꼭 그렇다기보다는……. 하긴 그런 이론을 배제할 수도 없겠군. 사람에 따라서 다르겠지만, 인류는 항상 더 큰 것을 추구하는 보편적인 성향이란 게 있지. 특히 남자는 그렇다고 할 수 있을 거야. 그러다 보니 과거는 촛불처럼 느껴질 수가 있지. 자꾸 더 큰 세계가 다가오니까."

"그런 게 여자와 다를 수 있겠네요. 저는 모든 것을 운명으로 규정지어 왔는데 말이에요."

"그런 거 다 미신이야. 그런데 지숙이는 아직 결혼을 안 한 것 같은데 왜 그랬지?"

"결혼이 두려워서요. 우리 집안이 다 그랬잖아요. 할머니도… 엄마도… 그리고 이모도 그랬고요… 나마저 그렇게 된다면……."

"미신이야, 미신."

"저… 가끔 회장님의 인생에 대해서 생각을 해본 적이 있는데요, 참 강하신 분이… 라고 느꼈어요. 이모님도 그렇게 말씀하셨고요."

나는 지나가는 종업원에게 혹시 동동주도 있느냐고 물었다. 그렇다며 머리를 끄덕이자 나는 그것을 시켰고, 지숙이는 계속해서 말을 이었다.

"임자도의 해변에서 주무실 때 말이죠, 그때의 심정이 어땠을까요? 무슨 생각을 하셨는지 기억하실 수 있으세요?"

"글쎄… 하도 오래전의 일이라… 내 기억엔 온통 파도소리만 남은 것 같아. 어찌나 지독했던지 그 후 가끔 꿈속에서도 그 소리를 들은 적이 있어. 새벽부터는 기러기 소리도 들렸고 말이야. 그런데 그런 추억이 그다지 나쁘지만은 않았어… 내겐."

동동주가 나오자 지숙이 그것을 내 잔에 따라주었다.

"회장님을 한번 만나 뵐까 말까 많이 망설였습니다. 그러다가 용기를 낸 건데, 아무래도 나… 잘한 것 같아. 그렇지요?"

"글쎄… 뭐, 나쁠 건 없겠지. 우린 지금 다른 시간대에 속해 있으니까. 다른 차원의 세계에 속한 거나 마찬가지지. 뜻밖이었지만… 나도 흥미로웠던 건 사실이야."

"저도 동동주를 마셔도 될까요?"

"그럼, 물론이지. 그런데 이건 많이 마시면 안 돼요."

지숙은 스스로 자신의 잔을 채우면서 말했다.

"회장님, 이모님 얘기는 하지 않는 게 좋을 것 같네요. 제가 보기엔 이모랑 회장님은 서로가 너무 다른 세계에 속해 있으신 것 같아요. 일시적인 회상 정도라면 모를까. 아까… 사실은 한국에 전화를 걸었어요. 엄마한테요."

"그래? 그랬었군."

"엄마는 이모에게 내가 회장님 만나고 있다는 얘기 하지 않을 거래요. 안 하는 게 나을 것 같대요."

"흠, 그렇겠군."

"참, 아까 한 이야기 중에서 임자도에 한번 놀러 오시라는 말은 농담이었어요. 오지 마세요."

"왜? 마음이 바뀐 모양이지?"

"사실은 임자도에… 이모님이 엄마랑 함께 계세요. 오래되었어요."

"그랬군."

"추억은… 그냥 간직하는 게 아무래도 나을 성싶다는 생각이 들어서요."

말을 하면서 지숙은 나를 쳐다보았다.

"지숙이는 사려 깊은 숙녀였군그래. 그런 의미에서 우리 건배 한번 할까?"

"그래요. 그런데 우리 뭘 위해서 건배하죠?"

"이런 거 어때? 시간을 위하여."

"그래요. 미래를 위하여!"

지숙과의 만남은 대충 그런 것이었다. 한 세대가 지나고 난 그 다음 세대를 나는 만나본 것이다. 시간의 평행선에 잠시 왜곡 현상이 발생한 경우에 해당된다고나 할까?

어쨌든 그날 나는 엇갈린 시간을, 마치 변이가 일어난 듯한 그런 시간을 경험했다.

"회장님은 참 특별하신 분 같아요. 지금까지 제가 만나본 사람과는 다른 것 같아요. 이모 말에 의하면 지금 내 나이 때쯤 회장님과 헤어졌다면서요? 운명적으로요."

"글쎄… 아마 그랬을 거야. 그러나 나는 그걸 운명이라고 생각하지 않고 선택이었다고 생각해. 이모는 당시에 자신의 미래를 자신이 선택했던 것이고, 지숙의 어머님도 마찬가지였을 거야. 그런 맥락으로 본다면 지숙이도 마찬가지겠지? 운명론으로 돌리는 생각도 스스로 만든 규정에 지나지 않을 걸? 그런 규정이란 원래 없었는데도 말이야."

"그런 문제에 대해서는 다시 한 번 생각해 볼게요. 회장님을 잠시 만나보았는데도 제 생각들이 충분히 충격을 받은 것 같네요. 다음 집회 때도 참가할 거예요. 제가 팬이 된다면 그것은 확실한 선택에 의해서입니다."

다시 지숙이 밝게 웃었고, 그즈음 해서 나는 일어서기로 했다.

밖으로 나오자 지숙은 나를 걱정해서였는지 불어오는 바람을 막고 서 있었다. 나는 웃었다. 어쨌든 바람은 차가웠다.

"나를 위해서 바람을 막아보겠다… 이거지?"

고개를 끄덕이며 그녀는 관찰하는 사람처럼 나를 바라보았다.

거리를 걷는 중에는 별다른 대화가 없었다. 사람들은 바삐 걸어갔다.

그때 지숙이 말했다.

"회장님, 제 가방을 좀 들어주시겠어요?"

어색한 일이었지만 나는 시키는 대로 했다.

그러자 그녀는 품속에서 하얀 털실 뭉치 같은 것을 꺼내었다. 그리고 그것을 나의 목에 감아주었다.

나중에 보았더니 그것은 털실이 아니고 털실로 짠 하얀 목도리였다.

"사실 기회가 주어진다면 회장님 드리려고 제가 하나 짠 거예요. 그런데 기회가 왔으니… 꿈만 같아요."

차가운 뉴욕의 골목길에서 이상한 의식이 진행되고 있었다.

자라처럼 되도록 목을 쭉 빼고서 나는 그 의식에 온전히 순종하는 늙은 전사 같았다. 사람들이 흘깃흘깃 쳐다보며 지나갔지만 그들은 발걸음이 바빴고, 지숙은 아무렇지도 않게 자신의 의식에 몰두하고 있었다.

가방을 들고 가만히 서 있는 나에게 목도리 감기를 마친 지숙은 몇 걸음 뒤로 물러서더니 나를 자세히 관찰하는 듯했다. 이번엔 목도리를 보았을 것이다.

가방을 받아 들고는 환한 미소를 지은 후 그녀는 다시 한번 나를 바라보았다. 여신의 기품이 언뜻 보였다.

비밀의 메시지를 가슴에 품은 채 오직 침묵으로 일관하는 신비의 여신처럼 그렇게 조용히 서 있던 그녀는 이윽고 발길을 돌려서 나와는 반대쪽 방향으로 성큼성큼 멀어져 갔다.

뒤돌아보는 일은 없었을 것이다.

미국에
뜬 달

뉴욕의 거리는 싸늘하였고 바람이 정면으로 불어오길래 나도 남들처럼 재빨리 돌아서서 그 바람을 등으로 받았다.

　그러면서 나와는 반대쪽인 그 방향을 향해서 다시 한 번 휘둘러보았지만 여신 같은 여인은 아무 데도 없었다.

　호텔로 돌아오는 길의 내 목은 따스하였다. 어디 그뿐이었는가?

　목도리에선 라일락 같은 연한 향기가 콧속으로 스며들어 왠지 나의 기분을 한없이 좋게 해주었다.

에필로그

　내가 일생 동안 달려간 그곳은 어쩌면 가나안이었거나 아니면 유사한 곳이었는지도 모른다.

　그런데 그곳은 황량하기만 했다. 마치 사막과도 같은 거친 광야였다.

　날이 저물어서 그런지 그 광야에도 어두움이 거뭇하게 밀려오고 있었다.

　"등 뒤를 보세요. 아름답지 않으세요?"

　바람이 속삭이듯 그렇게 말했다.

　뒤를 돌아본 순간 나는 놀라지 않을 수 없었다. 하늘엔 커다란 달이 떠 있었기 때문이었다.

미국에
뜬 달

스스로 발광하지 않는 달이라 더 아름다웠는지도 모른다.

달은 은은하게 광야의 모든 공간을 감싸듯이 부드럽게 빛을 발하고 있었다.

은빛으로 짠 커다란 그물처럼 공간 가득히 그 빛들은 일렁이고 있었고, 내가 그 가운데에 서 있다는 것이 신비로웠다.

그때 불현듯, 나 자신에 대하여 알고 싶어졌다.

젊었던 시절엔 바람처럼 빨랐으며 사자처럼 담대하지 않았었는가?

그러나 이제는 먼 길을 걸어온 나그네처럼 나의 발길도 점차 무거워져만 간다.

뿐만 아니라 풍문을 통해서 혹시 옛 소식이라도 들려오지 않을까, 은근히 귀를 기울이는 나약자에 지나지 않는 존재일 뿐이다.

"그래도 가장 변하지 않는 것은 과거 속의 일들이지요."

"그랬던가?"

"그리고 언제나 반갑게 맞이해 주기도 하고요."

"하긴 그래."

바람이 하는 소리는 언제나 일리가 있었다. 달이나 바람 같은 존재는 항상 과거를 기억나게 해주는 역할을 하곤 했다.

밝은 달빛 아래, 하얀 벚꽃들이 나무마다 눈부시게 만개했었지! 그 젊은 시절에……

살랑이는 바람결에도 꽃잎들은 우수수 떨어지면서 얼마나 황홀한 장면을 기억나게 해주었는가?

그때는 무도인의 꿈을 품고 그 길을 걷고자 했었지만… 그 후에 나의 꿈은 변했다.

세상에서 우뚝 선 존재가 되기를 원한 적도 있었지만, 그 모든 것들이 부질없음을 깨닫고 이제는 자신을 찾기 위해 광야를 헤매는 순례자와 같은 존재가 아닌가!

과거 속에 등장했던 인물들이나 사물들은 이제 모두가 변해 버렸거나 소멸이 되었을지라도, 그때의 사실들은 화석처럼 우리의 기억 속에 남을 것이다.

젊음도 그렇고 황홀했던 감정도 그렇고… 우리의 마음을 뛰게 했던 그 모든 느낌들은 결코 변하지 않은 채 기억의 나라에 머무를 것이다.

그런 맥락에서 본다면, 우리는 모두가 자신들의 역사를 가진 개인 박물관 같은 존재인 셈이다.

달은 그런 우리의 과거를 조명해 주었을 뿐 아니라 보름을 주기로 찾아오곤 했는데,

우리에 관해서는 달만큼 신실한 관찰자도 없을 것이다.

"자신을 찾아가는 길이야말로 신을 찾아가는 길과 마찬가지가 아니겠어요?"

미국에 뜬 달

"그럴지도 모르지……."

"세상에는 신을 찾는 법을 가르쳐 주는 곳이 무수히 많지만, 그들은 모두가 그런 것으로 돈벌이를 하지요."

이번에는 수영장에 가득한 물들이 바람에 잔잔히 일면서 말했다.

나는 지금, 오래전부터 소유하고 있었던 작은 호텔의 풀장에서 사색에 잠겨 있다.

이십 년 전 어린 팜나무 열아홉 그루를 이곳에 심었는데 지금은 내 키의 다섯 배를 자랐다.

크게 자란 나무들은 나를 물끄러미 내려다보면서 바람에 건들대는 듯했다.

"하지만 그들은 아무도 그렇게 생각지 않을걸……. 자신들이야말로 신령한 일들을 하고 있다고 생각할 거야."

나는 오직 경험을 통하여 알게 된 사실들에 대해서 마음속으로 말했다.

이제 호텔리어를 꿈꾸는 많은 젊은이가 올 것이다.

그들은 연금술의 비법을 연마하기 원하듯 그러한 기대감으로 올 것이다. 그리고 먼저 이 길을 걸어온 나에게 물을 것이다.

"호텔리어의 길에 대해서 말해주십시오."

그러면 나는 웃으면서 그들에게 대답할 것이다.

"혹시 사막을 걸어본 적이 있는가?"

"그게 호텔리어의 길과 무슨 상관이 있습니까?"

"세상엔 상관이 없는 것이 없지."

"사막을 가본 적이 없습니다."

"그렇다면 사막엔 무엇이 있을 것 같은가?"

"바람과 모래와 뜨거운 햇볕이 있겠지요."

"밤에는 어떨 것 같은가?"

"물론 춥겠지요."

"그런 곳을 오랫동안 걷는다면 어떨까?"

"아마 무척 지칠 것입니다."

"이십 년 동안 호텔리어의 길을 걸어온 내 모습과도 같겠지? 이것이 내가 해줄 수 있는 말일세. 그리고 사막에는 말일세… 보이는 것들보다도 보이지 않는 것들이 훨씬 더 많다네. 호텔리어의 길도 그렇다고 할 수가 있지."

"부정적으로 말씀하시는 것입니까?"

"분홍빛으로만 볼까 봐서일세."

"그야 세상사는 이치가 다 그렇지 않습니까?"

"자네들은 벌써 세상의 이치를 터득한 모양이군……."

사막의 어딘가에 거대한 피라미드가 존재하듯이, 미래의 호텔리어들도 도시마다 자신들의 기념비적인 업적들을 남길 것이다.

미국에 뜬 달

수백 개의 눈을 가진 그 호텔들은 조용히 도시의 밤을 지켜보다가, 모두가 잠든 시간이 되면 꿈의 나래를 활짝 편 채 미지의 세계로 향해 비상을 할 것이다.

『미국에 뜬 달』 끝